Daniela Sacerdoti

Čuvaj me

S engleskoga prevela
SILVIJA ČOLIĆ

Mozaik knjiga

Onima koji me čuvaju s druge strane realnosti.
I onima koji su uz mene: Rosu, zemlji,
Sorleyju, nebu, i Lucy, suncu.

Prolog

PERZEFONA

Najčudniji, najbizarniji dan mog života, dan koji je potpuno promijenio moj pogled na život i smrt, počeo je kao i bilo koji drugi. Probudila sam se u svijetu kakav sam oduvijek poznavala, a zaspala obavijena misterijem.

Cijelog života trudimo se zanemariti činjenicu da će nas tama jednog dana, uvijek prerano, progutati. Vječnost se ne uklapa u naše poimanje života, pregolema je, previše zastrašujuća. Moramo ju srezati, svesti na isječke i to je ono što svakodnevno činimo čineći milijun malih stvari koje određuju granice naše stvarnosti. Pritom se oslanjamo na pet osjetila na način na koji smo se na njih navikli oslanjati. Ako nešto možemo vidjeti i opipati, onda je to stvarno. I jest, na ovoj strani života. Ono što ne možemo vidjeti i opipati, za nas je potpuni misterij. I kao takav, za nas nikada nije stvaran, ne možemo protumačiti nešto što ne posjeduje opipljiv oblik.

Smislili smo rituale vezane uz prelazak s jedne na drugu stranu, obrede koji rođenje i smrt čine uobičajenim svjetovnim pojavama, znatno lakšim za poimanje. Kad se rodi dijete, ne pitamo se *zašto* je ta mala duša došla ovamo ni gdje je bila prije ni zna li što o životu... Majka se poslije poroda vraća s izleta u nepoznato s djetetom koje je iz mraka iznijela na svjetlo dana i oboje bivaju oprani i dotjerani u red, tako da izgledaju kao da nikada nisu bili s one strane... kao da ona nije upravo izronila iz duboke tmine gdje život i smrt egzistiraju jedno do drugoga.

A kad netko umre, članovi obitelji suosjećajno pružaju potporu jedni drugima. Okupiramo um stvarima koje u tim trenucima valja učiniti – izborom cvijeća za ispraćaj, pripremom hrane. Razmišljamo o stvarima koje treba obaviti, potom o stvarima koje treba odložiti ili pokloniti. I dok nam suze kapaju na papuče, šalicu za kavu ili kućni ogrtač onoga koji više nije s nama, vapimo za čvrstim, utješnim stiskom ruke u kojoj vrela krv još uvijek teče u žilama. Tople ljudske ruke koja može odagnati smrt.

Kako bismo se ikada, makar na tren, mogli *doista* suočiti s time što se dogodilo? Kako bismo se ikada mogli suočiti s činjenicom da je netko jednog trenutka bio tu, a onda je zauvijek nestao, izgubio se u nepostojanju, a da pritom ne padnemo na koljena i ne počnemo vrištati od straha pri pomisli da će se to jednoga dana i nama dogoditi, da ćemo jednostavno sklopiti oči i nikada ih više nećemo otvoriti? Kako bismo ikada mogli imati hrabrosti zagledati se u duboku tamu koja nas čeka i zatim nastaviti živjeti?

Ako je tama ono što nas čeka.

Jer sada znam da nije.

Dan koji je započeo kao i bilo koji drugi, lišio me svih zabluda. Tog dana dobila sam uvid u tajnu s one strane postojanja. Vidjela sam osobu koja je otišla s ovoga svijeta. Bila je tamo, točno ispred mene. Duša bez tijela. I smiješila mi se.

Možda sam naivna, no unatoč gomili dokaza i znanosti koja tvrdi da sam u krivu, vjerujem u riječi koje sam davno čula od bake. Rekla je da ljubav nikada ne umire. I da nas, neovisno o strahu i boli, ljubav uvijek spašava.

To je ono što sam u potpunosti shvatila tek tog proljeća, usred šume. I otad se više ne bojim.

1

MAJKA KOJA JE IZGUBILA DIJETE

Eilidh

Onog dana kad sam izgubila bebu, vrijeme je bilo uistinu predivno. Ulice su bile preplavljene ljudima sa sunčanim naočalama na nosu i osmjesima na licu.

Izašla sam na šetnju u šarenoj trudničkoj tunici. Bila sam trudna tek deset tjedana i naravno da je bilo prerano za trudničku odjeću, no nisam se mogla strpjeti da dođe vrijeme za to. Usput sam pošla u trgovinu kupiti sardine i indijske oraščiće, i to samo zato što sam se nastojala uvjeriti kako žudim za njima. Zapravo, nisam umirala od želje za nekom bizarnom mješavinom hrane. Sve što sam željela bilo je da napokon i ja mogu reći kako imam iznenadnu želju za nečim poput manga u umaku od soje ili da ne mogu prestati žvakati elastične gumice. Najzad, svi znaju da *trudnice* imaju čudne želje.

Trudna.

Napokon sam bila trudna. Čak mi i sada to zvuči nevjerojatno.

Željela sam duboko proživjeti to iskustvo; svaki mali znak, svaki simptom – jutarnje mučnine, besane noći, otečene gležnjeve, haljine koje izgledaju poput šatorskih krila. Željela sam se smijati ogromnom donjem rublju i rješavati šašave testove u magazinima kako bih saznala hoću li dobiti dječaka ili djevojčicu. Željela sam listati knjige s dječjim imenima, odabirati pokućstvo za dječju sobu i diskutirati o prednostima sling marame u odnosu na druge nosiljke za bebe. Željela sam kupovati malenu dječju odjeću, rukavice i čarapice. Sve u bijeloj boji jer prije dvadesetog tjedna trudnoće neću znati nosim li dječaka ili djevojčicu. Tom i ja gledat ćemo u monitor ultrazvuka i jedno drugo uvjeravati kako nam beba maše, kako nas pozdravlja. Zvat ćemo rodbinu i prijatelje kako bi im rekli da imamo kćer ili sina. Uokvirit ćemo ultrazvučne snimke i staviti ih na policu iznad kamina. Tom će jednu ponijeti sa sobom na posao i pokazivati ju medicinskim sestrama i svojim kolegama liječnicima. Svi će se smiješiti i govoriti kako se već sada vidi da mu sin ili kći nalikuje. Naravno da je to glupost; ništa se ne vidi na tim snimcima, ali ljude vole govoriti stvari poput tih. Lijepo je o tome govoriti, dolazak djeteta na svijet uvijek je povezan s mnogo nade, radosti i veselog iščekivanja.

Ipak, više od svega željela sam osjetiti kako se beba pokreće u mojoj utrobi. Rekli su mi da ću osjetiti nešto poput mreškanja ili leptirića u trbuhu. Sanjarila sam kako će mi Tom položiti ruku na trbuh, lica preplavljena ponosom i nježnošću što ću mu pokloniti sina ili kćer.

Tako dugo, ah, tako sam dugo čeznula za tim. Dok su druge žene ostajale trudne i šepurile se svojim okruglim trbusima, ja sam uokolo hodala u uskim trapericama. Iz dna duše mrzila sam svoju vitku figuru. Željela sam biti trudna i bucmasta poput okruglice; ima u tome izvjesnog smirenog dostojanstva.

Očajnički sam željela biti poput *tih* žena: moje sestre, moje frizerke, mojih znanica i prijateljica. Čak i pogled na trudnu poštaricu kako se svakog jutra gega niz ulicu i zatim nespretno sjeda u crveni kombi, doživljavala sam kao bolan udarac. Barem do trenutka kada mi je rekla da je šef odlučio premjestiti ju u odjel za razvrstavanje pošte. Tamo će moći mirno raditi za stolom i promatrati kako joj trbuh iz dana u dan postaje veći i obliji. Dodala je kako će svratiti da me pozdravi.

Opsesivno sam proučavala trbuhe žena koje sam susretala u prolazu, pokušavajući dokučiti jesu li se malo zaokružili, onako kako to biva u početku, kad je trudnoća jedva vidljiva. Iz dana u dan terorizirala sam se pitanjem zašto ja za razliku od ostalih žena ne mogu zatrudnjeti. Činilo se da *svima njima* to lako uspijeva.

Kad god bih naletjela na majku s djetetom u kolicima, svrnula bih pogled. Nisam bila sigurna da ću moći prikriti zavist ako barem nakratko pogledam njihovu bebu. Ili onaj tipičan, bolno čeznutljiv pogled zbog kojeg majke nagonski izvuku kandže i pogledom ti poruče da je to njihovo dijete.

Željela sam biti poput njih. Željela sam prepoznati tu vrstu zavisti i bolne čežnje u očima drugih žena. Znala sam da bih se tada osjećala poput carice. Poput najsretnije žene na svijetu.

Poput moje sestre. Ona se u tim stvarima dokazala. Bila je stručnjak bez premca.

Katrina je tri godine mlađa od mene. Obje obožavamo djecu i od malih nogu sanjarile smo kako ćemo postati majke. Često smo se igrale lutkama, kupale ih, hranile, stavljale u krevet ili ih vozile u malim ružičastim kolicima. Nitko se nije iznenadio kad smo rad s djecom odabrale za životni poziv. Ona je postala pedijatrijska medicinska sestra, a ja teta u vrtiću. Ili odgajateljica, kako se to stručno naziva.

Rano se udala, tek što je izašla iz koledža, i devet mjeseci poslije rodila Jacka, mog najdražeg nećaka. Do trenutka kad je ponovno rodila – ovoga puta blizanke – ja sam već tri godine pokušavala zatrudnjeti. Gledajući ih u njezinu naručju, onako malene, u ružičastim odijelcima i s ružičastim kapicama vezanim svilenom vrpcom pod bradom, osjećala sam se bolesnom od jada.

Nakon Isabelle i Cloe – u vrijeme dok sam prolazila kroz drugi pokušaj medicinski potpomognute oplodnje – na svijet je došla i Molly. Odmah je postala miljenicom cijele obitelji. Kao i obično, uslijedile su čestitke i još jedno obiteljsko okupljanje. Mama i tata iskoristili su tu prigodu kako bi se našalili da je jedna njihova kći sposobna osigurati dovoljno djece za obje.

Osim što to nije bila šala. Znali su da očajnički pokušavam zatrudnjeti... no eto... moji, nažalost, jednostavno nisu osobito taktični. Prije bi se reklo da su okrutno iskreni. Barem prema meni. Posebice moja sestra. Iz dana u dan bez imalo milosti trudila se podsjetiti me na vlastitu plodnost. Često je govorila da se zbog svih tih nasmiješenih lišca priljubljenih uz njezino i obilja zagrljaja osjeća neopisivo vrijednom.

Što je značilo da sam ja bezvrijedna jer sam neplodna i jer u mojem životu nema malenih ručica koje bi me zagrlile. Prazno naručje, prazno srce, isprazan život.

Kada sam ju pokušala utješiti nakon što je Jacka prvi dan ostavila u školi, rekla mi je da ja to ne razumijem. – Kad bi imala barem jedno dijete, shvatila bi kako se osjećam – odbrusila je, očiju punih suza.

Drugom prilikom, kad je jedna od blizanki ogrebla koljeno na šljunku i umjesto mojeg odabrala njezin utješan zagrljaj, Katrina ni uz najbolju volju nije mogla prikriti likovanje. – Mama je ipak mama, zar ne? – rekla je i glasno se nasmijala. – A teta je teta. To nikako ne može biti isto.

– Oprosti, ali bit će bolje da ja to učinim – rekla je, kad sam joj ponudila da odnesem Molly u krevet. – Ona više voli kada ju ja spremim na spavanje.

U međuvremenu, njezin muž jednako okrutno nasrnuo bi na Toma. Njegove metode mučenja najčešće su se svodile na neslane šale poput one o ispucavanju ćoraka – što nije imalo veze ni s čime jer dotad su već svi saznali da problem nije u njemu, nego u meni. Tom bi se uvijek usiljeno nasmijao, no s vremenom je postao vrlo, vrlo tih. Uskoro je počeo pronalaziti izgovore s ciljem izbjegavanja obiteljskih druženja. Nisam ga zbog toga mogla kriviti.

Tom je liječnik i nekoliko godina stariji je od mene. Nismo bili ludo zaljubljeni jedno u drugo. Ništa takvoga. Bili smo dobri prijatelji i oboje smo željeli djecu. I tako smo ostali u braku nadajući se da ćemo ih dobiti. U ono vrijeme, Tom je već duboko zašao u tridesete, a budući da kao i ja nije bio osobito blizak sa svojima, sve nade položili smo u proširenje naše male obitelji.

Počeli smo raditi na djetetu odmah nakon medenog mjeseca, a deset godina poslije, nakon mnogo pregleda i testiranja, tek je peti pokušaj umjetne oplodnje upalio. Napokon sam bila trudna.

No dotad, brak nam se pretvorio u puku formu bez sadržaja. Tom se već duže vrijeme viđao s nekom ženom. No bila sam previše iscrpljena od hormonskih injekcija i svega što ide uz to, da bih imala snage s njim raspravljati o tome ili se boriti za spas našeg braka.

Dvije godine prije, odlučila sam prekinuti s poslom. Učestali tretmani pretvorili su me u psihičku i fizičku olupinu, a u radu s djecom nisam si mogla dopustiti stalno odlaziti na pauzu. Također, od osobe koja radi s djecom očekuje se da cijelo vrijeme bude vedra i nasmijana, što također nisam mogla, ne kad mi je srce bilo preplavljeno bolom.

Na stranu i to, ali ono s čime se doista više nisam mogla nositi, bile su trudne majke. Često sam im priskakala u pomoć kad bi djeci prije odlaska iz vrtića trebalo svezati cipele. – Pustite, ja ću to učiniti – govorila sam. Zauzvrat, redovito bih dobivala širok osmijeh i iskrenu zahvalu. Bolesnoj od zavisti i krajnje iscrpljenoj od hormonskih tretmana i besanih noći koje sam provela prevrćući se po postelji, bilo mi je doista teško prisiliti se uzvratiti im osmijeh.

Dala sam otkaz. Željela sam svu energiju usmjeriti na samo jedan cilj. Sve drugo postalo je nevažno.

Četiri puta usadili su mi bebu. Doduše, za njih su to bili embriji, ali ja sam ih nazivala djecom. Četiri puta nije upalilo.

Nije se radilo o tome da sam pokušala održati trudnoću pa pobacila. Čak ni to. Ništa se nije dogodilo. Nije bilo ni traga makar malenom ispupčenju na trbuhu, ni traga nekom... drukčijem osjećaju. Nisam ništa osjećala, kao da se to nikada nije dogodilo, kao da su te četiri bebe koje su pokušali usaditi u mene bile samo san. San koji je izblijedio u svjetlu dana, kao što svi snovi blijede s prvim zrakama sunca na obzoru. Kao da te bebe nikada nisu bile u meni.

Mnogo sam teških trenutaka uz čašu soka – vino za vrijeme tretmana nije dolazilo u obzir – podijelila s Harryjem, mojim najboljim prijateljem. Samo zahvaljujući njemu uspjela sam sačuvati zdrav razum. Sprijateljili smo se još u vrijeme školskih dana, kad smo bili trinaestogodišnjaci. Sa šesnaest godina počeli smo hodati, ali ubrzo smo zaključili da će biti bolje ako ostanemo samo prijatelji. Godinu dana poslije, Harry je otkrio da ga ne zanimaju cure, nego dečki. Malo je reći da je njegov otac bio zaprepašten tim otkrićem. Bio je do dna duše šokiran. Harry je potražio utočište kod tetke, no nakon tjedan dana njegov se otac sa suzama u očima pojavio na vratima njezina doma i zamolio ga da se vrati kući. Nakon toga, Harry je nastavio živjeti po ustaljenom obrascu, bez osobitih problema. U vrijeme dok je bio na koledžu započeo je vezu s Douglasom. Do dana današnjeg nisu se rastali.

Njih dvojica bili su mi jedina utjeha u paklu kroz koji sam prolazila. Mnoge noći provela sam u njihovu društvu, gledajući sapunice uz nezaobilaznu singapursku tjesteninu s račićima.

Često sam plakala na Harryjevu ramenu. – Hajde, hajde, sve će biti u redu – tješio bi me, milujući me po kosi. Bila sam mu neizrecivo zahvalna na bratskoj ljubavi kojom me je obilno darivao.

Kad sam mu rekla da Tom ima drugu, naglo se presvukao u opasnu verziju sebe kojom se katkad služio za zastrašivanje ljudi i upitao me želim li da mu razbije zube. No ubrzo se pribrao i rekao mi da bi mu, pod uvjetom da se slažem, rado napravio profil sa slikom, brojem mobitela i e-adresom, na nekoj od gay društvenih mreža.

– Ne, hvala. Bit će najbolje da to i dalje ignoriram i pretvaram se da ništa ne znam.

– To nikada ne upali.

– Znam... ali sada zbilja nije trenutak za dizanje revolucije. Za dva mjeseca ići ću na još jedan pokušaj oplodnje. Ne mogu odustati, možda mi je to posljednja šansa.

I upalilo je. Peti pokušaj napokon je bio uspješan.

Leđima oslonjena na zid kupaonice dugo sam u nevjerici zurila u plavi križić na testu trudnoće, a zatim se polako spustila na koljena i zatvorila oči. Prvi put u životu preplavila me neopisiva sreća.

Nakon što sam četiri puta ponovila test, prestala sam uranjati štapiće u mokraću. Rezultat je uvijek bio isti, a ja uvijek jednako ošamućena od sreće.

Tom je bio presretan. Odjednom se počeo ranije vraćati kući s posla, a preko vikenda više nije morao odlaziti na kongrese i skupove. Noćna dežurstva u bolnici također su se naglo prorijedila. Prštala sam od sreće. Ipak, bojala sam se izazivati sudbinu i kupovati stvari za bebu. Bilo je prerano. Moja trudnoća spadala je u kategoriju visokorizičnih i nisam se mogla posve opustiti i uživati u njoj.

Jednog dana Tom je donio bijelu kolijevku od kovanog željeza. Izgledala je veličanstveno.

– Bila je Evina – rekao je, unijevši ju u kuću. Eva je kći Tomova najboljeg prijatelja, ujedno i našeg vjenčanog kuma. – Poklonili su mi ju. Kažu da im neće trebati jer više nemaju namjeru imati djecu. Izradio ju je neki škotski umjetnik. Pomislio sam da će ti se možda svidjeti – s osmijehom je dodao. Tih dana ponovno je bio nalik sebi. Muškarcu za kojeg sam se udala.

– Jasno da mi se sviđa. I još je iz Škotske!

Dok smo Katrina i ja bile djevojčice, mama su se i tata na neko vrijeme razdvojili pa smo nas dvije s mamom otišle k baki Flori, njezinoj majci. Tako se dogodilo da sam nekoliko godina provela u Glen Avichu, malom selu na sjeveru Škotske.

– Ipak, nisam sigurna... – s oklijevanjem sam započela.

Zbunjeno se zagledao u mene.

– Hm, kaže se da nije dobro prerano unijeti kolijevku u kuću. Smatra se da to donosi nesreću. Možda bismo ju mogli ostaviti na tavanu.

– Na tavanu? Bilo bi šteta tako lijepu stvar ostaviti tamo. Uostalom, i sama znaš da su to obična naklapanja, kao i ona o ljestvama i crnim mačkama.

– Naravno da znam – hitro sam odvratila. Ipak, nisam bila sigurna. Um mi je govorio da sam šašava, ali srce je bilo sumnjičavo. Bojala sam se riskirati.

Tom se glasno nasmijao. – Zaboga, Eilidh, otkad si toliko praznovjerna? – upitao je pa podigao kolijevku i uz stube ju odnio na kat. Oprezno ju spustivši nasred dječje sobe, široko se osmjehnuo. – Eto. Savršeno, zar ne?

Jest, sve je djelovalo upravo savršeno. Jedino što je nedostajalo bilo je dijete. Dijete koje nikada neće leći u tu kolijevku. No tada to još nismo znali.

Pokušavajući se uvjeriti kako nemam razloga za strah, kratko sam kimnula i uzvratila mu osmijeh.

Ipak sam se bojala.

Naravno, to se nije dogodilo zbog kolijevke. Nisam baš toliko praznovjerna da bih mislila da jest. Ne, nije bilo zbog kolijevke ili zato što sam po takvoj vrućini izašla iz kuće i na povratku nosila vrećicu s namirnicama. Tako je barem doktor rekao.

– Nemojte se okrivljavati. Niste ni u čem pogriješili – uvjeravao me.

Ipak, nisam si mogla prestati predbacivati. Što se mene tiče, bila sam kriva. O, da, itekako. Bila sam kriva što nisam imala dovoljno snage iznijeti trudnoću do kraja i pružiti svom djetetu šansu za život. Umjesto toga dopustila sam mu da isklizne iz mene i sada je mrtvo.

Tog lijepog sunčanog dana, na povratku kući kratko sam zastala kako bih popričala sa susjedom koja je živjela nasuprot nas. Pozdravivši ju, uputila sam se preko ulice, no trenutak potom susjeda je požurila za mnom i uzela mi vrećicu iz ruke. – Ja ću to ponijeti, mila – rekla je, i čvrsto me zagrlivši oko struka povela me prema kući. Čim smo ušli, osjetila sam da nešto nije u redu. A zatim sam shvatila i što. Jer ako sam mislila da mi se niz noge slijeva samo tanki potočić znoja, prevarila sam se. Bila je to krv.

Da sam dobila sina, nazvala bih ga Harry. A da sam dobila kćer, nazvala bih ju Grace.

Tri poput vječnosti duga mjeseca nisam mogla prestati plakati. Najzad, jednog dana ustala sam sa sofe. Istuširala sam se i nakon dugo vremena odjenula se i pripravila si šalicu čaja. Uzela sam mobitel, notes i penkalu pa sjela za kuhinjski stol.

Tom je preko vikenda otišao na neki kongres i trebao se vratiti te večeri. Ta priča s kongresima uistinu je bila preglupa. Bit će da me je doista smatrao glupačom kad mi ju je stalno servirao.

Istrgnula sam iz notesa dva lista papira i nažvrljala poruke roditeljima i Tomu:

Mama, tata,
Odlazim na neko vrijeme. Ne brinite, sve će biti u redu. Javit ću vam se čim se smjestim.
Eilidh

Tome,
Naš je brak gotov. Vjerujem da znaš zašto, no tvoja prijateljica nije jedini razlog. Ti i ja već dugo smo samo sustanari. Odlazim i nemoj me tražiti. Ostat ću u kontaktu s roditeljima i bude li te zanimalo kako sam, pitaj ih. Vjerujem da će ti reći.

Nakon toga uzela sam mobitel i napisala poruku Harryju:

Odlazim i nemam namjeru uskoro se vratiti. Nema razloga da budeš zabrinut za mene. Vjeruj mi, sve će biti u redu. Mobitel neću uzeti sa sobom, ali čim budem u mogućnosti, poslat ću ti mail. xxxx E.

Ostavila sam poruke i mobitel na kuhinjskom stolu i pošla se spakirati. Nisam žurila. Razmislila sam što bi mi moglo trebati pa najzad spakirala u torbu samo nekoliko najnužnijih stvari.

Osjećala sam se praznom poput prazne školjke. Poput oklopa bez sadržaja.

Ušla sam u automobil i krenula. Kamo? Nisam imala pojma. Znala sam samo da moram otići.

Shvatila sam kamo sam se uputila tek kad sam se našla na autocesti koja je vodila na sjever.

Idem na sjever.

U najdubljem, najskrivenijem zakutku duše znala sam gdje moram otići kako bih iscijelila svoje rane.

Nastavila sam voziti sve do večeri. U vrijeme kada sam stigla do Glen Avicha, nebo iznad guste borove šume već je bilo tamnoljubičasto. Ugledavši bijelo okrečenu kuću s crvenim vratima, preplavilo me mnoštvo lijepih uspomena. Da sam bila sposobna išta osjećati, zacijelo bi mi laknulo. No činilo se da me ništa ne može probuditi iz obamrlosti.

Pokucala sam na vrata bakine kuće. Doduše, baka je odavno umrla. Sada je tu živjela samo Peggy, njezina sestra.

Zaprepastila se kad me ugledala. Ne čudim se. Blijeda i mršava, doista sam izgledala poput duha. Osobito u taj ranovečernji sat, kad obrisi postaju nejasni i zamagljeni. Mora da sam izgledala kao da ću se svakog trenutka rasplinuti i nestati pred njezinim očima, poput magle ili hladnog plavičastog oblačka. Iskreno rečeno, tako sam se osjećala.

No brzo se pribrala. Široko se osmjehnula, čvrsto me zagrlila, uvela me u kuću i pripravila mi vruć sladak čaj. Godilo mi je slušati njezin blag, umirujuć glas. Malo zatim povela me u sobu koju sam kao djevojčica dijelila s Katrinom. Kratko sam pogledala kroz prozor. Vani je bilo mračno kao u rogu. Kad u srcu Škotske padne mrak, onda je to doslovce mrkli mrak.

Zadnjim sam se snagama svukla, obukla pidžamu i uvukla se u krevet. Peggy mi je donijela šalicu čaja i ostavila ju na noćnom ormariću. – Hvala – prošaputala sam, ali nisam se mogla primorati da ga popijem. Svaki dio mog tijela bio je težak poput olova. Zatvorila sam oči.

Polako, sasvim polako, obavili su me poznati zvuci i mirisi. Miris bakine posteljine. Šuštanja vjetra u granama drveća.

Kao i u vrijeme kad sam bila djevojčica, prepustila sam se njihovom utješnom zagrljaju i utonula u san.

Spavala sam punih dvanaest sati. To mi se već odavno nije dogodilo. Zadnja tri mjeseca, jedva da sam uopće spavala.

Kad sam se napokon probudila, život mi više nije djelovao nepodnošljivo.

Nego jedva podnošljivo, ali ipak.

Možda sam, doslovce u zadnjem trenu, uspjela zaustaviti proces vlastita iščeznuća. Možda se ipak neću rasplinuti, pretvoriti se ni u što.

Možda mi život ipak pruža drugu šansu.

2

DIJETE KOJE JE IZGUBILO MAJKU

Jamie

Znao sam da je zauvijek otišla čim sam vidio da u ateljeu nema njezinog najdražeg ulja na platnu. Sve ostale njezine slike, završene i nezavršene, bile su tamo, kao i kistovi, boje, njezina pregača i slikarski stalak. No omiljeno je platno nestalo.

I zato sam bio siguran da se neće vratiti.

Sve ostalo bilo je nadoknadivo. Ali ne i ta slika. Mala klizačica. Djevojčica rumenih obraza nasred zaleđenog jezera. Vještim potezima kista Janet je uspjela savršeno dočarati djetinje veselje u bajkovitom zimskom ugođaju. Oštar zimski zrak, sunčane zrake koje se probijaju kroz oblake, obojivši nebo ružičasto žutim tonovima. Tamna silueta šume u pozadini i grane drveća prekrivene snijegom. Radost i uzbuđenje na licu djevojčice, njezin nestašan pogled.

To platno bilo je svjedočanstvo njezine nadarenosti, njezin zalog za budućnost. Bila je to jedna od slika s njezine diplomske izložbe. Od tog trenutka svi londonski kritičari i umjetnički znalci imali su ju na oku. Svi do jednoga bili su uvjereni da će ostvariti sjajnu karijeru.

I bili su pravu.

Tri godine potom, imala je stan u prestižnom dijelu Londona i dovoljno narudžbi da se podulje vrijeme ne mora zamarati pitanjima od čega će živjeti. Njezina djela bila su iskrena i topla. Čudesno životna.

Rad joj je bio važniji od bilo čega na svijetu; često bi slikala do zore i zaspala na sofi u ateljeu. Kad bi počela slikati, zaboravila bi na sve. Svijet oko nje kao da je prestao postojati.

Ipak, tri godine takvog života prilično su ju iscrpile. Bio joj je potreban odmor. Anne, njezina sestra, tada joj je predložila da s njom i njezinim društvom provede nekoliko dana u unutrašnjosti Škotske.

I tako se dogodio susret koji je iz korijena promijenio i moj i njezin život.

Te večeri, kada sam nakon posla ušao u pub, za šankom sam ugledao društvance u pomodnim vjetrovkama i hlačama. Jedan pogled na njihove cipele bio mi je dovoljan da shvatim da dolaze s juga. Pijuckali su viski i po svemu sudeći, odlično se zabavljali.

Vjerujem da ste više puta u životu diskutirali o ljubavi na prvi pogled. Ljudi se stalno pitaju postoji li takvo što ili ne.

Ako mene pitate, postoji.

Mogao bih se zakleti da sam se zaljubio u roku od sekunde. Iako nisam takav tip. Romantika mi nije jača strana. Zazirem od pokazivanja osjećaja i kao svaki pravi Škot, svojski se trudim prikriti ih. A u to vrijeme, čak i nisam bio u potrazi za curom niti me je to zanimalo.

No stvari poput tih katkad se dogode kad ih najmanje očekuješ. Tako je bilo i s nama. Od one sekunde kada su nam se pogledi susreli, više ništa nije bilo isto.

Počeli smo razgovarati, a tri sata poslije, kad se njezina sestra s ostatkom društva odlučila vratiti u hotel, Janet je rekla da će ostati sa mnom popiti još jedno piće. Činilo se da joj ni najmanje ne smetaju prikriveni osmijesi i poneka dvosmislena primjedba djevojaka i mladića iz njezina društava. Ni meni nisu smetali. Nisam se obazirao ni na znatiželjne poglede mještana koji su te večeri sjedili u pubu. Većina njih poznaje me od rođenja i znao sam da će istog trenutka kad s Janet izađem iz puba, prasnuti u raskalašen smijeh. No nisam mario.

Poveo sam ju na šetnju plažom. Prije no što je otkucala ponoć završili smo u mojem krevetu.

Cijele noći ostao sam budan. Nisam ju mogao prestati gledati. Njezinu plavu kosu rasutu po jastuku, njezine duge trepavice.

Nekoliko dana poslije vratila se u London. Danima sam kao u izmaglici bauljao uokolo, nemajući pojma kamo idem ni što radim. Bez nje, sve je postalo besmisleno i beživotno.

Zato sam i zaradio gadnu opeklinu na ruci. Kovač sam, kao i moj otac, a kad se baviš takvim poslom, ne smiješ dopustiti da ti misli odlutaju.

– Takve stvari događaju se kada je čovjek zaljubljen – s osmijehom je rekla doktorica Nicholson dok mi je previjala ruku.

Ne bi imalo smisla da sam pokušao zanijekati. Svi su znali da smo Janet i ja nekoliko dana proveli zajedno. U selu malom poput Glen Avicha, takvo što bilo je nemoguće prikriti.

Zato sam samo slegnuo ramenima.

– Znaš, onog dana kad sam upoznala Johna, doslovce sam otplovila u oblake. Bila sam toliko ošamućena da sam u vlaku, na putu kući s fakulteta, propustila sići u Glen Avichu. Završila sam na obali pa je otac morao sjesti u automobil i doći po mene. Zaboga, ne mogu vjerovati da je otada prošlo već trideset godina – rekla je i ponovno mi se široko osmjehnula. – Ne brini, sve će biti u redu – dodala je i spustila pogled na moju ruku pa nisam bio siguran misli li na opekotinu ili na moje ranjeno srce.

Nekoliko tjedana kasnije, nakon mnogih večeri provedenih u pubu, gdje sam tugu utapao u čaši, i jednako toliko prijepodneva provedenih u krevetu, gdje sam liječio mamurluk, Janet se vratila.

Jedva sam mogao vjerovati da se vratila. Ali jest, bila je to ona. Moja Zlatokosa. Doista je izgledala poput princeze. Natovarila je u automobil boje, platna, torbu s odjećom i svoju mačku, i jednostavno se dovezla ravno pred moja vrata.

Bio sam presretan.

Ona je izgledala uplašeno. Očito se bojala kako ću reagirati kad ju ugledam. Opustila se tek kad sam ju zagrlio i poljubio. Po izrazu njezina lica shvatio sam da joj je laknulo.

Jest, laknulo joj je, ali nije djelovala sretno.

Saznao sam zašto je došla još dok sam ju na kućnom pragu držao u naručju.

– Trudna sam.

Zavrtjelo mi se u glavi i prije nego što sam stigao u potpunosti shvatiti ozbiljnost njezinih riječi, široko sam se osmjehnuo.

Nije mi uzvratila osmijeh.

Bila je trudna i nije djelovala sretno.

I tako je – naprasno i neočekivano – započeo naš zajednički život. U početku, bilo je to nalik plovidbi nepoznatim morima; sve je bilo novo i neobično, sve se rješavalo u hodu. Jednu od soba temeljito sam očistio i oličio, kako bi Janet imala atelje. Pokušala je slikati, ali jutarnje mučnine – zapravo, manje više cjelodnevne – ometale su ju u tome. Od jutra do mraka bilo joj je zlo. Većinu vremena provodila je sjedeći na sofi ili nagnuta nad zahodskom školjkom. Uskoro je odustala od slikanja.

Zahvaljivao sam Bogu na majčinoj sposobnosti da razvedri Janet i život joj učini ugodnijim. Srećom, Janet ju je obožavala. Brzo su se zbližile pa bi Janet, u vrijeme dok sam bio na poslu, najčešće skoknula do nje. Zajedno su odlazile u kupovinu ili na čaj u seoski kafić; činilo se da uvijek imaju o čemu razgovarati.

Djevojke iz Glen Avicha nisu se pokazale ni upola toliko sklone sprijateljiti se s njom. Smatrale su ju umišljenom plavokosom londonskom umjetnicom u odjeći s potpisom. Shona, moja sestra, rekla je da je to zato što im nije lako pomiriti se s činjenicom da im je neka pridošlica pred nosom otela jednog od nekolicine nadasve poželjnih neženja u okrugu. Nije joj bilo nimalo čudno što sam to propustio opaziti. Rekla je da muškarci nikada ne opažaju stvari poput tih – u tom smislu glupi su kao stup. Kako god bilo, moja majka bila je jedina Janetina prijateljica, što je bilo nadasve zanimljivo s obzirom na uobičajenu predodžbu o snahama i svekrvama.

Ipak, Janet je bila nesretna.

Svi su to mogli vidjeti. Ne samo ja nego i moja majka i moja sestra i svi ostali. Bilo je uistinu teško ne upitati se zbog čega je, pobogu, nesretna. Imala je muškarca koji ju obožava, lijep i topao dom, a uskoro će dobiti i dijete. Nije li to dovoljno za sreću?

Njoj nije bilo. Mogao sam to razumjeti. Trudnoća ju je iscrpljivala pa više nije imala snage posvetiti se slikanju. Umjetnost zahtijeva potpun emotivni, umni i fizički angažman, a ona joj se više nije mogla na taj način predati. Što se Janet tiče, jedno nikako nije išlo s drugim.

Ipak, očekivalo bi se da će ju pomisao na dijete veseliti, zar ne? Moje znanje o trudnicama i njihovim raspoloženjima bilo je prilično oskudno, no mislio sam da iščekuju dijete s mnogo više radosti. Barem je tako bilo s mojom sestrom. Budući da je živjela u Aberdeenu, nismo se svakodnevno viđali pa ne mogu sa sigurnošću reći kako se nosila s trudnoćom. Sjećam se da se žalila na mučnine i da je ponekad izgledala prilično iscrpljeno, no sve u svemu, imao sam dojam da je sretna. I premda mi se pomisao da s nekim porazgovaram o Janet i njezinim problemima nije osobito svidjela, morao sam majku upitati za mišljenje. Bio sam posve izgubljen i nisam znao što bih drugo.

– Neke žene teško podnose trudnoću, osobito ako je prva i neplanirana – rekla je. – I ja sam se jezivo loše osjećala dok sam nosila Shonu. Poslije, dok sam nosila tebe, sve je bilo u redu, no s njom... stalno mi je bilo zlo i nisam imala volje ni za što. No kad se rodila, zaboravila sam na sve. Katkad smo ju tvoj otac i ja satima gledali kako spava. Ne mogu ti opisati koliko sam bila sretna, bilo je to...

S Janet nije bilo tako. Nakon poroda, nije bila nimalo sretnija. Dvadeset četiri sata mučila se da bi rodila Maisie, našu kćer. Doista se strašno namučila, a ja joj u tome nisam mogao nimalo pomoći. Kad je napokon rodila, nisu mi dopustili da ostanem s njom. Takva su bila bolnička pravila. Mogao sam jedino otići kući i vratiti se sljedećeg dana. Tako sam i učinio. A sljedećeg dana, kad sam se vratio, zatekao sam ju krajnje iscrpljenu s kćeri u naručju. Pokušavala ju je podojiti, no malena je očito bila jako izmučena borbom za dolazak na svijet i nije htjela sisati, niti se smiriti u njezinu naručju. Ni u vezi s tim nisam joj mogao pomoći pa sam se, kao i dan prije, vratio kući. Sljedećeg jutra, kad sam ponovno došao k njoj, zatekao sam ju u istom položaju, u kojem sam ju ostavio – s kćeri u naručju. Pod očima je imala tamne podočnjake, kao da nije oka sklopila. I nije. Cijelu noć držala je Maisie u naručju. Kazala je da joj nije drugo preostalo; malena bi počela vrištati čim bi ju stavila u krevetić. Bojala se da će ju ispustiti ako zaspi pa bi se uštinula svaki put kad bi ju uhvatio drijemež. Ruke su joj bile pune modrica.

– Pobogu, gdje su bile sestre? – u nevjerici sam upitao.

– Nisam ih zvala.

Uzeo sam kćer u naručje i počeo ju nježno ljuljuškati. Bio sam uistinu sretan. Jedino što je kvarilo taj osjećaj bila je ozbiljna sumnja da se majka moje male ljepotice rastala sa zdravom pameću.

Mjeseci koji su uslijedili nisu bili nimalo bolji. Za Janet, majčinstvo je bilo poput dužnosti koju treba obaviti. Ne mogu reći da je u tom smislu bila loša majka. Nahranila bi i presvukla kćer, uspavljivala ju ljuljuškanjem i činila sve što majke čine, samo što pritom nije izgledala... ganuto ili razdragano ili onako kako sam izgledao ja, moja majka, Shona i svi ostali kad bi Maisie primili u ruke. Bilo je uistinu teško ne osmjehnuti se pri pogledu na tako lijepo dijete. Maisie je i sada lijepa, no kao beba bila je zbilja preslatka. Plavokosa je na majku, no nema oči boje različka, poput njezinih. Nego sivkasto plavkaste poput mojih, i očiju mojeg oca.

Malo po malo, Janet mi je gotovo u potpunosti prepustila brigu o Maisie. Preko tjedna, u vrijeme dok sam bio na poslu, često bi zamolila moju majku da ju pričuva. Jednom je čak predložila da ju na nekoliko dana ostavimo kod moje sestre u Aberdeenu, no tome sam se odlučno usprotivio. Bilo joj je samo tri mjeseca i takvo što jednostavno nije dolazilo u obzir.

No čak i kad bi se netko drugi bavio s djetetom, Janet nije slikala. Po povratku s posla često bih ju našao kako sjedi u ateljeu i zuri u daljinu. Platno razapeto na stalku bilo je prazno, kao i njezin pogled.

Bilo mi je uistinu teško gledati ju takvu. Srce mi se slamalo pri pomisli da je toliko nesretna samo zato što je u trenutku slabosti spavala sa mnom i ostala trudna. Doista sam se trudio usrećiti ju, ali nisam mogao i osjećao sam se krivim zbog toga. Znao sam da nemam nikakvog razloga tako se osjećati, no to me nije moglo umiriti.

Osjećao sam se kao da sam neku egzotičnu pticu zatočio u kavez i ona u njemu sada polako umire.

Jedne večeri to sam joj i rekao. Istog trenutka briznula je u plač.

– Ne, ne... to nije tvoja krivica – kroz jecaje je izgovorila. – Ni Maisiena. Nego moja... moram se više potruditi... potrudit ću se. Samo...više ne znam tko sam. Želim slikati, ali... nemam inspiraciju. No doći će. Sve će biti u redu. Obećavam.

U roku od godinu dana stvari su se ipak popravile. Odjednom se vratila u život i počela slikati. I nije prestajala. Činila je to i danju i noću. Boja joj se vratila u lice, pogled joj je opet zablistao. Doduše, za Maisie i mene nije imala više od desetak minuta na dan. Žudio sam za njezinom pažnjom i bilo mi je žao što s nama ne provodi više vremena, no unatoč tome, bilo mi je drago što je napokon sretna.

Maisie je u međuvremenu počela činiti prve nesigurne korake. Svaki put kad bih ju pogledao, topio bih se od miline. S kovrčavom plavom kosom i rumenih obraščića, izgledala je poput anđela. Kad god bi Janet nekoliko minuta odvojila za nju, Maisie ju je pokušavala zadržati od povratka u atelje. Naravno, željela je više majčine pažnje. Ipak, daleko od toga da je bila nesretno dijete.

Ubrzo potom, Janet je svakih mjesec dana počela odlaziti u London kako bi odnijela slike u galeriju i usput se našla s prijateljima ili otišla na poneku zabavu. Jednom prilikom ponudili su joj izložbu na jugu pa je tamo provela punih pet tjedana. Za to vrijeme nijednom se nije vratila kući, barem na dan ili dva. Nekoliko puta predložio sam joj da Maisie i ja dođemo k njoj, no uzalud, uporno je ponavljala da je previše zauzeta ili izmišljala neke druge razloge da do toga ne dođe.

Predosjećao sam da će otići i to me je plašilo. Noću nisam mogao spavati od straha da ću se ujutro probuditi i vidjeti da nema ni nje ni Maisie.

I zato sam joj predložio da se preselimo u London. – Mogu i tamo raditi – rekao sam. – Ako je to ono što želiš, ako bi te život u Londonu učinio sretnom...

– Oh, ne. Znam da mrziš London i da ne bi mogao živjeti u njemu.

– Jasno da bih ako je to ono što...

– Ne pričaj gluposti – odbrusila je. – Ne želim o tome razgovarati. To jednostavno ne dolazi u obzir.

Znao sam što to znači. Nije me željela uz sebe.

Kao što sam i očekivao, otišla je. Ali bez Maisie.

Uzela je samo sliku djevojčice na zaleđenom jezeru, nekoliko komada odjeće i svoju mačku. Uzela je svoju mačku, a ostavila svoje dijete.

Preplavio me niz različitih osjećaja. Ljutnja što nas je ostavila i razočaranje što je otišla bez riječi. Bilo je tu i olakšanje što nije odvela Maisie, ali i strah pri pomisli da sam ostao sam s djetetom od osamnaest mjeseci.

Tog dana odlučio sam da neću tražiti ženu koja bi Maisie nadoknadila majku. Ona i ja možemo sasvim lijepo živjeti i sami. Nitko nam ne treba. Naravno, nitko osim moje majke i sestre. No to je sve. Neću dopustiti da neka žena ponovno povrijedi mene i moju kćer.

U početku, Maisie je stalno tražila majku. Zatim sve rjeđe, a na kraju je posve prestala. Nikada joj nisam pokušao objasniti zašto je njezina mama otišla. Možda je to s moje strane bilo kukavički, no doista, što bih joj rekao? Kako sam joj mogao reći da ju je majka napustila zato što je ovdje bila nesretna? *Znaš, mila, tvoja se mama morala vratiti u London, kako bi se na miru mogla posvetiti svom životnom pozivu.* Jesam li joj, možda, to trebao reći? I usput joj objasniti da je njezina mama i ovdje mogla slikati ili da smo svi zajedno mogli otići u London. Ili da je barem nju mogla odvesti sa sobom. Makar bi me to satrlo. No doista, kako bih joj objasnio zašto je otišla? Kako sam joj mogao reći da nije željela ni mene ni nju?

Bude li me ikada pitala zašto ju je majka ostavila, smislit ću nekakvo opravdanje. Ne zato što Janet to zaslužuje, nego zato da bih Maisie poštedio razočaranja.

Najsmješnije od svega, samo zahvaljujući Janetinoj sebičnosti i bešćutnosti, Maisie je ostala sa mnom. Najzad sam joj, na neki uvrnut način, bio doista zahvalan što je bila dovoljno okrutna da ostavi vlastito dijete

I otada Maisie i ja živimo sami, a od iznenadne smrti moje majke, prije tri godine, još smo se više zbližili.

Volim ju više od svega na svijetu, no kad ode na počinak i kad ostanem sam sjediti uz vatru, s čašom viskija u ruci, preplavi me usamljenost. Povukao sam se od života, odbacio ga kao nešto previše opasno, nešto u što bi se samo budala upustila. I tako mi se samoća najzad polako uvukla u srce i kosti.

Zamrznut sam u svojoj samoći i namjeravam ostati takav. Tako je sigurnije. Moram razmišljati o kćeri. Više nas nitko neće povrijediti.

3

MAJKA I SIN

Elizabeth

Po vašem računanju vremena mrtva sam već tri godine. Vrijeme teče drukčije kad umremo, vječnost se sažme na sekunde, dani i noći zgusnu se i pretvore u suton.

Bilo mi je doista teško otići i ostaviti Shonu i Jamiea.

Sa šezdeset pet godina više nisam bila mlada, ali ni jako stara. Imala sam sretan život, učinila sam sve što je trebalo, ostvarila svoje želje. Ipak, srce me je boljelo što moram ostaviti djecu.

Znam, odrasli su, ali za mene su još uvijek djeca. Svakoj je majci dijete uvijek dijete, bilo malo ili veliko. Roditelji na mnogo načina određuju naše poimanje svijeta. Između ostalog, utvrđuju redoslijed odlaska s ovoga svijeta i kad odu, ostajemo bez zaštite. Sami i izloženi vjetrometini.

Dakako, tu je i Maisie. Nisam ju željela ostaviti. To malo siroče ionako je već ostalo bez majke. No da, ima majku, ali ona osobito ne mari za nju. Zapravo, nimalo.

Vjerojatno bih trebala Janet mrziti zbog toga. Ali ne mrzim ju. Teško je prema ikome imati osjećaje poput tih kad si okružen ovakvim spokojem i kad se osjećaš toliko sigurnim i stopljenim sa svime.

Iskreno rečeno, ni prije ju nisam mrzila. Neopisivo mi je laknulo kad sam saznala da je otišla bez Maisie. Mnoge besane noći provela sam u strahu da će ju odvesti, a mi ju u tome nećemo moći spriječiti. Najzad, Maisie je njezina kći, a život s Jamiejem u Glen Avichu očito ju nije usrećio. No kako bi on mogao živjeti u Londonu? Bilo bi to isto kao da jedan od naših krasnih visokih borova pokušaš premjestiti u urbanu sredinu. Jamie tamo nikada ne bi bio sretan. Ipak, otišao bi s njom. Poštedjela ga je tog bolnog izbora i odlučila otići bez njega i ostaviti mu Maisie. Ionako joj nije bila osobito privržena. Od dana kada je zatrudnjela smatrala ju je samo smetnjom.

Možda bih ju trebala smatrati čudovištem, reći da nije prirodno ne imati majčinski nagon. No život me naučio suosjećanju. Zašto bi sve žene morale željeti djecu?

Jedna noć ludosti bila je dovoljna da zatrudni, samo ta jedna noć, a ja znam kako je biti mlad i lud. Znam kako je kad si nemiran i nestrpljiv i kad život želiš živjeti punim plućima. I tada ne treba mnogo da ti se život okrene naglavačke. Njoj je bilo dovoljno nekoliko čašica viskija u društvu neznanca koji ju je na prvi pogled privukao. Jedna noć ludosti u romantičnom škotskom pejzažu.

Tko smo mi da bismo joj diktirali kako će živjeti ili joj govorili da bi trebala biti sretna što je postala majka? Ja sam se brzo snašla u toj ulozi, kao i moja kći, no to nije pravilo. Ljudi su ju radije tračali i prezirali umjesto da su se upitali koliko je žena doista sretno u ulozi majke i supruge. Mnoge se samo pretvaraju da su sretne, kako bi ispunile očekivanja okoline. Skupe se u sebe i prilagode kalupu koji su naslijedile od svojih majki. Taj obrazac zatiranja vlastitih potreba generacijama se prenosi s majki na kćeri.

Janet se u taj kalup nije mogla uklopiti. Umjetnica je i to je suštinski dio njezina bića, puka činjenica, kao što je ljudsko biće i žena.

Svojedobno sam poznala nekog poput nje. Dječaka s kojim sam išla u školu i kojeg nije zanimalo ništa osim sviranja violine. Njegov otac također je svirao violinu, a majka je bila nadarena operna pjevačica. Voljeli su glazbu, no njemu, glazba je bila sastavni dio njegova bića, nešto bez čega ne bi mogao živjeti. Kad iz bilo kojeg razloga više ne bi mogao svirati, sigurna sam da bi počeo venuti i naposljetku umro. S vremenom je ostvario sjajnu karijeru kao virtuoz na violini i kompozitor. Živi u Glasgowu, no mnogo putuje po svijetu. Oženjen je i ima troje djece, no eto, on si može dopustiti svirati violinu po deset sati na dan i održavati koncerte diljem svijeta iz jednostavnog razloga što njegova žena podiže djecu. Samo zato što je muškarac, može imati i obitelj i karijeru. No žena, ako je majka, a usto i umjetnica, ne može se u potpunosti predati umjetnosti. Mora ju odložiti, pospremiti u ladicu i posvetiti se djeci, ma koliko taj stereotip predstavljao još jednu ladicu. Neke žene voljne su to učiniti, a neke, poput Janet, nisu.

Ne mogu zamisliti kakav je osjećaj kad si primoran odustati od nečega što strastveno voliš, što je sastavni dio tvog bića. Nešto u tebi tada zacijelo umre, dio se duše ugasi. To je bilo ono što se Janet počelo događati. Kako bih ju mogla osuđivati? Ono čemu sam ja bila strastveno predana, bila je obitelj. James, djeca i naš topao dom. Ne mogu zamisliti kako bih se osjećala da sam od toga morala odustati. Vjerujem da bi mi duša počela venuti, kao što je to bilo i s Janet.

Od smrti, ujedinjena sam sa svime što postoji. Jezero sam i srebrna ribica koja pliva u njemu. Planina sam, vjetar i list na vjetru. Sunčana sam zraka koja prodire kroz prozor kovačke radionice mog sina. Mjesečina koja se noću razlijeva po Maisienoj sobi i povjetarac koji miluje Shonino lice i lica njezinih kćeri.

Kad umremo, možemo odabrati ponovno se roditi. No ako držimo da je ostalo nešto što bismo još trebali učiniti, možemo i ostati, iako ne zauvijek.

Isprva, nisam bila spremna za odlazak. No sada već jesam. Osjećam da polako nestajem. Dio po dio, svijest me napušta i svakog sam dana sve manje svoja. Ako ne odem u nov život, jednostavno ću se rasplinuti. No teško mi je rastati se sa svima koje sam voljela, s djecom, unucima, prijateljima i svime do čega mi je stalo. No morat ću to učiniti.

Jedino što me još drži ovdje jest Jamie.

Izgubljen je. Bojim se za njega; čak ni spokoj koji dolazi sa smrću ne može umanjiti taj strah. Majčinska ljubav jača je od svega. Osjećam kako mu se srce polako pretvara u led i bojim se da će jednog dana biti prekasno za njega. Maisie je jedina do koje mu je stalo, sve mu je ostalo manje ili više sporedno. Razgovara s ljudima, ali ne kaže ništa. Naizgled je opušten i nasmiješen, no svaku večer provodi sam s čašom viskija u ruci. Jedino mu Maisie može zagrijati srce, no kad odraste i ode od njega, Jamie će se pretvoriti u usamljenog muškarca koji večeri provodi u pubu, kako se ne bi morao vratiti u prazan, hladan dom.

Zalupio je vrata životu.

Moj dragi sin, koji bi nekome mogao tako mnogo pružiti. Moram mu pomoći. Otići ću tek kad se uvjerim da je sretan.

Jedne večeri, dok sam sjedila na stijeni kraj mora i osluškivala žubor valova, dogodilo se nešto čudno. Do mene je doprla nečija tuga. Bio je to jedan od onih pomalo jezivih osjećaja kad zadrhtiš iznutra, kao kad primiš poziv u pomoć nalik onome kad na nebu ugledaš signalnu raketu.

S ove strane života spojena sam sa svime pa i s milijunima živućih duša. Njihove duše plove kroz moju; dijelim njihova sjećanja. Mogu čuti njihove misli i njihove tihe glasove, a ovaj sam glas poznavala.

Bila je to Eilidh, unuka moje drage prijateljice Flore MacCrimmon. Njezina duša plakala je u snu i tražila utjehu. Ali ne moju. Nego Florinu.

No Flora ju nije mogla čuti. Ona se pridružila moru drugih duša i više nije bila Flora. No ja sam ju mogla čuti i odlučila sam *osluhnuti* njezine misli.

Zatvorila sam oči i prizvala sjećanja na nju.

Eilidh kao dijete. Malena djevojčica pametnih očiju, posve drukčija od Katrine, njezine drske sestre. Draga, umiljata Eilidh.

Vraća se iz škole u tamnoplavoj školskoj uniformi...

Pleše na seoskoj proslavi... ljulja se na ljuljački...

Pomaže Flori u trgovini, opasana šarenom pregačom...

Sjedi na kamenom zidu parka i sanjari...

Sjetila sam se i kako je jednom sjedila u mojoj kuhinji i čavrljala sa mnom, kad se Jamie vratio iz ribolova. Sramežljivo su izmijenili par riječi, onako kako to cure i dečki čine kad uđu u pubertet i shvate da se sviđaju jedno drugome na drukčiji način nego dotad.

Nastavila sam se služiti sjećanjima kao alatom kojim sam među milijunima umova krčila put u njezinu svijest. Napokon, uspjela sam prodrijeti do nje. I ostala užasnuta količinom boli na koju sam naišla.

– Eilidh, mila, vrati se kući... vrati se u Glen Avich – uporno sam ponavljala, iskreno se nadajući da će me čuti. Jer to je bilo ono što joj je trebalo.

A možda... možda i zato što bi Eilidh mogla biti odgovor na moje molitve. Za vrijeme života nikada se nisam bavila spajanjem ljubavnih parova. Smatrala sam da se ne bih trebala miješati u tuđe živote. Za razliku od Flore, Peggy i većine seoskih žena koje su obožavale djevojkama i mladićima malo pripomoći u tome, ja sam se uvijek držala po strani i gledala svoja posla.

No eto, stvari su se po tom pitanju očito promijenile. Često se kaže da je život pun iznenađenja, no čini se da ni nakon smrti nije drukčije.

4

ŽIVOT BEZ NADE

Probudila sam se u tihoj kući, prigušeno svjetlo dopiralo je kroz zavjese.

Nekoliko trenutaka nisam znala gdje sam. Pogledom sam polako okružila prostorijom. Nizak strop, slike sa seoskim motivima, starinski ormar, toaletni stolić, sag šarenog uzorka.

Kuća moje bake i njezine sestre. Ništa se nije promijenilo od vremena kada sam bila mala djevojčica.

Otkad sam izgubila dijete, prvo što bih osjetila po buđenju bio je ujed nesnošljive boli.

No ovoga puta bol je bila manje oštra, manje svirepa. Kao da je nešto stajalo između mene i surovog jada i prigušilo ga.

Kad si dijete, nema te boli koju ti, onaj koji te voli, ne bi mogao olakšati. Sve je lakše i ljepše kad postoji netko tko će ti donijeti šalicu toplog mlijeka i kolač, sjesti na rub kreveta, pokriti te i pročitati ti priču. Uz drago, poznato lice, poznati miris i poznati glas, ubrzo zaboraviš na sve. Ništa više ne izgleda tako strašno. Najčešće, ta je osoba majka, no meni je to bila baka.

Mir, utjeha i sigurnost... to je ono što sam osjetila čim sam prešla prag kuće u kojoj je živjela. A tako je bilo i tog jutra, nakon buđenja u njezinoj kući.

Mir, utjehu i sigurnost koju mi je jedino baka mogla pružiti.

Naravno, bila je tu i Peggy, draga teta Peggy, kako sam ju zvala. Prije nekoliko godina ostala je udovica, ubrzo nakon smrti moje bake. Kćeri su joj živjele u Kanadi i tako je ostala živjeti sama u toj velikoj obiteljskoj kući. Čudno, ali nikada mi nije palo na pamet pitati se je li usamljena. U to vrijeme krenula sam na medicinski potpomognutu oplodnju, a poslije, kako je vrijeme prolazilo i tretmani se nastavili, bila sam previše usmjerena na vlastite probleme da bih imala snage i vremena razmišljati o bilo kome ili bilo čemu drugome.

Bila sam slijepa, slijepa od želje da postanem majka i beskrajno frustrirana što mi ne uspijeva ostvariti tu želju.

Na noćnom ormariću, kraj sata, stajala je netaknuta šalica čaja i Tunnockov čajni kolačić. Vidjevši to, široko sam se osmjehnula. Kad sam bila djevojčica, Flora bi mi jedan takav uvijek gurnula u školsku torbu. Obožavala je Tunnockove kolačiće i vafle s vanilijom; uvijek ih je imala u kući.

Vidjevši koliko je sati, nekoliko puta kratko sam trepnula pa uzela sat i zagledala se u njega. Bilo je pola deset ujutro. Pola deset.

Jedva sam mogla vjerovati da sam spavala punih dvanaest sati. Bez prekida. Bez Diazepama i ostalih lijekova koje sam uzimala i koji su mi trebali pomoći da lakše prebrodim krizu. Suvišno je reći, ali nisu mi nimalo pomogli. Prije odlaska utrpala sam ih u plastičnu vrećicu i s velikim zadovoljstvom bacila ih u kantu za smeće. S treskom sam spustila poklopac i završila s tim. Kakve li koristi od prigušivanja boli? Ta sredstva možda mogu otupiti um, ali ne mogu riješiti problem. Nije li bolje suočiti se s olujom i prebroditi ju?

Kako god bilo, moja je borba završila. Izgubila sam nadu.

Kad ostaneš bez nade, nemaš više ništa za što bi se uhvatio.

I tada moraš odlučiti što ćeš dalje.

Moraš odlučiti hoćeš li završiti sa životom ili ćeš nastaviti živjeti i boriti se s prazninom, pokušavati pronaći nešto čime ćeš ju ispuniti. Ako si dovoljno uporan i tvrdoglav, nakon mnogo iskušenja i pogrešnih skretanja pronaći ćeš put iz tame.

Ono što sada znam jest da nada ne traje vječno, ali i da se može živjeti bez nje.

Tog jutra preostalo mi je pomiriti se s prazninom i vidjeti što ću dalje. Situacija nije mogla biti gora. Izgubila sam dijete, napustila dom i supruga. Bila sam bez posla i jedino što sam imala bila je mala svota novca koja će se brzo rastopiti. Ipak, nisam se bojala. Bila sam na dnu, a jedini je put odatle onaj prema gore.

Ustala sam i razgrnula zastore. Pogled na oblake koji su poput krda divljih konja galopirali golemim sivim nebom iznad brežuljaka prekrivenih crvenkasto smećkastim krošnjama bjelogorice i visokim zelenim borovima, na trenutak me je ostavio bez daha.

Otvorila sam prozor i prepustila se zagrljaju hladnog jesenjeg zraka. Mirisao je na vlagom natopljenu zemlju i uvelo lišće.

Bila je jesen, vrijeme kada priroda odlazi na počinak u očekivanju proljeća i novog života. Savršeno razdoblje za nekoga poput mene u kome je sve umrlo, uvenulo poput lišća.

Kratko sam zadrhtala pa odjenula kućni ogrtač. U kući je postojalo centralno grijanje, no s obzirom da je Peggy živjela sama, nije ga bilo isplativo uključivati. Većinu vremena ionako je provodila u kuhinji, uz štednjak na drva ili u dnevnom boravku, uz kamin.

Sišavši, otkrila sam da je već izašla. Na stolu mi je ostavila čajnik, šalicu, košaricu s kruhom, maslac, džem od borovnica i poruku.

U trgovini sam. Čim pojedeš i raspakiraš se, dođi k meni na čašicu razgovora.

Nakon šalice čaja i dvije kriške kruha s domaćim džemom, mnogo sam se bolje osjećala. Na brzinu sam se istuširala, navukla traperice i džemper, obula tenisice i uzela telefon da nazovem majku. Javila se čim je zazvonio. Bila sam sigurna da ju je Tom nazvao čim je našao moju poruku i znala sam da je dotad već izludjela od brige. Zbog toga sam se osjećala pomalo krivom, no što je, tu je.

– Eilidh! Gdje si?

– U Glen Avichu – hitro sam odvratila. – Kod tete Peggy. Dobro sam. Ostavila sam Toma.

– Znam, rekao mi je. Pitala sam ga zašto, ali nije mi htio reći. Mogu zamisliti zašto. Šutnja govori više od riječi i znam da je nešto gadno skrivio. Jadnice... sigurno ima drugu, zar ne? – upitala je, izrazitim škotskim naglaskom koji je izlazio na površinu uvijek kad bi ju nešto razljutilo ili prekomjerno uznemirilo. – Želiš li da tata i ja dođemo po tebe? Ili da barem dođemo popričati s tobom?

– Ne, doista, to neće biti potrebno. Želim se malo udaljiti od svih i na miru razmisliti o svemu.

Nastupila je kratka tišina.

– Nećeš učiniti neku glupost, zar ne? – tiho je upitala. Jadnica, mora da je doista izludjela od brige.

– Naravno da ne. Ni slučajno – odvratila sam. Daleko od toga da mi prva tri tjedna nakon što sam izgubila dijete, pomisao na smrt nije bila draža od nesnosne boli koja me je i danju i noću mučila. No pribrala sam se i shvatila da se ne mogu ubiti. Možda je tome presudila moja urođena tvrdoglavost, no nisam mogla odustati od borbe.

– U redu, u redu. Bude li ti išta potrebno, odmah me nazovi.

– Hvala ti – sa suzama sam u očima prošaputala.

– Reci Peggy da joj šaljem velik zagrljaj i poljubac. Oh, Eilidh, cijele noći nismo mogli oka sklopiti od brige. Sad kad znam da si kod kuće, pao mi je kamen sa srca.

Kod kuće, s osmijehom sam pomislila. Škotsku je nemoguće iščupati iz srca. Izuzev razdoblja kad je otišla od oca, moja je majka već trideset godina živjela u Engleskoj, no Škotsku je još uvijek smatrala svojim domom. Pozdravila sam se s njom i odložila telefon pa duboko udahnula, obrisala suze, obukla jaknu, izašla iz kuće i uputila se u sada samo Peggynu, a nekad i Florinu trgovinu mješovitom robom. U njoj se moglo kupiti takoreći sve, počevši od hrane, novina, suvenira i igračaka pa do lovačke opreme i opreme za kampiranje. Peggy je tu prodavala čak i pletene kapice, čarapice i kaputiće za bebe, djela marljivih ruku sestara Boyle, koje su već zašle u osmo desetljeće života.

Iako je prodaja opala nakon otvaranja supermarketa u obližnjem Kinnearu i Tesca u predgrađu Aberdeena, udaljenog četrdeset pet minuta vožnje automobilom od Glen Avicha, trgovina je još uvijek solidno poslovala, možda i zato što to nije bilo mjesto samo za kupnju nego i za druženje. Flora i Peggy bile su brbljave i ljudi su voljeli svraćati u trgovinu kako bi s njima prokomentirali zbivanja u selu. No i jedna i druga uvijek su se klonile tračeva. Najviše su uživale u spajanju parova. Obje su bile sretno udane pa su i drugima željele sreću u braku. Poznato mi je da im je u nekoliko slučajeva to nadasve dobro uspjelo.

Obje su bile uvjerene da Tom nije za mene. Nikada mi to nisu otvoreno rekle, za takvo što bile su previše uljudne, no znala sam. Po svemu sudeći, bile su u pravu.

Spustila sam se na mali trg gdje se nalazio park u kojem sam se kao djevojčica često igrala, pa pored crkve, ljekarne i frizerskog salona produžila do trgovine.

Kratko sam zastala i zagledala se u izlog. Staklo je bilo čisto, a izložena roba lijepo aranžirana. Iako se bližila sedamdesetoj, Peggy je još uvijek marljivo radila i uživala u poslu.

– Jesi li dobro spavala? – s osmijehom je upitala čim sam ušla. U svijetloplavoj bluzi, mornarskoplavom kardiganu i tamnosmeđoj suknji, izgledala je vrlo lijepo i uredno. Peggy je uvijek držala do sebe. Kosa joj je kratko podšišana, zagasito sive boje, a oči bistre i izrazito plave, kao što su bile i oči moje bake. I ja sam ih naslijedila po ženskoj porodičnoj liniji.

– Jesam, hvala. I hvala ti što si mi dopustila da ostanem. I za doručak. Prije nego što sam izašla, poslužila sam se telefonom da nazovem majku. Nadam se da ti ne smeta?

– Naravno da ne. Kako je ona?

Bila sam svjesna da Peggy oprezno opipava teren kako bi me navela da joj objasnim zašto sam se odjednom pojavila pred njezinim vratima, i to u tako očajnom stanju.

– Dobro je. Bila je prilično zabrinuta za mene, no laknulo joj je kad je čula da sam kod tebe.

– Zar nije to znala, malena? Nije znala da dolaziš ovamo?

Malena. Flora i Peggy uvijek su me tako zvale. O, kako mi je to nedostajalo. Oči su mi se ispunile suzama, kao i mnogo puta u protekla tri mjeseca. Činilo se da i ne znam ništa drugo nego plakati.

– Oh, Eilidh, mila, dođi... idemo otraga – rekla je i povela me u stražnju prostoriju uređenu poput male kuhinje, koja je njoj i Flori oduvijek služila kao ispovjedaonica ili mjesto za povjerljive razgovore uz šalicu čaja. Kad bi zidovi mogli pričati...

– Hajde, sjedni i slobodno se isplači. Poslije ćeš se bolje osjećati. Pristavit ću nam čaj...

Nakon potoka suza i nekoliko šalica čaja napokon sam joj se bila spremna povjeriti. Ponešto je tijekom godina saznala od moje majke, ali ne sve. Neovisno o tome, već je dugo sumnjala da nešto nije u redu jer svaki put kad bih došla u Glen Avich, bila sam prilično potištena.

Rekla sam joj da sam izgubila dijete i da Tom već dugo ima prijateljicu ili ljubavnicu, kako god se to nazivalo. I da sam došla do točke kad sam shvatila da me više ništa ne veže uz Southport i da mi je potreban nov početak. Znala je da moj odnos s roditeljima i sestrom nije osobito dobar pa ju to nije začudilo.

– Sirotice. Kakvog li teškog križa na tvojim ramenima. Ne brini, možeš ostati kod mene koliko god želiš.

– Od srca ti hvala. Rado bih ostala nekoliko tjedana. Ali, ne bih ti htjela biti na teret. Imam nešto novca i doista bih željela podmiriti svoje troškove, tako da...

– To doista nije potrebno, mila. Imam dovoljno novca i nisi mi na teret.

– Ipak, hrana i ostalo... ne mogu dopustiti da me uzdržavaš. Znam da je to samo nekoliko tjedana, ali...

Osmjehnula se i potapšala me po ruci. – Uvijek si bila pažljiva i odgovorna. Ne brini, sve je u redu. Nemoj se time zamarati.

– Čim malo dođem k sebi, potražit ću posao i... – uzdahnula sam i odmahnula glavom. – Sve je tako zamršeno. Ne znam što ću dalje.

– Pusti to. Previše si iscrpljena da bi mogla bistro razmišljati. Ostani koliko god želiš, a kad se oporaviš, sve ćeš riješiti lakše nego što misliš.

– Možda bih ti mogla pomoći u trgovini – predložila sam. – I u održavanju kuće.

– Sad kad si to spomenula, moram priznati da bi pomoć dobro došla. Zapravo, pojavila si se ovdje u pravom trenutku. Kao da te je providnost poslala. Prije dva dana, Mary Jamieson... sjećaš li se Mary? U zadnje vrijeme pomagala mi je u trgovini jer više ne mogu sve sama. Zamisli, dobila je novac na jednoj od onih srećaka grebalica koje prodajem u trgovini i odlučila otići na Novi Zeland, u posjet sestri. Godinama se nisu vidjele. Nadala sam se da će ju zamijeniti Paul, njezin nećak. Odlučio je godinu dana raditi prije nastavka školovanja u Glasgowu. No pronašao je bolje plaćen posao u tvornici i tako ništa od toga. A sad si se ti pojavila – rekla je i glasno se nasmijala. – Nije li to čudesno?

Morala sam se složiti s tim. Bit će da ipak imam anđela čuvara. Kako stvari stoje, imat ću krov nad glavom, barem privremeno, a našla sam i privremen posao. Jedino još moram pronaći volju za život.

Kako god bilo, jedno je sigurno. Nikada neću imati djecu, što je nadasve tužno, no ujedno i nešto na što ne mogu utjecati, ali ni muža, ne zato što se ne bih mogla ponovno udati, nego zato što više ni jednom muškarcu neću dopustiti da uđe u moj život i ponovno me povrijedi.

Ostat ću sama. Nitko, nitko mi više neće slomiti srce.

5

DVOČLANA OBITELJ

Jamie

Maisie i ja živimo sami i dobro nam je tako.

Mnogo radim, no ostatak vremena provodim s njom. Sve u našem životu svodi se na umijeće balansiranja. Svakog jutra vodim ju u školu, a poslije posla odlazim po nju kod Mary, rođakinje koja već ima unuke i koja je jedva dočekala priliku da i nju malo razmazi. Prije je za to bila zadužena moja majka, no od njezine smrti Mary ju dostojno zamjenjuje.

Maisie je imala samo dvije godine kad je moja majka umrla. Svi su se ustrčali oko nas. Shona je nekoliko tjedana ostala kod mene, a ja sam na tri mjeseca prestao s radom – nakon majčine smrti trebalo mi je malo vremena da se snađem. Sve u svemu, to mi je nadasve dobro uspjelo. Kad god se sjetim tog teškog razdoblja, htio-ne htio moram se nasmijati. Drage dobrodušne žene iz sela stalno su svraćale ponuditi mi pomoć. No ako su očekivale da će mi biti potrebna, prevarile su se. Maisie je uvijek bila oprana, počešljana i uredno odjevena, kuća pospremljena, a na štednjaku se kuhao ručak. Bio sam siguran da bi moja majka bila sretna kad bi to mogla vidjeti.

U tom smislu nisam trebao ničiju pomoć, no ono što mi je tih dana doista koristilo – osobito nakon što se Shona vratila u Aberdeen – bilo je društvo ljudi koji su sa mnom provodili večeri u gledanju televizijskog prijenosa utakmice ili u ugodnim razgovorima kraj kamina. Kad bi otišli, produžio bih ravno u krevet i zaspao kao klada. S obzirom na to da se Maisie budila u pet ujutro i po cijele dane zahtijevala aktivan roditeljski pristup, tome se i nije čuditi.

To mi je uvelike olakšalo najteže razdoblje tugovanja za majkom. Poslije, kad bol više nije bila tako oštra, lakše sam se uhvatio u koštac sa životom bez majke. Nastavio sam s poslom i Maisie svakog jutra odvodio kod Mary. Nakon što je u listopadu proslavila treći rođendan, krenula je u vrtić, tri sata na dan, od 12.30 do 15.30. Najčešće, Mary bi ju odvela i otišla po nju, no s vremena na vrijeme ja sam to činio umjesto nje. Oko podneva došao bih po nju, obukao joj ružičastu vjetrovku koju joj je Shona poklonila, obuo joj cipelice, primio ju za ruku i poveo ju niz ulicu. Volio sam hodati ulicama s njezinom ručicom u svojoj. I gledati kako veselo trči u susret prijateljima. Ili, kad bih našao vremena otići u vrtić po nju, kako mi juri u naručje. Visoko bih ju podigao i s osmijehom se zagledao u njezino nasmijano lice. Jako je nalikovala majci, no sve što sam vidio, bila je Maisie, moja voljena kći.

Sada je već školarka. Svakog jutra otpratim ju do školskog dvorišta i pogledom ju ispratim do vrata. Prije no što uđe u zgradu, uvijek se okrene i mahne mi na pozdrav. Moja mala plavokosa djevojčica, u školskoj uniformi, sivoj haljini, tamnoplavoj jakni i tamnoplavim štramplama. Kako ne bih bio ponosan na nju?

Neopisivo sam zahvalan sestri što me je prije početka škole pozvala da s Maisie dođem u Aberdeen kako bismo s njom i njezinim kćerima – od kojih je jednoj šest, drugoj osam, a trećoj deset godina – pošli u kupovinu odjeće. U protivnom ne znam kako bih se u tome snašao. Naravno, uglavnom sam, okružen vrećicama, sjedio pred kabinama u kojima su cure isprobavale odjeću i čekao da izađu, kao što muškarci uobičajeno čine u takvim prigodama. Moja sestra i nećakinje, Bogu hvala, razumjele su se u modu. Nakon obilaska Marks & Spencera, Nexta i Debenhamsa počeo sam gubiti volju za životom, a to je tek bio početak. No cure su doista uživale. Maisie se pokazala nezasitnom. Ispalo je da joj treba nekoliko suknji, bluzi, majica, haljina i tajica. I crne balerinke s ružičastim cvijetom. Toliko su joj se svidjele da ih je odmah obula. Kupio sam joj i par ružičastih gumenih čizama i mornarskoplav kaputić. Zatim i ružičastu kapu, šal i rukavice – to sam samostalno odabrao; dotad sam već shvatio da sve treba biti ružičasto. Ali to nije bilo sve. Morali smo kupiti i pregršt ukosnica i vrpci za kosu. Kirsty, koja je već išla u drugi razred i smatrala se dovoljno iskusnom po tim pitanjima, rekla je da će Maisie u školi morati kosu vezati u rep, u protivnom će joj smetati kad se nagne nad bilježnicu.

Kada smo završili s kupnjom, najmanje što sam mogao učiniti kako bih im se odužio na pomoći, bilo je da ih pozovem na ručak. Prošao je u veselom raspoloženju. Na rastanku, izljubio sam nećakinje i čvrsto zagrlio Shonu. Nisam znao kako bih joj se drukčije zahvalio, no sudeći po njezinom ganutom pogledu,shvatila je.

Pogled nalik tom često viđam u očima mnogih žena iz Glen Avicha. Očito misle kako je lijepo vidjeti tako brižnog samohranog oca. Čini se da to drže neopisivo *slatkim*. Osobno, nimalo se ne trudim ispasti takav u nečijim očima, jednostavno volim Maisie i pokušavam ju odgojiti najbolje što mogu. Neovisno o tome što je ostala bez majke i bake – doduše, ako se radi o njoj, ne njezinom voljom – ne želim da Maisie raste s osjećajem da je svijet nesigurno mjesto u kojem ti se svakog trenutka tlo može zatresti pod nogama. Ionako će to saznati kad odraste.

Zasad, želim da zna da je naš dom toplo i sigurno mjesto. I da ju volim više od svega na svijetu i da se u svemu uvijek može osloniti na mene.

Rijetko razmišljam o Janet, no svaki put kad se to dogodi, na vlastito čuđenje shvatim da mi nedostaje. Ako to nije uvrnuto, ne znam što jest. Očito joj nije stalo do mene i da nije zatrudnjela, vjerojatno mi se više nikada ne bi javila. Većinu vremena koje smo proveli zajedno bila je potištena. A zatim je otišla bez riječi. Unatoč tome, nedostaje mi. Možda zato jer je bila jedina žena koju sam ikada volio.

Nazvala me nekoliko mjeseci nakon odlaska. Koljena su mi otkazala od straha da će reći kako želi Maisie pa sam brzo morao sjesti. Ali ne. Rekla je da ne očekuje moje razumijevanje niti se želi opravdavati. Ne može biti majka, nije taj tip i neka to shvatim kako god hoću. Sve što želi jest ostaviti mi podatke bankovnog računa na koji će redovno polagati novac za Maisie. Bude li joj štogod zatrebalo, neka slobodno uzmem novac s tog računa.

Bilo mi je uistinu teško suzbiti želju da joj kažem što mislim o njoj i njezinu postupku, no da sam započeo, iz mojih usta izašle bi riječi koje pouzdano nikada ne bi zaboravila, a bojao sam se da bi se naš loš odnos jednoga dana mogao negativno odraziti na Maisie. I zato sam se suzdržao.

– Imaš li u blizini papir i olovku? – upitala je.

– Janet, Maisie ne treba tvoj novac. Znaš da dobro zarađujem.

– Da, znam. Ipak, želim nešto učiniti za nju.

– Zato jer ćeš se tako bolje osjećati?

Tišina.

– Zapravo, da.

– U redu. Pošalji mi pismo s podacima. Oprosti, moram ići...

– Pričekaj trenutak, željela sam te nešto upitati.

– Da?

– Kako je ona?

– Ne brini, dobro je. Savršeno sam sposoban brinuti se o njoj.

– Znam da jesi, u protivnom ju ne bih ostavila kod tebe. Znala sam da će joj s tobom biti bolje nego sa mnom.

– Janet, molim te, doista ne bih o tome. Bi li me pustila da nastavim sa svojim životom?

– U redu... naravno. No...

– Što, Janet? Što te još zanima?

– Htjela sam te pitati kako je tvoja majka.

– Dobro je.

Ponovno tišina.

– Mrzi li me?

Mogao sam joj reći da ju mrzi, isto kao i ja. Znao sam da bi ju to povrijedilo, ali previše sam poštovao majku da bih lagao.

– Ne. Čudno, ali istinito, zapravo te razumije. Cijelo selo smatra te čudovištem, ali ne i ona.

Na trenutak je ponovno zašutjela.

– Hvala ti. I hvala ti što si Maisie tako dobar otac i što me ne mrziš...

Spustio sam slušalicu.

Već malo više od mjesec dana viđam se s nekim. S Gail. Dvadeset šest joj je godina – deset manje nego meni. Shonu to nije iznenadilo. Kaže da je Gail bila zaljubljena u mene još kao djevojčica. Katkad izađemo na piće, ne često, jer večeri najradije provodim s Maisie. Dvaput sam prihvatio poziv na nedjeljni ručak s njom i njezinima u pubu, ali nastojim se toga kloniti. Ne želim da se to pretvori u običaj. Maisie i ja za istim stolom s njom i njihovim roditeljima... to djeluje previše obiteljski, kao da smo ona i ja u najmanju ruku pred brakom, što nismo i nećemo biti.

Znam da to zvuči grozno, kao da se poigravam njome – što nipošto ne činim. No ne želim s njom ući u ozbiljnu vezu. Dobro mi je i ovako. U biti, samo smo prijatelji. No siguran sam da ona želi više od tog.

Jedne večeri na rastanku zagrlila me i poljubila. Lagao bih kad bih rekao da joj nisam uzvratio poljubac ili da nisam uživao u njemu. Najzad, muškarac sam.

Otad, uvijek se poljubimo na rastanku. Nekoliko puta, nakon što smo izašli iz puba, uvijeno mi je stavila do znanja da bi rado došla k meni i ostala sa mnom preko noći. No uvijek sam se nečim izgovorio i otpratio ju kući. Svjestan sam da bi to značilo prekretnicu u našem odnosu, a ja doista nisam spreman na ozbiljnu vezu. Usto, nisam zaljubljen u nju, što je nadasve dobro, jer tada ne bih mogao bistro razmišljati. Nemam namjeru dopustiti da mi se to opet dogodi.

Ovakav stupanj bliskosti sasvim mi je dovoljan. Zaista. Draga mi je, ali nisam zaljubljen u nju.

Lijepo se slaže s Maisie i vrlo je zabavna... jednostavna. Potpuno različita od Janet.

Doista je draga. Ne radi se o njoj, nego o meni. Svjestan sam kako to zvuči, ali istina je. Ne želim vezu, a kamoli brak. Usto, mlada i draga djevojka poput nje ne bi trebala završiti u braku s nekim tko ju ne voli. Zaslužuje više od tog. Stalno joj to pokušavam reći, ali ne uspijeva mi. Riječi ne izlaze iz mojih usta onako kako bi trebale i na kraju uvijek ispadne da joj nisam rekao ono što sam htio. Možda bih joj trebao napisati pismo.

Radi u supermarketu u Kinnearu i dogovorili smo se da u petak navečer dođem po nju i odvezem ju kući. Naravno, prije toga otići ćemo nešto prezalogajiti. A u subotu će, kao i dosad, vjerojatno svratiti k meni kako bismo Maisie odveli u park. U nedjelju pak Shona dolazi u Glen Avich s Fraiserom i curama. Mogao bih se okladiti da ćemo završiti na ručku u pubu, s Gail i njezinima.

O, Bože. Vidim kamo to ide.

Nisam sposoban za to. Ne mogu joj pružiti ono što očekuje, a ne želim ju zavlačiti niti dopustiti da budem uvučen u brak s nekim koga ne volim. Sumnjam da bih se ponovno mogao zaljubiti i ne, ne bih to ni želio. A njoj pouzdano ne treba brak s nekim tko ju voli samo kao sestru ili prijateljicu. Ne mogu ju oženiti samo zato što se naše obitelji dobro slažu i što se čini da bismo ona i ja bili dobar par.

Ne mogu više čekati. Reći ću joj to u petak, kad dođem po nju. Ne mogu joj napisati pismo; moram joj to reći, oči u oči.

Ipak, lakše bi mi bilo izraziti se u pismu.

Uh, nemam pojma što ću.

Znam kako će to izgledati u petak, u Kinnearu. Poletjet će mi u susret, zagrliti me i poljubiti. Otići ćemo u neki restoran i cijelo vrijeme gledat će me pogledom punim ljubavi i povjerenja. Povremeno će mi nježno stisnuti ruku. I zacijelo će opet iz torbe izvaditi neku od sitnica koje je stalno poklanjala Maisie, a ja nakon toga neću imati srca prekinuti s njom.

Možda je tako i bolje.

Možda bismo zaista trebali završiti u braku.

Ne bi li to bilo najbolje za sve?

Imao bih noću koga zagrliti i više ne bih bio sam i izgubljen kao zadnjih pet godina. Pet godina u mojem životu nije bilo nikoga s kim bih podijelio malo topline i nježnosti. Nijednom se nisam upustio čak ni u kratkotrajnu pustolovinu s nekom od žena s kojima bih katkad popio piće ili dva u pubu. Kao da sam se... zaledio.

No, bih li s Gail bio manje usamljen?

Ona je prva žena koju sam poljubio nakon Janet. Bilo je posve drukčije nego s njom. Od Gail mi se nije bilo teško odvojiti i otići kući. Ne bi trebalo biti tako. Kad si zaljubljen, svaka ti je sekunda dragocjena i nakon što se rastanete ne možeš dočekati da se ponovno vidite. No kad god bih bio s Gail... taj osjećaj usamljenosti i izgubljenosti i dalje je bio prisutan negdje duboko u meni.

To nije u redu. Znam da nije i znam što će se dogoditi ako ne prekinem s njom.

Prije ili poslije popustit ću. Kad mi sljedeći put kaže da joj se ne žuri kući i da bismo možda mogli još malo prošetati i popiti još jedno piće, što znači da ga želi popiti kod mene, ponovno ću pronaći neki izgovor i nastaviti ih pronalaziti sve do... sve do trenutka kada će mi to postati preglupo. I tada ću popustiti i povesti ju k sebi. Na prstima ćemo se ušuljati u kuću kako ne bismo probudili Maisie i s rukom u ruci popeti se uz stube i produžiti ravno do moje sobe. I to će biti to. Ujutro, kada ustanemo, više ništa neće biti isto. Napokon ćemo biti zajedno na način koji su svi priželjkivali. Naravno, nikada joj neću reći da to što osjećam prema njoj nije ljubav i zauvijek ću ostati s njom jer po prirodi sam takav, staromodan. Oduvijek sam bio takav. Čak je i Janet to opazila. Znala je reći da djelujem kao da sam došao iz nekog drugog vremena, iz vremena mog oca ili djeda. No takav sam i takav ću ostati.

Moram što prije prekinuti s njom ili to neću nikada učiniti. Kad ne bih bio tako usamljen, već bih prekinuo... no učinit ću to... uskoro.

6

PROŠLOST I SADAŠNJOST

Elizabeth

To s grebalicom bila je genijalna ideja. Moram priznati da se prilično ponosim sobom. Znala sam da će Eilidh duže ostati u Glen Avichu bude li imala posao. Morala sam nešto učiniti u vezi s tim pa sam Mary pomogla da izvuče srećku s pozamašnim dobitkom. Moglo bi se reći da sam učinila dvostruko dobro djelo jer Eilidh je dobila Maryn posao, a Mary priliku da se vidi sa sestrom. Već se odavno nisu vidjele.

Duhovima nije lako uplitati se u živote živih i činiti stvari poput tih. To me potpuno iscrpilo pa sam morala malo plutati uokolo kako bih se opravila.

A kad sam se vratila, Jamie se već počeo viđati s Gail.

S Gail, koju sam kao djevojčicu često čuvala dok je njezina majka radila noćnu smjenu u staračkom domu u Kinnearu. Otac joj je vozač kamiona i kad ni njega ni njezine majke ne bi bilo kod kuće, Gail je noćila kod nas. Svatko je mogao vidjeti da je zaljubljena u Jamiea, no nisam se time zamarala. Djevojčice se stalno zaljubljuju u starije dečke, a on je u to vrijeme već krenuo na koledž u Aberdeenu. Poslije je nastavio školovanje u Glasgowu i dolazio je kući samo na praznike. Nikada nije obraćao pozornost na nju.

Ipak, ona bi se rastopila svaki put kad bi ga vidjela. Nije mnogo govorila, samo se smijuckala i krišom ga pogledavala.

Još je uvijek zaljubljena u njega. Vidim to po načinu na koji ga promatra. No on ne djeluje nimalo zaljubljeno. Kad je s njom, izgleda galaksijama udaljen od nje i po svemu sudeći, jednako tako mogao bi biti sam ili s bilo kim drugim.

Problem je u tome što nakon Janetina odlaska nijednoj ženi nije uspjelo probiti njegov oklop. Izuzev Maisie i Shone, nitko ne može doprijeti do njegova srca.

Pa tako ni Gail.

Previše je luda za njim da bi to vidjela. Čini se da ne opaža kako mu pogled luta uokolo kad je s njom, niti da neprestano pronalazi izgovore zašto se ne mogu vidjeti. Ipak, na kraju uvijek popusti. Nastavi li se tako ponašati, završit će s njom u ozbiljnoj vezi. Ne znam što bih mislila o tome. Bilo bi lijepo kad bi se zaljubio u nju i oženio ju. Draga je, iz dobre je obitelji i očito ga obožava. Koja bi majka mogla poželjeti više od tog?

No duboko u sebi znam da se to neće dogoditi. Jamie je tih i staložen, čvrstog karaktera, no ispod površine, vrlo je maštovit i strastven. Još od vremena kad je bio tinejdžer, shvatila sam da ga istinski može privući samo neka neobična djevojka.

Tako je nekako i s Eilidh. Bila je tiha i mirna djevojčica, često zamišljena i povučena. Vrlo samostalna i odgovorna. No kad bi ju nešto ganulo ili zadivilo, poput lijepe skladbe ili filmskog prizora, na površinu bi izašla njezina strastvena narav. Uvijek je duboko doživljavala stvari. Mogla bih se složiti s njezinom majkom koja je često, ne bez ironije, govorila da mirne rijeke mogu biti varljive. Eilidh je zacijelo stara duša, njezine emocije kao da dolaze iz vrela nekih davnih spoznaja. Jednom, na školskoj predstavi, čitala je prekrasnu poemu Sorleya MacLeana, "Hallaig" i to s tolikim zanosom da je cijela dvorana umuknula. Mnogo ljudi, uključujući i mene, uspjela je ganuti do suza.

Ništa u vezi s Eilidh nije sivo i mlako. Ili je crno ili bijelo; vrelo ili ledeno. Mogu razumjeti zašto je obožavala Floru: i ona je izvana djelovala suzdržano, no u duši je bila topla i strastvena. Dijelile su i ljubav prema glazbi, prirodi i dobroj knjizi. Sve te sklonosti i osobine preskočile su Rhonu, Florinu kćer i prešle ravno Eilidh. Rhona je hladna osoba, osobito prema Eilidh. Ne radi se o tome da ju ne voli, prije bi se reklo da ju voli na sebi svojstven način, ali nikada joj to nije znala pokazati. Njih dvije nikada nisu bile bliske. Eilidh je odrasla bez toplih majčinskih zagrljaja i to joj je strašno nedostajalo. Katrina je bila drukčija, mnogo glasnija, brbljavija i živahnija. Uvijek je težila biti u središtu pozornosti i dokazati da je ljepša i pametnija od sestre. Za razliku od Eilidh, odlično se slagala s majkom, bile su kao prst i nokat. U Rhoninim očima, Katrina nikada ni za što nije mogla biti kriva, uvijek je za nju pronalazila opravdanja. Naravno, ne radi se o tome da je Katrina zla i pakosna, no uvijek me je živciralo što se prema Eilidh odnosi nadmeno i s omalovažavanjem.

Mnogo je mjehurića koji ključaju ispod Eilidhine suzdržane površine... snažna je, a ipak ranjiva. Tko god to prepozna u njoj, mora ju zavoljeti.

Nedugo nakon dolaska u Glen Avich, sprijateljila se s Jamiejem. Često su zajedno pisali zadaće, bilo u mojoj kuhinji ili u stražnjoj prostoriji Florine trgovine, što im je bila draža varijanta jer Flora nikada nije štedjela na slatkišima. I tako sve do njihove jedanaeste godine. U toj dobi, curama i dečkima više nije lako opušteno se družiti kao nekada. Njihov odnos tada se često mijenja na nepredvidljive načine. Katkad se zbliže, a katkad udalje.

Činilo se da su njih dvoje bili na najboljem putu da se zaljube jedno u drugo, no Eilidh je tada otišla iz Glen Avicha. Jamie joj je prije odlaska odlučio pokloniti nešto za uspomenu pa je u očevoj radionici napravio lančić s privjeskom u obliku srne, njezine najdraže životinje. Bila je doista krasna. Jamie je od malih nogu bio umjetnički nadaren i vješt u izradi nakita i ukrasnih predmeta od kovanog željeza. Ipak, nikada joj nije poklonio taj lančić. Kad sam ga upitala zašto se predomislio, bez riječi je slegnuo ramenima.

Jamie je za vrijeme dok je bio na koledžu i poslije, dok je studirao, promijenio nekoliko cura. Kad se vratio kući i preuzeo očev posao, također nije imao nijednu dužu i ozbiljniju vezu. Jedan po jedan, svi su se njegovi prijatelji poženili i dobili djecu, no čini se da Jamie nije mogao pronaći djevojku s kojom bi poželio ući u brak, iako mu nije nedostajalo kandidatkinja.

Nisam se iznenadila što se napokon zaljubio u djevojku poput Janet. Bila je privlačna, jake osobnosti, no više od svega, imala je u sebi nešto... poetično. Nažalost, on je u njoj vidio svoju srodnu dušu, ali ne i ona u njemu. Za nju, to što se dogodilo između njih bila je samo kratkotrajna pustolovina s dugotrajnim posljedicama.

Trebalo mi je vremena da shvatim kako stoje stvari između njih i zato ću se ovoga puta radije suzdržati od prejudiciranja. Možda je Gail momu sinu nešto poput sigurne luke nakon plovidbe olujnim morima.

No zašto onda i dalje djeluje nesretno?

No otkad se Eilidh vratila, štošta bi se u tom smislu moglo promijeniti. Uz malo moje pomoći, sve je moguće.

Prilično se povukla u sebe, kao da se ogradila od svih koji bi ju mogli povrijediti. Kad sam ju vidjela kako stoji pred Peggynim vratima, tako krhka i mršava, s očima velikim kao u utvare, poželjela sam ju zagrliti i utješiti, privući ju k sebi kao u vrijeme kad je bila mala djevojčica.

Ne mogu vjerovati u što joj se život pretvorio. A činilo se da je napokon pronašla sreću. Znala sam da se njezin odnos s majkom i sestrom nikada neće popraviti. S ocem također nije bila osobito bliska, no kad je prvi put došla u Glen Avich s Tomom, djelovala je prilično sretno. Uvelike se ponosila njime. Ne bez razloga jer doista je bio naočit, a usto i *doktor*. Svi smo bili zadivljeni. Svi osim dvije osobe do čijeg joj je mišljenja najviše stalo – Flore i Peggy. Dvojile su da je on pravi muškarac za nju. Nisu to nikada rekle, no što se mene tiče, nisu ni morale. Poznavale smo se od malih nogu i znala sam što misle. Nisam sigurna zašto im se Tom nije svidio, no ispalo je da su bile u pravu. Eilidh se nije usrećila s njim.

Nakon toga, rijetko je dolazila u Glen Avich, a i tada samo nakratko. Uvijek je bila u žurbi i djelovala je kao da na leđima nosi neki težak teret. Rhona i Simon dolazili su češće, katkad sami, a katkad s Katrinom i njezinim mužem i djecom. Bilo je to prilično čudno jer od svih njih, Eilidh je najviše voljela Glen Avich. Nisam mogla razumjeti zašto se odjednom želi držati podalje od svih nas. No kada sam od Flore i Peggy čula za njezine propale pokušaje da zatrudni, shvatila sam. Bila je previše nesretna i nije željela da ju vidimo takvu. Suosjećala sam s njom, no ni u snu nisam mislila da je toliko loše. Sada znam.

Nikada ju nisam vidjela takvu. S kosom boje lješnjaka i iskričavim plavim očima uvijek je bila lijepa, ali ovako blijeda i iscrpljena izgleda poput duha. Gubitak djeteta očito ju je jako pogodio.

Znam da to zvuči kao otrcana fraza, ali vjerujem da će uz dobru hranu i dovoljno zdravog sna, ubrzo doći k sebi. Peggy je odlična kuharica, a tihe i mirne noći daleko od gradske buke, osigurat će joj neophodan odmor. Oporavit će se. Osmijeh će joj se ubrzo ponovno vratiti na lice. Znam da hoće. Nije od onih koji se lako predaju.

Valja se malo strpjeti i vjerujem da će se Eilidh i Jamie ponovno zbližiti.

7

MRVICE SJEĆANJA

Eilidh

U Glen Avichu sam već više od mjesec dana. Listopad je na izmaku. Trudim se ne razmišljati o tom da sam prije gotovo pet mjeseci izgubila dijete.

U početku, sve me je podsjećalo na prošlost. Kamo god bih pošla, susretala sam se s duhom djevojčice kakva sam bila. Prisjetila sam se da sam u to vrijeme nosila pletenice. Prisjetila sam se i svoje školske uniforme, sive suknje i tamnoplave jakne. I kako sam se voljela ljuljati na ljuljačkama u parku i kako mi je bilo najdraže pisati zadaću u stražnjoj prostoriji trgovine.

U duši, još sam uvijek malena djevojčica. Trideset pet mi je godina, nemam ništa svojega, samo mnogo toga pred sobom.

Otkad sam se vratila, susrela sam mnoge znance i prijatelje, mlade i stare. U selu poput Glen Avicha svatko poznaje svakoga. I koga god susretneš na ulici ili u pubu, možeš biti siguran da zna cijelo tvoje porodično stablo. A ako je netko od tvojih predaka doselio u Glen Avich, makar i iz najbližeg sela, smatrat će te potomkom *pridošlice*. U mojem slučaju to nije bio slučaj. Prvih dana, kamo god bih pošla i s kim god se susrela, slušala sam isti recital o svojim precima. – Ah, da, sjećam te se – govorili su. – Ti si Edith, Rhonina kći, unuka Flore MacCrimmon.

Osjećala sam se kao da slušam neki biblijski citat. Nekoga bi to možda živciralo, no ja sam uživala u tome. To mi je davalo osjećaj pripadnosti.

Bilo je lijepo nakon tako dugo vremena ponovno se susresti sa svim tim ljudima. Ujedno i bolno, jer nije mi bilo lako priznati da nisam uspjela u životu. Nitko se ne voli osjećati poput gubitnika pa tako ni ja.

Svaki razgovor ubrzo bi došao do iste kritične točke. Do pitanja koje bi me uvijek probolo poput mača zabodenog u srce.

– I, koliko djece imaš?

– Nemam djecu – odvratila bih, trudeći se zvučati što je moguće mirnije.

Zbunjeno bi se osmjehnuli i počeli me tješiti da ima još vremena ili da nije sve u djeci pa brzo prešli na iduće bolno pitanje. – Kako je Tom?

Sve ispočetka. Runda crvenjenja, runda tješenja.

– Svi brakovi imaju uspone i padove.

– Možda ćete se pomiriti.

– Još si uvijek mlada, možeš se ponovno udati.

I najbolja izjava od svih: – Kome uopće treba muškarac?

Zatim, nokaut. – Kako posao?

– Hm, nije to smak svijeta – požurili bi reći. – Glavno da si živa i zdrava. Sve će se srediti.

Do tog trenutka trebala mi je šalica čaja, a vjerujem i njima.

Zapravo, sažalila sam se nad njima. Nije lako vidjeti nekog slomljenog poput mene pa pokušati saznati u čemu je problem i nakon toga se silno truditi pronaći riječi kojima bi ga utješio. Ubrzo, cijelo selo saznalo je da sam uspjela zatrudnjeti nakon niza uzaludnih pokušaja pa izgubila dijete, dobila slom živaca i završila u bolnici.

Budući da sam radila u trgovini, malo po malo susrela sam gotovo sve nekadašnje prijateljice. Neke su došle u kupnju, neke su požurile vidjeti me jer su se razveselile kad su čule da sam došla, a bilo je i onih koje su navratile samo u namjeri da se dočepaju materijala za širenje tračeva. Alannah je došla sa sinovima, dva mršava visoka momka od jedanaest i trinaest godina. Rano se udala i nikada se nije zaposlila. Sharon i Karen, blizanke koje su jedna drugoj uvijek dovršavale rečenice, došle su zajedno. Vlasnice su frizerskog salona, udane, svaka ima po jednog sina. Zatim Mary, odvjetnica, majka dvije djevojčice. Radila je u odvjetničkom uredu u Kinnearu i svratila me pozdraviti prije odlaska na posao. Na sebi je imala otmjen kostim i bila je savršeno počešljana. Ipak, nisam stekla dojam da je sretna u braku. Ne čudim se ako je tako. Naime, udala se za Michaela, koji je u vrijeme dok smo bili školarci uživao u maltretiranju mlađih od sebe. Sylvia, učiteljica u osnovnoj školi, došla je s kćeri, malenom djevojčicom s Downovim sindromom.

A jučer sam vidjela Helenu, moju najbolju prijateljicu iz djetinjstva. Dijelile smo istu školsku klupu, a kad sam se udavala, bila mi je djeveruša. Doista sam se razveselila kad sam ju ugledala.

– Eilidh! Kako mi je drago što te vidim! – veselo je uskliknula i čvrsto me zagrlila, a po načinu na koji me suosjećajno potapšala po ramenima znala sam da je čula što mi se dogodilo.

– I meni je drago što te vidim. Odlično izgledaš – s osmijehom sam odvratila. Nisam to rekla tek toliko; doista je dobro izgledala. Sretno. Bujna plava kosa blistala joj je, oči joj se caklile. Uvijek je bila lijepa, no ovako vedra i nasmijana bila je još ljepša.

Objasnila mi je da s mužem i djecom ide u London u posjet njegovima i da je svratila samo na brzinu kupiti nekoliko sitnica. – U žurbi smo. Ostat ćemo tamo dva tjedna, ali čim se vratim, moramo se naći i pošteno se izbrbljati.

Svrnula sam pogled na dvojicu dječaka koji su razgledavali igračke. – O, Bože! Jesu li to Calum i Euan? Ne mogu vjerovati. Zadnji put kad sam ih vidjela tek su prohodali.

– Da. Vrijeme doista leti, zar ne? – rekla je i čvrsto mi stisnula ruku. – Srela sam Margaret u frizerskom salonu. Rekla mi je što ti se dogodilo... nemaš pojma koliko mi je žao.

Šutke sam kimnula.

Shvatila je da ne želim razgovarati o tome pa brzo prešla na drugu temu. – Kako su tvoji roditelji? I Katrina?

– Svi su dobro – kratko sam odvratila. – A tvoji?

– Isto tako. Uzgred, nećeš vjerovati s kim se Gail viđa.

Gail, njezina mlađa sestra. Kad sam ju zadnji put vidjela, bila je mala curica. – S kim?

– S Jamiejem. Sjećaš li se Jamiea? Jamiea MacAnena?

– Naravno da ga se sjećam – s osmijehom sam odvratila. Kako bih ga mogla zaboraviti? Onih davnih dana bio mi je najbolji prijatelj. Čak sam bila i pomalo zaljubljena u njega. Već ga odavno nisam vidjela. Kad god bih došla u Glen Avich, on je bio negdje drugdje. – Gail se viđa s Jamiejem? – začuđeno sam upitala. – Zaboga, koliko joj je godina? Do jučer je još bila mala djevojčica.

– Dvadeset šest. I meni je to teško povjerovati. Dokle ostaješ?

– Ne znam točno. Vjerojatno još nekoliko tjedana. Potrebno mi je malo vremena da se oporavim od svega.

– Ima li šanse da se ti i Tom pomirite? – tiho je upitala.

Bez riječi odmahnula sam glavom.

Kimnula je. – Znam da ti nije lako, ali prebrodit ćeš to. Oduvijek si bila jaka. I odlučna. Nisi od onih koji se skrivaju u zapećak i čekaju da se problemi riješe sami od sebe. Od cijele naše generacije, ti si bila najhrabrija.

Začuđeno sam se zagledala u nju. Jaka? Ja? Hrabra i odlučna? O, Bože, nisam se mogla sjetiti kada sam se zadnji put tako osjećala. Bit će da je to doista bilo jako davno.

A danas, kad sam na povratku kući iz trgovine prolazila pokraj parka, ugledala sam Jamiea.

Stala sam kao ukopana. Otkad sam došla, nadala sam se da ću negdje naletjeti na njega pa je zbilja bilo čudno što sam se toliko iznenadila kad sam ga ugledala.

Stajao je kraj penjalica i s rukama u džepovima hlača promatrao malu djevojčicu u ružičastoj vjetrovki koja je sjedila na gornjoj prečki zamišljajući kako jaše konja ili je tako barem izgledalo. Bila je uistinu preslatka, duge plave kose, rumenih obraza i nasmijana. Nije mi bilo lako maknuti pogled s nje. Tko bi to mogao biti? Zacijelo jedna od Shoninih kćeri. I Shona je također bila plavokosa. Čula sam da se udala i da ima tri kćeri. Nikada se nismo mnogo družile jer bila je nekoliko godina starija od mene. Rado bih ju vidjela. Poželjela sam vidjeti i Elizabeth, njezinu i Jamiejevu majku. Uz tu dragu ženu vezalo me mnogo lijepih uspomena.

Ugledavši me, Jamie se široko osmjehnuo i mahnuo mi. Istodobno smo krenuli jedno prema drugome pa stali, ne znajući što bi sad. Bismo li se trebali zagrliti i poljubiti? Ni slučajno, gorštaci se tako ne pozdravljaju s prijateljicama.

Pružila sam mu ruku. – Drago mi je što te vidim, Jamie.

– I meni je drago što te vidim, Eilidh – rekao je i uzvratio mi stisak.

Polako smo krenuli prema penjalicama. – Kako si? Kada si stigla?

– Prije malo više od mjesec dana.

– Je li i Tom došao s tobom? Kako je on?

Eto ga opet.

– Hm... najbolje da skratim priču. Napustila sam ga i nemam namjeru pomiriti se s njim.

– Oh, žao mi je što to čujem. Mama mi je rekla da pokušavaš... da ne možeš...

– Da, nisam mogla zatrudnjeti. Najzad mi je uspjelo, ali imala sam spontani pobačaj.

– Oh, oprosti. Doista mi je žao. Nisam te želio...

Odmahnula sam glavom. – Sve je u redu. Znam da nisi ništa loše mislio. Otkad sam se vratila, vodim ovakve razgovore. Ljudi me dugo nisu vidjeli i normalno je da su znatiželjni – rekla sam i pozorno se zagledala u njega. Ista crna kosa i sivkastoplave oči. Bio je stariji i ozbiljniji ali na licu mu je titrao isti dječački osmijeh.

Mala plavokosa djevojčica sišla je s penjalica i potrčala prema ljuljačkama.

– Kako je tvoja mama? – upitala sam. – Dosad ju još nisam vidjela.

Osmijeh na njegovu licu naglo je izblijedio.

Porumenjela sam. Znala sam što to znači. – Oh, nije valjda...

Kimnuo je. – Umrla je prije tri godine.

Oči su mi se naglo ispunile suzama. – Zaboga... nisam imala pojma. Oprosti... doista mi je žao – promucala sam i nakratko otplovila u prošlost...

Jamie i ja sjedili smo u kuhinji i pisali zadaću iz matematike. Elizabeth je stavila pred nas tanjur kolača pa prebacila ruku preko mog ramena i nadvila se nad mene, kako bi provjerila jesam li dobro riješila zadatke iz matematike. Bila je to topla majčinska gesta, nešto što moja majka nikada nije činila i što mi je uvelike nedostajalo.

A sada je više nema. Nadlanicom sam otrla suze.

– Otkad smo počeli razgovarati, čini se da jedno drugome ne možemo prestati izražavati žaljenje zbog ovoga ili onoga – s osmijehom je rekao Jamie. – Hajde, pustimo prošlost. Dođi upoznati Maisie.

– Oh, da. Rado. Gdje su joj sestre? Najstarijoj je valjda već dvanaest, a ona je najmlađa, zar ne?

Zbunjeno se zagledao u mene. – Sestre? Maise nema... ah, mislila si da je ona jedna od Shoninih kćeri, zar ne? Ne, Maisie je moja kći.

– Oh, nisam znala... – započela sam, no Maisie je dotrčala do nas, primila ga za ruku i široko mi se osmjehnula.

Jasno da je njegova, pomislila sam, vidjevši njezine oči. Bile su iste boje kao i njegove. Čučnula sam i pružila joj ruku. – Ja sam Eilidh. A kako se ti zoveš?

Odvažno se rukovala sa mnom. – Maisie – zacvrkutala je. – Jahala sam Munju.

– Munju? O, kako lijepo. Dakle, ne bojiš se munja? Usuđuješ se jahati na njima?

Žustro je odmahnula glavom. – Neee... nisam jahala munje! Nego Munju!

– To je njezin poni iz mašte – objasnio je Jamie.

– Ah! Dakle, voliš konje? Bi li željela jahati pravog ponija? Možda bismo ti i ja jednog od ovih dana mogle poći na jahanje. Obožavam jahati.

Oči su joj zablistale od sreće. – Zbilja? Povest ćeš me na jahanje? – uzbuđeno je upitala.

– Ako ti tata dopusti – rekla sam i svrnula pogled na Jamiea. – Povela bih ju kod Ramsaya. Znaš da sam često jahala na njegovu imanju.

– Mogu li ići s njom? – upitala je Maisie i molećivo se zagledala u njega pa počela nestrpljivo skakutati. – Molim te, tatice. Molim te!

– Eilidh, doista te ne bih želio opterećivati. Zacijelo imaš pametnija posla.

– Zapravo i ne. Radim u Peggynoj trgovini, obavljam kućanske poslove i katkad malo čeprkam po vrtu. Imam vremena na pretek i najčešće ne znam što bih sama sa sobom – rekla sam i oborila pogled u nadi da će shvatiti kako bih doista rado provela dva sata u društvu male vesele djevojčice, radeći nešto u čemu obje uživamo.

– Ako je tako, nemam ništa protiv.

– Onda, sljedećeg tjedna? U utorak? U ponedjeljak će nam dostaviti robu za trgovinu pa ću ju cijelo popodne razvrstavati i slagati na police.

– U redu. Ako želiš, možeš pričekati Maisie pred školom. U tom slučaju, reći ću Mary da ne mora dolaziti po nju. Ona ju čuva dok radim – dodao je.

Nijednom riječju nije spomenuo njezinu majku. No ako je s Gail, zacijelo je razveden. Ipak, čudno je da dijete živi s ocem. No, nisam namjeravala gurati nos u njegova posla.

– Dogovoreno – s osmijehom sam odvratila. – Kamo da ju odvedem poslije jahanja? Vjerojatno ćemo se vratiti za najviše dva sata. Ako ćeš u to vrijeme još uvijek biti na poslu, mogu ju odvesti k sebi na večeru.

– Hvala, ali to neće biti potrebno. Dotad ću se već vratiti kući. Stanujem na brdu, iznad škole. Sjećaš li radionice mog oca? Doduše, sad je moja. Produži kraj nje i ubrzo ćeš ugledati bijelu kuću s plavim vratima. Na poštanskom sandučiću piše MacAnen. Ne možeš promašiti.

– U redu, vidimo se tamo.

Maisie je veselo zapljeskala ručicama.

– Maisie, zaboravila si se zahvaliti teti Eilidh – podsjetio ju je Jamie.

– Hvala – hitro je izgovorila i ponovno počela veselo skakutati. Činilo se da ni minutu ne može ostati mirna. Pravi mali zvrk, vesela i puna energije.

Trenutak potom, pozdravili smo se i razišli. Vraćajući se kući, nisam mogla prestati razmišljati o Maisie. Njezino radošću preplavljeno lice raznježilo me do kostiju i umanjilo osjećaj praznine u srcu. To mi se već odavno nije dogodilo.

Nisam se mogla ne upitati gdje joj je majka. Živi li u selu ili negdje drugdje? I koliko često viđa kćer i je li uopće svjesna koliko je sretna? Iskreno rečeno, sumnjala sam da jest.

I tako smo se Jamie i ja sreli nakon toliko godina. S obzirom na to da smo bili toliko dobri prijatelji, zbilja smo se čudno rastali. Škola je upravo završila i sve o čemu nam je preostalo razmišljati bilo je kako ćemo provesti ljetne praznike. Planirali smo ići na pecanje i logorovanje u brdima nedaleko Glen Avicha, no te želje nikada nam se nisu ostvarile.

Naime, moji roditelji odjednom su se odlučili pomiriti. U šest godina razdvojenosti otac je uvijek dolazio k nama za blagdane i preko ljetnih školskih praznika. Svaki put on i mama svađali su se kao pas i mačka, ali nastavio je dolaziti. Moj otac nije loš čovjek; nikada nije udario majku, a kamoli mene i sestru, no njih dvoje nikada nisu mogli pronaći zajednički jezik. I dan danas, nakon četrdeset godina braka, još se uvijek nisu umorili od svađa.

Ipak, nakon šest godina razdvojenosti, moji roditelji odlučili su se pomiriti. I tako sam morala napustiti Glen Avich i vratiti se u Southport. Za razliku od Katrine koja se veselila povratku u velik grad, bila sam krajnje razočarana. Glen Avich uvijek sam doživljavala kao svoj dom, tu je bila moja baka, moji prijatelji, sve što sam voljela i do čega mi je stalo.

Kad sam Jamieu rekla da uskoro odlazim, nije rekao ni riječ. Jednostavno je promijenio temu. – Idem s Johnom na pecanje

– rekao je. – Već kasnim – dodao je i udaljio se. Sljedeća dva tjedna uporno me izbjegavao, a dan prije no što smo otišli, ugledala sam ga kako stoji pred kućom, s rukama zabijenim u džepove, kao da razmišlja bi li ušao ili ne. Upravo sam majci pomagala u pakiranju pa sam mu samo mahnula s prozora. Odmahnuo mi je i otišao.

Otada se više nismo vidjeli. Do danas. Pitam se, čega se on sjeća u svezi mene i sjeća li se ičega?

Ja ga se sjećam kao tihog i mirnog dječaka, upornog u svemu što je radio. Imao je vješte ruke i volio je u očevoj radionici izrađivati različite predmete. To je ono po čemu sam ga upamtila.

8

KOŠARA JABUKA

Jamie

Danas mi ne uspijeva usredotočiti se na posao. Ništa mi ne ide od ruke.

Čudno, jer posao me inače rasterećuje. Kad počnem raditi, zaboravim na sve. Čim ujutro uđem u radionicu, primim se posla i ne prekidam do užine. Ako je vrijeme lijepo, pojedem sendvič sjedeći na klupi ispred radionice. Ako pada kiša, za malim stolom kraj prozora, s kojeg se pruža lijep pogled na okolicu. Tako je i moj otac činio. Mnogo toga naslijedio sam od njega pa i ljubav prema kovačkom zanatu. Volim taj posao iz istih razloga zbog kojih ga je i on volio – jer se radi rukama i jer pritom ne možeš ni s kim razgovarati. Znam da to zvuči kao da sam čudak, no ne smatram se takvim. Nemam ništa protiv druženja s ljudima i volim s njima razgovarati, ali ne po cijele dane.

Takav sam, pomalo povučen i ne osobito pričljiv. Majka mi je često govorila da sam po tome na oca i djeda. Obojica su bili kovači, ljudi kojima su djela bila važnija od riječi. Doduše, Škoti nisu na glasu kao brbljavi, no njih su dvojica i po škotskim standardima bili prilično škrti na riječima. Imalo je to i svoju dobru stranu jer kad bi progovorili, svi bi ih slušali. Dok sam bio u prvom razredu, učitelj je mojoj majci rekao da govorim malo, ali pametno. Djed i otac to su smatrali najvećim komplimentom koji sam mogao dobiti. No nešto sam naslijedio i od svog pradjeda, konjušara. Mogao je glasom umiriti i najnemirnijeg konja. Nikada se nije služio grubim metodama. Moglo bi se reći da je bio šaptač konjima. Čini se da i meni uspijeva isto, ali s ljudima.

Duboko sam vezan uz ovo mjesto. Nitko se nije iznenadio kad sam se po završetku studija i magisterija vratio u Glen Avich. Barem nitko tko me poznaje. Namjeravao sam upisati doktorat – iskreno rečeno, nisam očekivao da ću tako daleko dogurati, no s obzirom na to da jesam, bio je to posve logičan izbor. No kad je došlo vrijeme da pođem u London, shvatio sam da to nije ono što želim.

I tako sam jednog dana ušetao u očevu radionicu i rekao mu da bih želio raditi s njim i preuzeti posao kad odluči otići u mirovinu.

Kratko me pogledao. – Zaista? U redu, ako je to ono što želiš.

Bilo je to sve što je rekao, ali znao sam da je oduševljen mojom odlukom.

Mama je rekla da je šteta profućkati tolike godine školovanja i pokušala me nagovoriti da potražim neki dobar posao u Aberdeenu ili Edinburgu. – Ako već ništa drugo, zaposli se kao učitelj u našoj školi – govorila je. No želio sam biti kovač, poput oca. Želio sam moći nakratko podići pogled s onoga na čemu radim i kroz prozor se zagledati u obrise brežuljaka prekrivenih borovim šumama i grmovima vrijeska.

Ispalo je da sam prilično nadaren za taj zanat. Uvijek mi se sviđao, no tek kad sam se njime počeo ozbiljnije baviti, shvatio sam da bez poteškoća mogu izraditi sve što zamislim. Kad se moj otac povukao u mirovinu, preuzeo sam radionicu i počeo izrađivati nakit i različite male ukrasne predmete tipične za Škotsku i škotsku kulturnu baštinu. Turistima su se očito svidjeli – sve što bih napravio, bilo je u tren oka razgrabljeno. Prije nego što sam se snašao, dobio sam ponudu da priredim izložbu u Edinburgu i u nekoliko manjih gradova na jugu. Malo zatim, počeo sam dobivati narudžbe čak iz Amerike. Od lokalnog kovača postao sam umjetnik. Štoviše, *umjetnik koji mnogo obećava i čije ime valja zapamtiti,* kako je pisalo u članku objavljenom ni manje ni više nego u *Guardianu*.

U nadi da ću se u dogledno vrijeme oženiti, kupio sam kuću na brežuljku, na cesti koja vodi prema St. Coloman Wellu.

No to se nije dogodilo. Karijera mi je bila nadasve uspješna, ali u mojem ljubavnom životu ništa se nije pomaklo s mrtve točke. Svi moji prijatelji već su se poženili, neki sretno, neki manje sretno, a ja sam i dalje bio sam. Za vrijeme studija nisam imao nijednu ozbiljniju vezu. Tada mi se činilo da je prerano za takvo što, a kada sam napokon bio spreman na brak, nisam se imao s kim oženiti.

Zapravo, jesam, ali to nije bilo to. Na svakom koraku nailazio sam na žene koje bi pouzdano bile dobre supruge i majke. No želio sam više od tog. Želio sam pronaći ženu svog života, nekoga koga bih srcem i dušem volio. Svoju srodnu dušu, osobu za koju osjećaš da ti je suđena i s kojom se nikada nećeš rastati.

Vjerovao sam da je Janet ta osoba.

No ona je došla i otišla.

I sada se pitam, može li čovjek zaista samo jednom u životu voljeti nekoga srcem i dušom? I ako te ta osoba napusti, znači li to da više nikoga nećeš moći tako zavoljeti? I da ti preostaje pomiriti se s nečim manjim ili zauvijek ostati sam? Nadam se da ne. Iskreno se nadam da možemo nekoga ponovno srcem i dušom zavoljeti.

A sada se pojavila Gail.

Jučer popodne, kad sam se s Maisie vratio iz parka, svratila je k meni. Večerali smo, pričali, smijali se... sve u svemu, bila je to ugodna večer.

Zaista ugodna. Maisie je gledala crtiće, a kad je došlo vrijeme da pođe na spavanje, Gail na moju žalost nije ustala i oprostila se. Umjesto toga rekla je da će pričekati da Maisie stavim u krevet i u međuvremenu nam skuhati čaj.

Nisam želio da ostane. Rekao sam da moram pregledati nekakve narudžbe i napraviti plan rada za idućih nekoliko dana. Bila je to istina jer doista sam to trebao učiniti, no daleko od toga da sam se time trebao pozabaviti baš tada. Kako god bilo, djelovala je prilično razočarano. Doista ju nisam želio povrijediti, no što sam mogao?

Razgovarat ću s njom u petak navečer. Ne mogu to više odlagati. Ne želim u nedjelju ponovno ručati s njom i njezinima. I Shona će sa svojima doći u Glen Avich i onda bi to doista izgledalo kao obiteljski ručak. Moram prekinuti s njom prije nedjelje.

Prekjučer sam sreo Eilidh. Ne mogu vjerovati da se vratila. Nikada to ne bih pomislio. Vjerojatno je došla samo na odmor kako bi se malo opravila od svega što joj se dogodilo.

Čudno, ali kad sam ju ugledao, prisjetio sam se kako je jednom prilikom došla k nama s košarom crvenih jabuka. Flora ju je poslala da ih odnese mojoj majci, kao zahvalu za jaja koja je dobila od nje. Kovrčave kose i blistavih plavih očiju, izgledala je poput anđela. Već smo dugo bili prijatelji, no imao sam osjećaj kao da ju nikad dotad nisam vidio. Nekoliko mjeseci poslije, po završetku škole, rekla mi je da odlazi iz Glen Avicha. Bio sam shrvan. Danima nisam bio sposoban ni s kim razgovarati. Dva tjedna odlazio sam na pecanje kako bih pobjegao od svih.

Nije se mnogo promijenila. Kosa joj je malo duža ali oči su joj jednako zaprepašćujuće plave. Doduše, pogled joj je tužan. I jako je mršava. Gubitak djeteta očito ju je jako pogodio. Sjećam se da mi je mama jednom prilikom rekla da Eilidh odlazi na umjetnu oplodnju i da se čini da nije osobito sretna u braku. Doista sam se začudio kad sam saznao da ne može zatrudnjeti. Još kao mala djevojčica sanjarila je da će imati mnogo djece. Jednom, kad smo za zadaću trebali napisati sastavak na temu što bismo željeli raditi kad odrastemo, napisala je da se želi udati, imati troje djece i raditi kao teta u vrtiću. Ja sam napisao da želim biti ribič. U to vrijeme stalno sam s Johnom odlazio na pecanje i ništa drugo nije me zanimalo.

Maisie se u nju zaljubila na prvi pogled. Cijelim putom do kuće pričala je o njoj. Pitala me i tko je taj čovjek kod kojega će ju Eilidh odvesti na jahanje. Rekao sam joj da je to njezin rođak i da ima veliko imanje na kojem uzgaja konje.

No, ne mogu sada razmišljati o tome. Moram smisliti što ću reći Gail.

Eilidh zbilja zna s djecom. Sigurno je odlično radila svoj posao. Nadam se da nisam ispao previše znatiželjan. Ne bih htio da stekne dojam da guram nos u njezin život. Hm, nisam ju valjda povrijedio? Pitam se, hoće li u nedjelju s Peggy doći na ručak u pub. Vjerojatno hoće. Shona će se zacijelo razveseliti kad ju vidi.

No da, Gail. Morat ću s njom porazgovarati u petak. Ne mogu joj napisati pismo. Gle, počelo je kišiti. Nadam se da Eilidh nije izašla na vožnju biciklom. Dok je bila djevojčica, stalno se vozila na biciklu.

Dovraga, opekao sam se.

Gail ima virozu. Dakle, nećemo se vidjeti u petak. Ne mogu otići k njoj i reći joj da prekidamo. Razgovarat ću s njom u nedjelju, ako dotad ozdravi.

Sa sestrom i njezinima našao sam se na trgu, odakle smo zajedno krenuli prema crkvi. Njezine tri kćeri i Maisie pošle su ispred nas, Shona i ja za njima, a Fraiser je zastao popričati s nekim.

– Što je novoga? – upitala je i primila me pod ruku.

– Ništa.

– Baš ništa?

Nasmijao sam se. – Što te zapravo zanima?

– Jako dobro znaš što – s osmijehom je odvratila.

Jasno da sam znao. – Namjeravam prekinuti s njom – rekao sam.

– To me uistinu veseli.

– Zaista? Mislio sam da ti je draga.

– I jest. Draga mi je, kao i svi njezini. Godinama sam dobra prijateljica s njezinom sestrom, a njezini roditelji bili su dobri s našima i tako dalje i tako dalje... No opazila sam da ju ne gledaš onako kako bi trebao.

– Kako ju gledam?

– Onako kako gledaš mene.

Da ne povjeruješ. Nikada ne bih pomislio da me tako dobro poznaje.

Trenutak potom netko mi je dotaknuo rame, a kad sam se okrenuo, našao sam se oči u oči s Gail. Podigla se na prste i poljubila me u obraz. Bila je u bijelom platnenom kostimu i kompletno našminkana, a oko nje se, kao i uvijek, širio oblak parfema.

Veselo se pozdravila sa Shonom pa požurila pozdraviti djevojčice. Uslijedili su veseli usklici, smijeh i cvrkutanje.

Shona i ja kratko smo se pogledali. Osjećao sam se poput zadnjega gada. Iz dna duše mrzim pomisao da ću nekoga morati povrijediti. Grozim se toga.

U crkvi, sjedio sam u klupi s njom i njezinim roditeljima. Kratko sam porazgovarali, a njezina me majka nekoliko puta potapšala po ruci. Moja odlučnost počela se topiti.

Poslije mise otišli smo na ručak u pub. Zauzeli smo velik stol u kutu kraj kamina. Gail i ja, njezina majka i otac, Shona, Fraiser, njihove tri kćeri i Maisie.

Otišao sam po piće za sve.

Čekajući da konobar natoči piće, ugledao sam Eilidh kako žuri prema šanku. Prišla mi je i veselo me pozdravila. Srce mi je počelo lupati kao školarcu i mrzio sam se zbog toga.

Lijepo je mirisala, na šampon i jabuke. No dobro, to s jabukama vjerojatno sam umislio. Mirisala je onako kako je oduvijek mirisala. Svježe.

– Je li Shona tu? – upitala je, a kad sam kimnuo i pokazao prema stolu u kutu, požurila ju je pozdraviti.

– Shona! Već te odavno nisam vidjela – uskliknula je i zagrlila ju. Odmah potom pozdravila se i s ostalima za stolom. Ništa u vezi nje nije djelovalo napadno ili nametljivo pa ni njezina odjeća – bila je u trapericama i majici. Nadasve prirodna i opuštena mlada žena, svilenkaste kose i savršenog tena, ne toliko mliječno bijelog kao u naših djevojaka, ali lijepog.

Opazivši kako se Gail kiselo osmjehuje, došao sam do zaključka da se još nije posve oporavila od bolesti. Uzeo sam poslužavnik s pićima i odnio ga na stol. – Hoćeš li sjesti i popiti piće s nama? – upitao sam Eilidh.

– Hvala, ali čekam Peggy i Margaret. Trebale bi uskoro stići.

– Sjedni do mene dok ne dođu – rekla je Shona i napravila joj mjesta na klupi. – Mogla bi jedan dan skoknuti k meni, u Abeerden. Što kažeš na to? Otići ćemo negdje na ručak. Nazvat ću te pa ćemo se dogovoriti.

– Oh, bojim se da ovih dana nisam osobito ugodno društvo – tiho je odvratila. Vidjevši kako je pognula ramena, sažalio sam se nad njom.

– Samo ovih dana? – upitala je Shona. – Ja nikada nisam osobito ugodno društvo. Pitaj Fraisera – s osmijehom je dodala. – Ma hajde, Eilidh, bilo bi to zbilja sjajno.

– U redu, hvala ti. Čujemo se – rekla je i kratko ju zagrlila pa ustala, mahnula nam na pozdrav i požurila u susret Peggy i Margaret koje su upravo ušle u pub.

Slijedio sam ju pogledom, a kad mi je uspjelo otrgnuti oči s nje, opazio sam da Gail zuri u mene. Shona je naizmjenično pogledavala mene pa nju, a Fraiser je, pak, kao i svaki pravi muškarac, zurio u svoju kriglu. Djevojčice su komentirale prizore iz crtića *Zvončica i tajna krila,* koji sam toliko puta pogledao da sam ga mogao prepričati do zadnje pojedinosti. Hitro sam posegnuo za kriglom i popio dug gutljaj piva.

Poslije ručka, otišli smo u kuću mojih roditelja. Sada u njoj s vremena na vrijeme boravi samo Shona sa svojima. Jutros, prije odlaska u crkvu, pošao sam tamo upaliti vatru u kaminu pa smo proveli popodne u ugodnom razgovoru uz piće u dnevnom boravku. Kad je došlo vrijeme da se Shona i njezini vrate u Aberdeen, svi smo ustali da ih otpratimo do automobila.

Dok su se Gailini roditelji pozdravljali sa Shonom i njezinima, iskoristio sam priliku da zamolim Gail da poslije dođe k meni.

– Postoji nešto o čemu bismo morali popričati – objasnio sam.

Oči su joj radosno bljesnule. O, Bože.

Prije nego što je sjela u automobil, Shona me je kratko zagrlila i šapnula mi da joj obavezno javim kako je prošlo. Duboko sam uzdahnuo, mahnuo im na pozdrav pa pošao zaključati vrata i pozdraviti se s Gailinim roditeljima.

Po dolasku kući, Gail i ja proveli smo sat vremena u ispijanju čaja i čavrljanju. Za nju ugodnih, za mene beskrajno mučnih. Razumije se da pred Maisie nisam mogao prekinuti s njom.

Nakon toga, dao sam Maisie večeru i zatim ju odveo na kupanje. Gail je insistirala da mi pomogne pri tome. Također, htjela je i da ju zajedno spremimo u krevet. Ostala je u njezinoj sobi i dok sam joj čitao priču prije spavanja.

Napokon smo sišli u prizemlje.

– Jesi li gladan? – upitala je. – Rado ću ti nešto skuhati.

– Gail, morali bismo porazgovarati.

Lice joj se naglo objesilo. Po načinu na koji sam to rekao očito je zaključila da nešto nije u redu.

– Da? O čemu?

– Žao mi je, ali... moramo se prestati viđati. Oprosti, ali doista nisam spreman na ozbiljnu vezu i zbilja nema smisla da te i dalje zavlačim.

Oči su joj se naglo ispunile suzama. – O, ne... o, ne...

– Gail, doista mi je žao. Ne želim te povrijediti, ali...

– Smatraš li me takvom glupačom? – ljutito je upitala. – Misliš li da nisam ništa opazila?

– Zaboga, o čemu govoriš?

– Helena mi je rekla da pripazim na nju. Znala sam da će se to dogoditi!

Eilidh. Dovraga. Posljednje što bih želio bilo je nju uplitati u ovo.

– Oprosti, ali zbilja ne znam o kome...

– O da, itekako znaš. Sjedila je preko puta nas u pubu i cijelo si ju vrijeme pogledavao. Znam i da te stalno posjećuje u radionici. Helena mi je rekla da ju je nekoliko puta vidjela kako ide k tebi.

Što bi sad to trebalo značiti?

– Gail, doista ne znam o kome govoriš.

– Prestani se praviti lud. O onoj Njemici, keramičarki. O Silke. Vidjela sam kako se pogledavate.

Dragi Bože.

– Gail, Silke dolazi k meni zato što postoji niz stvari koje zajednički radimo. Ne bih rekao da je na bilo koji drugi način zainteresirana za mene, a tako mi svega na svijetu, ni ja za nju. Kao ni za jednu drugu. Ne želim se oženiti. Ne tražim ženu koja bi Maisie zamijenila majku. Pokušaj razumjeti...

– Ali ne razumijem – pobunila se. – Između nas je dosad sve bilo u redu, a Maisie i ja odlično se slažemo. Ne vidim u čemu je problem. Ako nemaš drugu...

– I nemam. No, da, neovisno o tome što je Maisie i meni sasvim dobro i samima, prava je istina da zapravo nisam zaljubljen u tebe.

Ponovno je briznula u plač. Osjećao sam se poput zadnjega gada. Duboko sam uzdahnuo i pokušao ju zagrliti.

– Ne diraj me – uzviknula je i pokušala me odgurnuti od sebe.

Svejedno sam ju zagrlio. – Smiri se... sve će biti u redu – tiho sam rekao i pomilovao ju po kosi.

Naslonila mi je glavu na rame. Na trenutak, bio sam u iskušenju da popustim. Bilo bi dovoljno da ju poljubim i ostali bismo zajedno. Više nikada ne bih bio sam i ta jeziva hladnoća koju sam osjećao u kostima možda bi s vremenom nestala.

Ipak, nisam to učinio.

– Gail, bit će najbolje da sada pođeš kući. Žao mi je, ali moramo prekinuti. Vjeruj mi, tako je bolje za oboje.

Zagledala se u mene dugim tužnim pogledom. – Vjerojatno bih trebala sačuvati ono malo ponosa što mi je ostalo, ali želim da znaš da te volim – rekla je i polako odmahnula glavom. – Ali to ništa ne mijenja na stvari, zar ne?

– Bojim se da ne. Doista mi je žao.

Bez riječi odmaknula se od mene i izašla iz kuće. Natočio sam si viski i sjeo u naslonjač kraj kamina. Popivši ga, natočio sam si još jedan. Pa još jedan. To mi se sve češće događalo. Jednom sam negdje pročitao da alkohol ubija polako, ali sigurno, s osmijehom na licu.

Bio sam svjestan da previše pijem, ali bio je to jedini način da prekratim duge večernje sate.

Nisam mogao prestati piti. Jer, kamo bih pošao? Što bih drugo radio?

I zato sam večeri provodio zureći u vatru, s čašom u ruci.

9

OSLUŠKIVANJE

Elizabeth

Stalno osluškujem Jamiea. Ne ono što govori, nego ono što misli i osjeća. Osluškujem odjeke njegova srca.

Ako se stvari ne promjene, ako nastavi živjeti kao dosad, neće biti dobro.

Pomno ga promatram iz tame, s druge strane prozora. Promatram njegov lik u odsjaju vatre iz kamina i ne sviđa mi se ono što vidim.

Masie u to vrijeme već mirno spava. Dok on ispija čašu za čašom, sjedim na njezinu krevetu i zdvajam nad njezinom budućnošću.

Iako me nisu mogli vidjeti, danas sam s njima bila u pubu. Vidjela sam kako Jamie stalno pogledava Eilidh. Gail je mislila da gleda Silke, ali ne, prevarila se. Sirotica, strašno je zaljubljena u njega. Možda ga doista i voli, tko bi to znao?

Otkad sam umrla, otkrila sam mnoge tajne. Nikada ne bih pomislila da u našem malom selu ima tako mnogo tajni. Silke je u vezi s Fionom koja živi u Innerleithenu, gradiću na škotskoj granici. Njoj je, za razliku od Silke, važno što ljudi misle o njoj i grozi se pomisli da bi mogli saznati da je u ljubavnoj vezi sa ženom.

Doista je čudno kako su ljudi skloni osuđivati one koji su drukčiji od njih. Zašto bi ljubav prema osobi istog spola bila grijeh? Koga to ugrožava? Tek kada sam umrla shvatila sam kako je ljudski život kratak... a kad umremo, više se ništa ne može popraviti. Ne možemo se vratiti natrag i iskoristiti propuštene prilike.

Kako god bilo, Silke nije ta zbog koje bi se Gail trebala zabrinjavati. Doduše, sada kada je Jamie prekinuo s njom, to je ionako sporedno. Laknulo mi je kad je to učinio. Iako ona sada toga nije svjesna, zaista bi bilo tužno kad bi završila u braku s nekim tko ju ne voli. I on bi bio nesretan. Nastavio bi živjeti u tihoj tuzi kao i zadnjih nekoliko godina. Oboje zaslužuju bolje.

I zato se stalno moram uplitati u njegov život.

Kao onda kad je Eilidh ugledala Jamiea i Maisie u parku. Pretvorila sam se u lahor i šapnula Maisie ime njezina ponija. To je bilo dovoljno da otplovi u maštu i počne zamišljati da ga jaše. Znala sam da Eilidh obožava konje i da je potrebno samo malo sreće da upita Maisie bi li željela da zajedno pođu na jahanje.

Upalilo je.

Dakle, to se može smatrati sređenim.

Postoji još nešto što moram učiniti. Nešto loše, zbog čega me već unaprijed peče savjest. Time ću jednoj osobi nanijeti fizički bol, ne dugotrajan, nego kratak i oštar i poslije će biti kao nova, ali ipak... Mrzim pomisao da ću to morati učiniti. Tješim se da povreda gležnja ne može biti tako strašna. Zaboga, ne mogu vjerovati na što sam sve spremna da bih spojila Eilidh i Jamiea. Prvo sam jednu Mary uklonila s puta, a sad namjeravam ukloniti i drugu.

No eto, nema mi druge. Morat ću se time pozabaviti.

10

PROVIĐENJE

Eilidh

Netom po ulasku u kuću, dok sam pomagala Maisie skinuti vjetrovku i šal, zazvonio je telefon. Jamie se požurio javiti.

– O, Mary! Što je novoga? O, joj. Jadnice. Da, naravno. Razumijem. Tri mjeseca? Doista? Ne, sve je u redu. Ne brini, snaći ćemo se. Mogu li ti ikako pomoći? Fiona će doći k tebi? Odlično. Čim ti bude malo bolje, Maisie i ja ćemo te posjetiti. Ako ti nešto bude trebalo, javi. U redu, vidimo se.

Spustio je slušalicu pa duboko uzdahnuo i kratko protrljao sljepoočnice. – Sr... – započeo je i prisjetio se da je Maisie tu. – Sreća mi je okrenula leđa – promrmljao je.

Blijedo sam se zagledala u njega pitajući se bih li trebala skinuti jaknu i ući, ili se pozdraviti i izaći.

– Ah... molim te, uđi i sjedni. Oprosti, baš sam glup. Dogodilo se nešto nepredviđeno. Morat ću se time poslije pozabaviti – rekao je pa svrnuo pogled na Maisie. – Mila, sva si se uprljala. Hajde, moraš se oprati – rekao je i poveo ju u kupaonicu. – Jesi li se lijepo zabavila? – usput ju je upitao.

– O, da. Jahala sam ponija! Morala sam staviti kacigu na glavu. I nazuti čizme. Bile su mi malo prevelike, ali Eilidh je rekla da izgledam super. Mogu li opet s njom ići na jahanje?

Osmjehnula sam se.

– Moraš ju pitati želi li te opet povesti.

Čim je izašla iz kupaonice, potrčala je prema meni. – Eilidh, hoćeš li me opet povesti na jahanje?

– Rado – odvratila sam i to sam doista mislila. Doista smo se lijepo zabavile. Već dugo nisam jahala i bio je krasan osjećaj ponovno sjesti u sedlo. Usto, bilo je lijepo vidjeti kako Maisie uživa u jahanju. Odlično se držala u sedlu, prirodno, kao da je to već mnogo puta činila.

– Ne moraš, mogu ju i ja povesti – rekao je Jamie.

Povukla sam se. – Naravno, ako ti je tako draže.

– Ne bih te želio opterećivati, sigurno imaš pametnija posla – rekao je, zagledavši se u neku točku iza mojih leđa.

Drugim riječima, želi da ostanem po strani. To me prilično zapeklo.

– Jesi li za šalicu čaja? Upravo sam namjeravao baciti se na pripremu večere, ali...

– Ne zamaraj se time. Drugi put. Ne želim te zadržavati.

– Ne, nema potrebe za žurbom – hitro je odvratio. – Oprosti, nisam tako mislio.

Izgledao je kao da mu je doista neugodno pa sam odlučila popustiti. – Ako je tako, godila bi mi šalica čaja. A onda ću vas ostaviti da u miru večerate – hitro sam dodala. Nije mi bilo ni na kraj pameti pozvati se na večeru.

– Masie, što kažeš na roni sir?

– Da, da! Voliš li i ti roni sir, Eilidh?

– Obožavam – rekla sam i upitno pogledala Jamiea jer nisam imala pojma što je to.

– Tako skraćeno zovemo makarone sa sirom – s osmijehom je objasnio i otišao u kuhinju.

Maisie me pozvala da sjednem s njom na sofu i pokazala mi svoju kolekciju malih ponija. – Svakoga ih dana češljam. Zato im je kosa tako glatka. Kao tvoja – rekla je i pomilovala me po kosi.

Stisnula se uz mene, a svaki put kad bi me primila za ruku ili me kratko zagrlila, oblila bi me toplina. Bio je to jedan od onih osjećaja zbog kojih sam i željela postati majkom... željela sam uživati u toj vrsti tjelesne bliskosti. Još mi je uvijek bilo teško pomiriti se s pomišlju da ću zauvijek ostati zakinuta za zagrljaj svog djeteta.

– Hoćemo li im zajedno oprati zube prije spavanja? – upitala je pa uzela žutog ponija, a meni pružila ružičastog. – Ovako – rekla je i počela činiti pokrete kao da mu četkicom pere zube.

Slijedila sam njezin primjer.

– U redu, sada su spremni za spavanje – rekla je i naslagala ponije jednog do drugog. – Poslije ću ih odnijeti u svoju sobu. Uvijek spavaju sa mnom.

Jamie je ušao, stavio pred mene šalicu čaja i sjeo u naslonjač preko puta nas. Djelovao je prilično zabrinuto. Zacijelo zbog telefonskog poziva, zaključila sam. Dvojeći bih li ga upitala je li sve u redu, opazila sam opekotinu na njegovoj ruci. – O, joj – uskliknula sam. – Opekao si ruku.

– Sitnica – rekao je. – U poslu poput mog to se smatra uobičajenim rizikom. Za razliku od sirote Mary, prošao sam nadasve dobro. Pala je i slomila gležanj. Idućа tri mjeseca neće moći čuvati Maisie.

– Jadnica. Je li ostala u bolnici?

– Ne, poslali su ju kući. Fiona će doći iz Innerleithena i ostati s njom koliko bude trebalo.

– Mogla bih joj poviti nogu – rekla je Maisie. – Već sam to mnogo puta radila svojim lutkama.

– Lijepo od tebe, Maisie, ali doktor se već pobrinuo za to. Ali mogla bi joj nešto nacrtati. To će ju sigurno razveseliti.

– Da, da! Nacrtat ću joj cvijet i ukrasiti ga šljokicama. Čim ga vidi, bit će joj bolje – rekla je i potrčala na kat.

Nasmijala sam se. – Zbilja je slatka. Što ćeš sad? Pretpostavljam da ne možeš tri mjeseca ostati kod kuće.

– Naravno da ne. Najviše tjedan dana, a nakon toga morat ću pronaći nekoga tko će pričuvati Maisie dok sam na poslu. Možda mamu neke njezine prijateljice. Dobra je s Kairom, ali ne znam... ne poznajem dobro njezinu majku. Nije da mislim da bi se loše ponašala prema njoj, ali... – uzdahnuo je i odmahnuo glavom.

– Razumijem. Teško ti je ostaviti ju kod nekoga koga jedva poznaješ.

– Da. Usto, ona ne poznaje Maisie i njezine navike. Mogla bi to biti prilična gnjavaža za nju. Ljudima nije lako preuzeti odgovornost za tuđe dijete. I što ako se Maisie tamo ne bude svidjelo? – upitao je pa ponovno odmahnuo glavom. – Znam da se opterećujem glupostima, ali...

– Mogu to razumjeti. Želiš ju zaštiti. I ja bih se tako osjećala kad bi se radilo o mojem djetetu – tiho sam izgovorila i pomislila na dijete koje sam izgubila. Što bih dobila, sina ili kćer? Nikada to neću saznati. Na trenutak, srce mi je ponovno preplavila tuga.

– Vjerojatno si u pravu. No, snaći ću se nekako. Sve će biti u redu.

– Bi li ju Gailina majka mogla pričuvati? U mirovini je, zar ne?

Pogledao je u stranu. – Mislim da to nije najbolja ideja. Gail i ja jedno smo se vrijeme viđali... nismo bili u ozbiljnoj vezi, ali ipak. Prekinuo sam s njom pa imam dojam da trenutačno ne bi bilo mudro nekoga od njezinih pitati za uslugu.

– Žao mi je što to čujem.

– Hm, da.

Nastupila je mučna tišina. Ni uz najbolju volju nisam mogla smisliti kako bih nastavila razgovor, a očito ni on.

Naglo sam ustala. – Morala bih poći.

– Hvala ti što si Maisie povela na jahanje – rekao je pa ustao i požurio prema stubama. – Maisie! Eilidh ide kući. Dođi se pozdraviti s njom.

– Neeee... – povikala je i brzo sišla u prizemlje. Lice, prsti i kosa bili su joj puni plavih i srebrnih šljokica. – Nemoj ići! Jest ćemo zajedno roni sir. Tatice, može li Eilidh ostati na večeri? Poslije ćemo piti voćni jogurt i opet se malo igrati s ponijima. Ako želiš, možemo ih okupati.

– Voljela bih, dušo, ali zbilja moram poći kući. Drugi put?

– Uskoro?

– Uskoro – obećala sam. Čvrsto me zagrlila i poljubila u obraz. Oboje su me ispratili do vrata i mahnuli mi na odlasku.

Za vrijeme večere, upitala sam Peggy što je s Maisienom majkom.

– Ah, to je doista tužna priča. Zvala se Janet. Zapravo, još se uvijek tako zove. Jamie ju je upoznao dok je bila tu na odmoru... imali su kratku pustolovinu, nakon koje se vratila u London. Onda je otkrila da je trudna, pa je došla k njemu. Nakon dvije godine zajedničkog života ostavila je njega i Maisie. Nikad neću shvatiti kako je mogla ostaviti vlastito dijete. Jamie je doista dobar otac, ali sigurno mu nije lako samome, pogotovo otkad je Elizabeth umrla.

Na trenutak sam ostala bez zraka. Majka ju je ostavila? *Ostavila* ju je? Kako je to *mogla* učiniti?

Kako?

Zaboga, ja bih dala sve na svijetu da sam mogla imati dijete, a ona je svoje odbacila kao neku suvišnu stvar.

Naglo sam izgubila tek. Drhtavim rukama spustila sam pribor za jelo na tanjur.

– Ne živciraj se zbog toga – rekla je Peggy i potapšala me po ruci. – Nemaš razloga za to. Na kraju se sve dobro završilo. Maisie je vrlo sretno dijete.

Ipak, oči su mi se ispunile suzama. Život je uistinu nepravedan. Ona je dobila dijete iako ga nije željela, a ja koja sam ga željela, nisam ga mogla imati.

Poslije, sjela sam na krevet, uključila svoj nov laptop i napisala mail Harryju.

Od eilidhlawson@hotmail.co.uk
Za harrydouglasdesign@live.co.uk

Haj, Harry. Noćas sam malo plačljiva. Jedna od onih noći, znaš već. Peggy je za večeru napravila musaku. Pretpostavljam da to nikad nisi probao, ali vrlo je ukusno i zasitno. Rekla je da mi to treba kako bih nadoknadila energiju poslije jahanja. No radije bih s tobom i Douglasom pojela nešto kinesko, uz jedan od onih filmova s Jennifer Aniston u glavnoj ulozi. I pijuckala Bailey's, kao u dobra stara vremena. Jako mi nedostajete. Danas sam doista uživala u jahanju s Maisie, onom malom djevojčicom o kojoj sam vam pisala. Jako je slatka i pametna. Njezin mi je otac rekao da je žena koja ju je čuvala slomila nogu. Traži nekoga tko bi ju zamijenio na tri mjeseca pa mi je palo na pamet da uskočim. Ionako ne znam što bih sa sobom kad završim s poslom. Šašava ideja, zar ne? Najbolje da to zaboravim. Malo ću čitati pa idem na spavanje. Noću je ovdje jako tiho. Šaljem vam poljubac.
Eilidh

Tek što sam poslala pisamce, stigao je odgovor.

Od harrydouglasdesign@live.co.uk
Za eilidhlawson@hotmail.co.uk

Haj, malena! Jesi li još tu? Ako si raspoložena za čavrljanje, pričekaj minutu da pročitamo pa ti se javimo.

X

Od eilidhlawson@hotmail.co.uk
Za harrydouglasdesign@live.co.uk

Tu sam. U pidžami i s bocom vruće vode u krevetu. Noći su ovdje jezivo hladne. Jasno da sam raspoložena prekratiti vam vrijeme. Znam da vam je dosadno bez mene.

Poslala sam pisamce i otišla si pripraviti šalicu vruće čokolade, a kad sam se vratila, čekao me odgovor.

Od harrydouglasdesign@live.co.uk
Za eilidhlawson@hotmail.co.uk

Eilidh, to o čuvanju Maisie uopće nije šašava ideja. Prihvati se toga. Znaš s djecom – najzad, to ti je posao i sigurno ga se ne misliš zauvijek odreći, neovisno o tome što si izgubila dijete. Oprosti, samo sam realan. I Douglas misli da bi ti druženje s tom djevojčicom moglo jako koristiti. Usto, budeš li nečim zauzeta, manje ćeš razmišljati o svojem gubitku. I ti nama jako nedostaješ. Hvala ti što si nas podsjetila na kinesku hranu, naručit ćemo si singapursku tjesteninu s račićima. Mislit ćemo na tebe dok budemo jeli. Kladimo se da u toj zabiti nema kineskog restorana. Ali zacijelo ima mnogo šuma. Pretpostavljamo da ćeš uskoro početi sama loviti hranu. Ha, ha.
P.S. Samo Škotima može pasti na pamet grijati noge bocom vruće vode. Inače, nose li muškarci tamo karirane suknjice?
H&D

Od eilidhlawson@hotmail.co.uk
Za harrydouglasdesign@live.co.uk

Vjerojatno ste u pravu. Sutra ću porazgovarati s Maisienim ocem. Grlim vas. xxxx

P.S. Škotske suknjice? Nadasve duhovito. Vjerojatno mislite da se ovdje još uvijek živi kao u vrijeme Williama Wallacea. Uzgred, u Glen Avichu postoji kineski restoran :).

Od harrydouglasdesign@live.co.uk

Za eilidhlawson@hotmail.co.uk

O, sad kad si nas podsjetila na Williama Wallacea, ne možemo prestati razmišljati o Melu Gibsonu u Hrabrom srcu. Zbilja mu lijepo stoji karirana suknjica. Hvala ti na tome, Eilidh :).

Nasmijala sam se, ugasila laptop i uzela knjigu u ruke.

Pomislivši na Janet, u nevjerici sam odmahnula glavom. Kako je mogla ostaviti Maisie?

Odjednom, s moje kose na stanice knjige slila se kiša plavih i srebrnih šljokica, blistavih poput zvjezdica na noćnom nebu.

11

CILJ OPRAVDAVA SREDSTVO

Elizabeth

Ne mogu vjerovati da sam ju gurnula niz stube.

Duhovima nije lako činiti stvari poput tih. Za takvo što potrebno je prikupiti podosta energije. No, eto, uspjelo mi je. Spotakla se i slomila kost u lijevom gležnju. To joj je bila slaba točka, ozlijedila ga je još u vrijeme dok je bila djevojčica. Što je, tu je. To će ju na duže vrijeme izbaciti iz igre. Osjećam se grozno zbog toga, ali bude li sve išlo kako treba, vrijedilo je.

Potpuno sam iscrpljena; morat ću se opet poći malo odmoriti. Postajem sve prozirnija i prozirnija. Idem na jezero, stopiti se s maglom i vodom. Sljedeći je potez na Jamieu i Eilidh.

Jamie

Što ću sad? Imam petnaest narudžbi, a usto me još Silke zamolila da joj pomognem urediti galeriju koju uskoro otvara. Ne mogu ni jedan jedini dan izostati s posla, a kamoli tri mjeseca. Nema šanse da Maisie poslije škole dovedem u radionicu. Dijete njezine dobi ne može tri sata na dan boraviti na mjestu na kojem se kuje željezo... bilo bi to preopasno. Morao bih ju stalno imati na oku. Ne, to jednostavno ne dolazi u obzir.

Uzet ću si koji dan za razmišljanje. Znam da bi ju Kairina ili Rachelina mama pristale pričuvati, ali mrzim pomisao da ju nekome utrpam poput paketa. Možda bih trebao potražiti dadilju. Neku koja inače radi s djecom.

Šteta što Shona ne živi ovdje. Jučer, kad sam ju nazvao, rekla mi je neka upitam Eilidh. Rekao sam joj da to neću učiniti. Da, znam da bi imala vremena jer nikad ne radi popodne i znam da se odlično slaže s Maisie, no tek je došla i ima dovoljno vlastitih problema.

Čudno, ali dok mi to Shona nije predložila, nijednog trenutka nije mi palo na pamet da bi Eilidh mogla biti rješenje za moje probleme. Žene se očito bolje snalaze u situacijama poput tih. Sad kad razmišljam o tome, što je logičnije nego upitati Eilidh bi li na tri mjeseca zamijenila Mary? Ipak, neću to učiniti.

Netko bi možda pomislio da mi u trenucima poput ovih Janet uvelike nedostaje. Ali ne, bilo bi to daleko od istine. Na nju se ionako nikada nisam mogao osloniti. Maisie joj je uvijek bila opterećenje. Vjerojatno bi zamolila poštara da ju povede sa sobom dok raznosi poštu, tako da ona može u miru slikati. Ako bi netko pomogao, bila bi to moja majka. No nje više nema pa je uzalud razmišljati o tome.

Kao i obično, jutros sam ju otpratio u školu. Kišilo je, ali nisam uzeo automobil. Izgubio bih previše vremena na traženje mjesta za parkiranje. Maisie je obukla ružičastu kabanicu s kapuljačom i ružičaste gumene čizme s bijelim točkicama.

Bilo ju je lijepo vidjeti kako skakuće preko lokvica. Izgledala je poput kišom pokapanog cvijeta.

Jako se razveselila kad se probudila i vidjela da pada kiša. To je značilo da će moći uzeti svoj kišobran sa Zvončicom.

Čim smo stigli pred školu, potrčala je u susret prijateljicama. Mala vesela djevojčica u društvu jednako veselih vršnjakinja. Bilo ih je lijepo vidjeti kako u raznobojnim kabanicama i sa šarenim kišobranima u rukama žure prema učiteljici koja ih je čekala na vratima.

Ja sam, pak, požurio na posao. Za pet sati morat ću doći po Maisie i nisam imao vremena za gubljenje.

Na trenutak, bio sam u iskušenju da pođem zamoliti Eilidh za pomoć. Čemu odlagati, tako ću samo upasti u još veću vremensku stisku. U drugu ruku, ne mogu ju opterećivati svojim problemima. Otkud mi pravo očekivati da će svako popodne tri sata provoditi s mojom kćeri? I tako tri mjeseca?

Pognutih ramena požurio sam prema radionici.

Eilidh

Predomislila sam se.

Jamie bi ionako najvjerojatnije odbio moju ponudu. Usto, što ako počne računati sa mnom? Ne mogu ovdje dovijeka ostati. Čim dođem k sebi, vratit ću se u Southport. Istina, ništa me ne veže za to mjesto, ali ne mogu zauvijek raditi u trgovini i stanovati kod Peggy.

Doduše, čini se da joj se sviđa što sam s njom – prije mog dolaska očito je bila jako usamljena. Ne voli živjeti sama. Usto, otkad sam počela raditi u trgovini, shvatila sam da taj posao nije nimalo lak. Iako Jim pomaže Peggy u obavljanju svih težih poslova, u dobi od šezdeset sedam godina nije joj lako voditi brigu o stotinu malih stvari. Ipak, to nije *moj* život – ne doista. Ostat ću ovdje samo do Božića. Najdulje do početka siječnja.

U drugu ruku, rado bih na tri mjeseca zamijenila Mary i prihvatila se čuvanja Maisie. Uistinu je preslatka. Ne bi mi bilo nimalo teško svakoga dana pobrati ju iz škole i provesti s njom ostatak popodneva. Bilo bi to kao nekad, dok sam radila u vrtiću i brinula se o djeci.

Stalno se premišljam u vezi s tim i to me beskrajno iscrpljuje. Trebala bih popiti šalicu čaja i pojesti nekoliko čajnih kolačića. To je dobitna kombinacija. Učestalo razmišljanje uz čaj i kolačiće tijekom zadnjih nekoliko tjedana, pomoglo mi je vratiti nekoliko izgubljenih kilograma. Traperice su mi sada mnogo uže oko struka, kosa mi je sjajnija, a obrazi mi više nisu tako upali. I više nisam toliko plačljiva. Mnogo bolje spavam i općenito se neusporedivo bolje osjećam. Sigurna sam da bih mogla nešto raditi i popodne.

Znam da Peggy najviše voli raditi popodne, kada u trgovinu dolazi najviše ljudi. To joj pruža priliku da popriča s njima, u čemu doista uživa. Možda bih trebala potražiti neki posao u Kinnearu.

Ili napokon reći Jamieu da bih do daljnjega rado pričuvala njegovu kćer.

Pod uvjetom da skupim hrabrost za to.

Maisie

Gospođa Hill, učiteljica, sjela je za stol u učionici i rastvorila veliku mapu s crtežima. – Pregledala sam vaše crteže na temu *Novosti* – rekla je. – Jako su lijepi – dodala je i izvukla jedan. – Za početak, odabrala sam Davidov. Odličan uradak, Davide. Bi li prišao i pokazao ga ostalima?

Mali dječak ponosno je požurio prema učiteljici, uzeo crtež i s osmijehom se okrenuo prema učenicima.

– Reci nam o kakvoj novosti govori tvoj crtež, Davide.

Rumenih obraza, raščupane kose i s košuljom napola izvučenom iz hlača, David je žustro kimnuo pa upro prst u crtež automobila. – Moj tata kupio je nov automobil. Zeleni. Poveo je mene i moju sestru na vožnju, ali ona je još mala i cijelo je vrijeme spavala – objasnio je.

– To je doista lijepa vijest, Davide – rekla je učiteljica. – Vrlo si lijepo i uredno to narisao. Pročitaj nam što si napisao na crtežu.

– MOJ TATA IMA NOVI AUTOMOBIL – ponosno je pročitao David.

– Odlično – rekla je učiteljica pa ustala i prikačila crtež na veliku zidnu plutenu ploču. Vrativši se natrag, izvukla je iz mape još jedan crtež. – Željela bih vam pokazati i što nam je Maisie nacrtala. Maisie, dođi i reci nam što prikazuje tvoj crtež.

Maisie je samouvjereno prišla učiteljici, uzela crtež iz njezine ruke i okrenula se prema razredu. – Ovo sam ja jučer na jahanju – rekla je, uprijevši prst u crtež djevojčice na poniju. – A ovo je Eilidh koja me je odvela na jahanje – objasnila je. – A ovo je teta Mary koja je slomila nogu i ne može me više čuvati.

– Odlično, Maise. Dakle, to su tvoje novosti. Bila si na jahanju i teta Mary slomila je nogu. A što si to napisala iznad Eilidh?

– EILIDH VOLI RONI SIR – glasno je pročitala Maisie.

– Ah, to je doista krasna vijest – s osmijehom je rekla učiteljica pa uzela crtež iz njezinih ruku. – Mislim da takvo što doista zaslužuje biti izvješeno na ploči.

Elizabeth

Zaboga, hoće li se to dvoje napokon maknuti s mrtve točke?

Danas lijeva kao iz kabla. Volim kišu. Volim se stopiti s njom, kao i s jezerom. To me uvijek umiruje.

Eilidh još uvijek nije našla igračku koju sam gurnula u džep njezine crne jakne – one koju je nosila kad je s Maisie bila na jahanju. Jutros je obukla vjetrovku. No čim ponovno odjene crnu jaknu, pronaći će igračku u džepu i zacijelo će požuriti vratiti ju Maisie.

Iskreno se nadam da više neće biti potrebe za akcijama poput tih; guranje ljudi niz stube, skrivanje stvari... dokle ćemo tako? Krajnje je vrijeme da Jamie i Eilidh nešto i sami poduzmu. Odsad pa nadalje, sve ovisi o njima.

Jamie

Maisie je prilično uznemirena. Njezin je najdraži ružičast poni nestao. Sve je ostale nahranila i oprala im zube prije spavanja, ali ne i njega. I to ju čini prilično nesretnom. Sve smo pretražili i nigdje ga nema – kao da je u zemlju propao.

Najzad je, očiju crvenih od suza, uzela crvenog plišanog dinosaura i skutrila se ispred televizora. Pokušao sam ju oraspoložiti bombonima od bijele čokolade, koje najviše voli, ali uzalud. I dalje je neutješna.

Obećao sam joj da ćemo preko vikenda otići u Kinnear kupiti još jedan set ponija, ali ni to nije pomoglo. Rekla je da nijedan od njih ne može zamijeniti izgubljenog i upitala me tko će ga nahraniti i oprati mu zube prije spavanja ako ga ne pronađe. Nisam znao što bih rekao na to.

Eilidh

Što mi bi da na jahanje odem u crnoj jakni? Stotinu puta postavila sam si to pitanje dok sam ju pokušavala očetkati od konjskih dlaka. A kad sam u džepu pronašla Maisienog malog ružičastog ponija, mom iznenađenju nije bilo kraja.

Kako li je samo tamo dospio?

Istog trenutka shvatila sam ozbiljnost situacije. Naime, Maisie mi je rekla da ne može zaspati bez svojih ponija. Nije mi preostalo drugo, nego da joj ga odmah pođem vratiti.

Djeca su jako vezana za svoje igračke. Katrina mi je pričala kako njezin Jack nije htio poći na spavanje kad je kod bake i djeda zaboravio svog medu. Njezin muž morao je kasno navečer otići po njega, a Jack ga je budan ostao čekati u dnevnom boravku.

Navukla sam jaknu i uputila se k MacAnenima. Čim sam pokucala, Jamie je otvorio vrata.

– Pronašla sam ovo u džepu jakne – s osmijehom sam izgovorila i pružila mu ružičastog ponija. – Nemam pojma kako je tamo dospio, ali kunem ti se da ga nisam namjerno uzela.

U tren oka Maisie se provukla kraj njega i veselo uskliknuvši čvrsto me zagrlila oko struka.

– Bogu hvala – rekao je Jamie. – Ne znam kako bismo preživjeli tu katastrofu – krajnje je ozbiljno dodao.

Odjednom, prije nego što sam stigla razmisliti i odustati, riječi koje sam cijelo vrijeme željela izgovoriti prokuljale su iz mene. – Jamie, ako nemaš ništa protiv, rado bih čuvala Maisie dok Mary ne ozdravi.

12

SUDAR S REALNOŠĆU

Eilidh

Sljedećeg dana došla sam po Maisie u školu. Čim me ugledala u školskom dvorištu, Kairina majka usiljeno mi se osmjehnula i požurila mi u susret. Nisam ju otprije poznavala; došla je u Glen Avich tek prije nekoliko godina, po udaji za jednog od mještana. Prvi dojmovi mogu biti varljivi, ali nije mi se nimalo svidjela.

Predstavila mi se i mlako stisnula ruku. Pod njezinim podozrivim pogledom osjećala sam se poput zadnje bijednice. Za razliku od mene, bila je besprijekorno dotjerana. Svijetloružičast kostim, štikle, savršena bob frizura. S velikim zadovoljstvom ustanovila sam da je lažna plavuša i istog trenutka upitala se kad sam postala takva kučka.

– Dakle, ti si Maisiena nova dadilja – nehajno je primijetila, odmjeravajući me od glave do pete. Raspuštene kose, u izlizanim trapericama i traper jakni, očito na nju nisam ostavila osobit dojam.

– Samo privremeno – odvratila sam, promatrajući kako se poigrava ključevima automobila. I nokti su joj bili savršeno manikirani.

– Sharon mi je rekla da se ti i Jamie poznajete od djetinjstva.

– Da, išli smo zajedno u školu.

– Čula sam da si došla ovamo nakon razvoda – dodala je, zabljesnuvši me lažno suosjećajnim osmijehom.

– Zapravo, moj muž i ja još se nismo službeno razveli. Zasad živimo odvojeno, i to je sve.

– Ah, možda te posluži sreća pa se i pomirite – nastavila je. – Iskreno rečeno, ne znam zašto Jamie nije mene zamolio da pričuvam sirotu Maisie.

Sirotu Maisie?

– Kako bilo, stvar je riješena – odlučno sam odvratila. – Ja ću ju do daljnjega čuvati – dodala sam i kratko joj kimnuvši požurila prema školskim vratima. O, Bože, istina je, s uzdahom sam pomislila. Klan majki doista postoji, to nije samo tlapnja. Zbijaju se u čvrste redove i nikog ne puštaju unutra.

Trenutak potom zaustavila me žena s malim djetetom u naručju. – Ti si zacijelo Eilidh – rekla je i široko mi se osmjehnula. – Ja sam Ruth, Benova mama. A ovo je Jack – dodala je i potapšala po ramenu smeđokosog dječaka.

Šutke sam kimnula. Nakon susreta s Kairinom majkom, odlučila sam biti znatno suzdržljivija.

– Drago mi je što sam te napokon upoznala. Helena mi je pričala o tebi. Mogla bi jedan dan svratiti k meni na čaj.

– Rado – kratko sam odvratila.

– A moramo te uključiti i u naša okupljanja. Jednom tjedno zajedno s djecom okupljamo se kod neke od nas – objasnila je. – To je krasna prilika da malo popričamo dok se djeca igraju.

Dakle, dobit ću uvid u svijet majki. Čudno. Tko bi se tome nadao? Uvijek sam taj svijet promatrala izvana, nikad iznutra.

– Mary je rijetko dovodila Maisie na takva druženja. Pretpostavljam da ženi njezinih godina nije do razgovara s mladim majkama, no Maisie bi se sigurno veselila igri s djecom iz razreda. Ah, evo ih – uskliknula je, kad su djeca nahrupila u školsko dvorište.

– Vidimo se pa ćemo izmijeniti brojeve mobitela – dodala je i veselo mi mahnuvši požurila k sinu.

Hm, tek što sam stekla dojam da majke ne puštaju nikoga u svoje klanove, Ruth me širokogrudno pozvala da im se pridružim.

U potrazi za Maisie pogledom sam kružila po gomili djevojčica i dječaka. No ugledala me prije nego ja nju i veselo mi potrčala u susret. – Eilidh – uskliknula je i čvrsto me zagrlila.

– Haj, mila, kako je bilo u školi? Dođi, moram se predstaviti tvojoj učiteljici – rekla sam i primivši ju za ruku uputila se prema sjedokosoj ženi koja je stajala kraj školskih vrata.

– Dobar dan, gospođo Hill. Ja sam Eilidh. Pretpostavljam da vam je Maisien tata rekao da ću do daljnjega ja dolaziti po nju?

– Da, naravno. Kako je Mary? – ljubazno je upitala toplo me gledajući kroz stakla naočala.

– Dobro je, koliko može biti u takvoj situaciji. Ipak, trebat će joj barem tri mjeseca da se oporavi.

– Drago mi je što ćete ju vi zamijeniti. Stekla sam dojam da ste Maisie jako dragi. Zar ne, mila? – upitala je, svrnuvši pogled na Maisie.

– Da! Eilidh ima trgovinu.

– Hm, nije moja, nego...

– I rekla je da smijem danas raditi u njoj.

– Hm, ne baš – hitro sam odvratila. – Rekla sam samo da ću ti pokazati gdje radim i da otraga postoji prostorija u kojoj katkad možeš pisati zadaću – dodala sam. Posljednje što bih željela bilo je da učiteljica pomisli kako namjeravam izrabljivati dijete.

No gospođa Hill glasno se nasmijala. – Sigurna sam da će Eilidh biti nadasve zadovoljna s pomoćnicom poput tebe. Vidimo se sutra – rekla je i mahnuvši nam na pozdrav uputila se natrag u školu.

Malo zatim, s rukom u ruci, Maisie i ja izašle smo iz školskog dvorišta. – O čemu ste danas učili? – upitala sam.

– O žabama. Učiteljica nam je pokazala akvarij s punoglavcima. Smiješno izgledaju, imaju samo glavu i rep. Ali uskoro će se pretvoriti u žabe. Kao što se i gusjenice pretvore u leptire. Idemo li u tvoju trgovinu? – nestrpljivo je upitala.

– Da. Tamo ćeš nešto prezalogajiti i napisati zadaću. Nakon toga odvest ću te kući. Malo ćemo se poigrati, a kad se tvoj tata vrati s posla, ostavit ću vas da na miru večerate. Što misliš o tom planu?

– Radije bih nešto radila u trgovini – odvratila je.

Osmjehnula sam se. U vrijeme kad sam bila mala djevojčica i ja sam rado pomagala u trgovini. Tako sam se osjećala važnom i odraslom. Stoga se nisam nimalo začudila što i Maisie to želi.

– Sigurna sam da bi ti teta Peggy bila zahvalna na pomoći – odvratila sam.

Kimnula je. S rukom u ruci produžile smo niz ulicu, podignutih glava i nasmiješene, prkoseći vjetru koji nam je puhao u lice. Bilo je rano popodne, no nebo je bilo tamno, kao u sumrak. Zima je bila pred vratima.

Čim smo ušle u trgovinu, Peggy nas je veselo pozdravila, a Maisie ju je odmah upitala može li joj pomoći.

Peggy se glasno nasmijala. – Naravno, mila. Dođi, prezalogaji nešto. Čim se najedeš, Eilidh će ti dati pregaču pa ćemo ti pronaći neki posao – rekla je pa svrnula pogled na mene. – Podsjeća me na tebe kad si bila mala – dodala je, sjetno se osmjehnuvši.

– U redu – s uzdahom sam odvratila i povela Maisie u stražnju prostoriju. – U tom slučaju, zadaću ćeš morati napisati kod kuće.

U tren oka pojela je komad kruha s pekmezom. – Mogu li sada dobiti pregaču? – nestrpljivo me upitala. Uzela sam jednu s kuke na zidu i svezala joj ju oko struka. Bila joj je preduga, no to joj nije nimalo smetalo. Istog trenutka požurila je k Peggy. – Spremna sam – uzviknula je i blistavim se sivoplavim očima s iščekivanjem zagledala u nju. Plave kose svezane u rep i u sivim tajicama pod pregačom boje burgundca, izgledala je doista preslatko.

– Odlično. Za početak, pobriši prašinu s ove police – rekla je Peggy i dodala joj krpu. – Skini kutije i konzerve, pobriši policu i onda ponovno složi robu na nju. Gledaj, pokazat ću ti – rekla je i čučnula kraj nje.

Sjedokosa žena i plavokosa djevojčica, jedna do druge. Pogled na njih bio je poput povratka u prošlost. I meni je baka isto tako pokazivala kako se čisti polica.

Zvonce na vratima zazvonilo je i trenutak potom u trgovinu je ušla visoka i vitka mlada žena.

Bilo je teško svrnuti pogled s nje. Crna kosa bila joj je straga kraće a sprijeda dulje podšišana i prošarana jarko plavim pramenovima. Na sebi je imala šaren, rukom pleten džemper, mini suknju i ružičaste tajice. Bila sam sigurna da sam ju već negdje vidjela. Jest, jednom prilikom u pubu, prisjetila sam se.

Veselo se pozdravila s Peggy i široko se osmjehnula Maisie. Sudeći po naglasku, bila je strankinja. Najvjerojatnije Njemica.

– O, drago mi je što te vidim, Silke – rekla je Peggy. – Već sam se pitala gdje si nestala.

– Uh, da... u priličnoj sam gužvi oko otvaranja galerije – objasnila je.

Peggy nas je požurila predstaviti jednu drugoj. Svidio mi se čvrst stisak njezine ruke. I njezin topao, prijateljski osmijeh.

– Jamie mi je rekao da sada ti čuvaš Maisie – rekla je. – Odlična vijest. To znači da neće moći reći kako nema vremena pomoći mi oko uređenja galerije – dodala je i glasno se nasmijala.

– Kako napreduju radovi? – upitala je Peggy.

– Odlično. Sve se odvija po planu. Otvorenje je sljedećeg mjeseca. Planiram jedno lijepo druženje uz glazbu i zakusku. Doći će mnogo ljudi iz Edinburga, čak i iz Londona. Nadam se da ćete i vi biti tamo.

– Ah, bojim se da sam prestara za takvo što. No Eilidh...

– Hvala, rado ću doći – odvratila sam. Bila je to istina; njezin poziv doista me razveselio.

– I ti ćeš nam se pridružiti, zar ne, mila? – upitala je Silke i pomilovala Maisie po kosi.

– Da – odlučno je odvratila. – Obući ću vilinsku haljinu. Onu koju sam nosila za maškare.

– Krasno. Imaš li i krila?

Žustro je kimnula. – Aha. I čarobni štapić.

– Savršeno. To bi nam moglo zatrebati.

– Hoćeš li se i ti prerušiti u vilu?

– Ne. Ja sam zapravo vještica. Ali dobra.

– Vještica? – zapanjeno je upitala Maisie.

– Da. Ali nemoj to nikome reći – s osmijehom je odvratila Silke pa svrnula pogled na Peggy. – Htjela sam vas zamoliti da ovo stavite na pult – rekla je i gurnula joj u ruke svežanj letaka.

– Naravno, draga – rekla je Peggy i spustila pogled na njih. – Doista se veselim što će Glen Avich dobiti galeriju.

– Hvala, pravo ste srce. Uh, rado bih još s vama brbljala, ali moram poći ostaviti letke u trgovinama u Kinnearu – objasnila je i požurila prema vratima. – Vidimo se – dodala je i, mahnuvši nam na pozdrav, izašla iz trgovine. Gledajući kako prelazi ulicu, pomislila sam kako izgleda poput neke egzotične šarene ptice.

– Je li zbilja vještica? – raširenih očiju upitala je Maisie.

Peggy se nasmijala. – Vještice ne postoje, mila. Osim za Halloween. Ali ni njih se ne moraš bojati.

– Ako i jest, nije zla i sigurno ti neće nauditi – dodala sam pa svrnula pogled na Peggy. – Vrlo je simpatična.

– Jest – složila se. – Jako je draga. Kad je došla, svi smo bili pomalo šokirani, ali brzo nas je osvojila.

Osmjehnula sam se. Mogla sam zamisliti kakav su dojam na njih ostavili njezini jarko plavi pramenovi.

Kad je Maisie završila s čišćenjem police, rekla sam joj da je vrijeme da pođemo kući. – Moraš još napisati zadaću – podsjetila sam ju. Ako je u seoskoj osnovnoj školi sve ostalo kao što je i bilo, a vjerojatno jest, bio je to glup posao. No što je, tu je; trebalo ga je obaviti.

– Dobro – tužno je odvratila pa ustala. – Mogu li vam opet doći pomoći? – upitala je Peggy.

– Naravno da možeš. Ako želiš, dođi sutra. Ovdje uvijek ima mnogo posla.

– Hoćemo li i sutra doći ovamo? Hoćemo li? – molećivo me upitala Maisie.

– Hoćemo – odvratila sam i povela ju prema stražnjoj prostoriji. – Hajde, vrijeme je da skineš pregaču i obučeš jaknu. Moramo požuriti. Tvoj će se tata uskoro vratiti kući.

Nekoliko minuta potom izašle smo iz trgovine. Nebo je bilo ljubičasto, a zrak ispunjen mirisima kasne jeseni. Bližio se početak studenog, dana koji pripadaju mrtvima.

– Je li ti se svidjelo raditi u trgovini?

– Da. I mislim da je baka bila zadovoljna sa mnom. Stalno mi se smiješila.

– Baka? Ja ju zovem tetom Peggy, ali sigurna sam da neće imati ništa protiv budeš li ju zvala bakom.

– Neeee... ne mislim na tetu Peggy. Nego na moju baku.

– Na Elizabeth? – upitala sam i kratko zadrhtala od jeze. – Bila je tamo? I... smiješila ti se?

Žustro je kimnula i široko mi se osmjehnula. Nisam više s njom o tome progovorila ni riječ. Sve što sam željela bilo je što prije pobjeći od mraka, sakriti se od njega iza čvrsto zatvorenih vrata. Željela sam uroniti u svjetlost i toplinu, uključiti televizor, staviti čajnik na štednjak, okružiti se zvukovima života. Čvršće sam stisnula Maisienu ruku i požurila uzbrdo, prema kući njezina oca.

Jamie

Kad sam ugledao svjetlo na prozorima kuće, srce mi je na trenutak poskočilo od radosti. Maisie je bila tamo s Eilidh. Na trenutak sam zastao i bacio pogled kroz prozor. Eilidh je stajala kraj štednjaka, a Maisie je sjedila na sofi i gledala crtiće.

Dakle, tako to izgleda. Tako izgleda vratiti se s posla u topao dom.

U topli dom u kojem te netko čeka.

Jedva sam stajao na nogama. Iza mene je bio dug i naporan dan, nisam čak stigao ni ručati. Sve što sam želio bilo je večerati, staviti Maisie u krevet pa sjesti u naslonjač i popiti šalicu čaja.

Čim sam ušao, Maisie mi je potrčala u susret. – Tatice, došao si – uskliknula je i bacila mi se u naručje. Čvrsto sam ju stisnuo uz sebe. Svaki put kad bih ju vidio, makar i nakon kratkotrajne razdvojenosti, razveselio bih se. Doista je bila najveća radost mog života.

Podigavši pogled, ugledao sam Eilidh kako nas promatra. Nasmiješila se, no imao sam dojam da joj je pomalo neugodno što se našla u tako domaćem ugođaju sa mnom i s Maisie. Najzad, neovisno o našem davnom prijateljstvu, bili smo stranci. Malo smo znali jedno o drugome.

– Jesi li za šalicu čaja? – upitala je.

A ja, budala, umjesto da pristanem, odbio sam.

– Hvala, Eilidh, ali ne moraš se truditi. Sam ću si pripraviti čaj i pobrinuti se za Maisie. Zacijelo si umorna. Slobodno pođi kući.

Zaboga, kako sam mogao biti tako glup? Umjesto toga, trebao sam joj se zahvaliti i reći joj da pijem čaj s mlijekom i šećerom i pozvati ju da ga popije sa mnom. Jer to je bilo ono što sam zapravo želio. Sjesti, popiti čaj i čuti kako su ona i Maisie provele popodne i jesu li se lijepo zabavile.

Došlo mi je da lupim glavom o zid.

– U redu – rekla je i okrenula se prema Maise. – Moram ići, mila. Vidimo se sutra.

– Već ideš? – razočarano je upitala Maisie. – Mislila sam da ćeš mi dati večeru i da ćeš me onda okupati i pročitati mi priču prije spavanja.

– Tvoj će se tata pobrinuti za to – odvratila je. – Vidimo se sutra poslije škole – dodala je i uputila se prema vratima.

Osjećao sam se poput zadnjeg idiota. Kao da sam prekinuo neku nevidljivu nit između njih i spriječio ih u nečem čemu su se obje veselile.

Obukla je jaknu, otvorila vrata, usiljeno mi se osmjehnula, mahnula mi na pozdrav i izašla.

Bespomoćno sam slegnuo ramenima i lupio se dlanom po čelu. Maisie je bez riječi utonula u sofu i zagledala se u televizor. U mrtvoj tišini skinuo sam jaknu i uputio se u kuhinju.

Kraj štednjaka stajala je posuda s roni sirom, Maisienim najdražim jelom. Pećnica je bila uključena, a kad sam zavirio u nju, zapuhnuo me zamaman miris zapečene tjestenine sa sirom i slaninom. Eilidh mi je pripremila večeru.

Utučen, posegnuo sam za čajnikom pa na radnoj plohi ugledao dvije šalice. U svakoj je stajala po jedna filter vrećica.

Zaboga. Doista sam idiot.

13

SVJETLO I SJENE

Eilidh

Postupno, život mi se počeo odvijati po uobičajenoj šabloni, mirno i ugodno, bez strke. Posve lagano i prirodno, kao nikad dotad. Prijepodneva sam provodila u trgovini, popodneva s Maisie, a večeri s Peggy. Katkad, izašla bih u pub na piće s Helenom, Ruth ili sa Silke.

Zadnja dva vikenda provela sam pomažući joj u uređenju galerije. Raspakiravala sam umjetnine, čistila, obavljala telefonske pozive i radila slične sporedne poslove. Silke i Peggy uspjele su me nagovoriti da nastupim na otvorenju. Naime, kad je Sikle spomenula da je pronašla pjevačicu koja će uzvanicama uz pratnju harfe otpjevati nekoliko galskih pjesama, Peggy joj je rekla da sam davnih dana na školskoj predstavi rasplakala cijelu dvoranu recitirajući *Hallaig* i da bi bilo lijepo kad bih i ja nastupila.

Jamie je predložio da pročitam *Lucy* od Georgea McKaya Browna, no odlučila sam se za *The Choice* Sorleya MacLeana, tužnu ljubavnu poemu koju sam jako voljela.

Nakon toga, preostalo mi je odlučiti što ću odjenuti. Svu otmjenu odjeću ostavila sam kod kuće, ponijela sam samo traperice, majice i džempere. Najugodnije se osjećam u sportskoj odjeći;

Tom je bio taj koji me je volio vidjeti u večernjim haljinama, kompletno našminkanu i nakićenu. Tako dotjerana osjećala sam se doslovce aranžiranom za izlazak, poput lutke odjevene za pokazivanje. Nisam u tome osobito uživala.

Ipak, nisam se na otvorenju galerije mogla pojaviti u trapericama i majici. Silke je za tu prigodu odlučila odjenuti crnu mini haljinu i čarape s uzorkom. Promijenila je i boju kose, sada je bila ružičasta. Čak će i Maisie doći u svojoj vilinskoj haljini. Jasno da sam se i ja morala dotjerati.

– Shona? Kako si, što je novoga kod tebe? Hvala, dobro. Da, i ona je dobro. Preslatka je, doista uživam s njom. Nego, htjela sam te nešto zamoliti. Jesi li čula da Silke otvara galeriju? Doći ćeš, zar ne? Nego, Silke želi da nastupim na otvorenju i morala bih si za tu prigodu kupiti neku lijepu haljinu. Bi li mi pomogla u tome? Već sutra? Jesi li sigurna da nisi zauzeta? Ne bih ti htjela smetati. Zaista? Nevjerojatna si. Da? I njemu? U redu... odlično. Javit ću ti kad stižem. Hvala ti, vidimo se.

Naravno, Shona je računala s tim. Nikad joj ništa ne promakne. Rekla je i da Jamieu treba nešto u čemu će se pojaviti na otvorenju. Pomislivši na to, morala sam se nasmijati. Jedino Shoni može uspjeti natjerati ga da izlizane traperice i majicu zamijeni klasičnim hlačama i košuljom.

Vlak je u Aberdeen stigao u pola dvanaest, točno po voznom redu. Shona me je čekala na stanici s dvije plastične čaše kave u rukama. Poljubila me u obraz, nasmijala se i gurnula mi čašu u ruku.

– Popij to, trebat će ti. Čeka nas naporno popodne. Oh, Eilidh, zavidim ti na kosi – rekla je, s divljenjem se zagledavši u mene. – S takvom kosom i očima dobro bi izgledala i u vreći. Naravno, ne možeš se na otvorenju pojaviti u vreći. Za početak, pogledat ćemo što ima u Debenhamsu, a zatim ćemo skoknuti do Hobbsa.

Nasmiješena, krenula sam s njom prema izlazu, kroz visoku i prostranu kolodvorsku zgradu popločenu blistavo bijelim pločicama. Malo zatim našle smo se na ulici prepunoj trgovina s blještavim izlozima. Bilo je lijepo ponovno se naći u gradskoj vrevi, bez sumornih misli i potrebe za razmišljanjem o bilo čemu osim o predstojećem popodnevu.

Prvo sam isprobala dugu jarkocrvenu svilenu haljinu. Čim me je ugledala u njoj, Shona je odmahnula glavom. Slagala sam se s njezinim mišljenjem. Isto je bilo i s tamnozelenom. Isprobala sam i crno odijelo. Dobro mi je stajalo i da mi je predstojao razgovor za posao, svakako bih ga kupila. Nakon toga, isprobala sam koktel haljinu tako dubokog dekoltea da sam bila sigurna kako postoji realna opasnost da će me uhititi zbog širenja nemorala ako se pojavim u njoj. Pod uvjetom da se prije toga ne smrznem. Ne, haljina od tako tankog materijala pouzdano nije izbor za kasnojesenju zabavu.

– Zaboga, u tome izgledam kao... kao... znaš već – promrmljala sam promatrajući svoj odraz u zrcalu. Grudi su mi izgledale kao da će ispasti iz tankog crnog korzeta. Nikad u životu na sebe nisam obukla ništa toliko izazovno.

– Ne, izgledaš seksi, i to je sve. Moj brat dobio bi infarkt kad bi te u tome vidio – s osmijehom je odvratila. Trebala bi ju kupiti.

– Shona – zapanjeno sam uskliknula. – Nije moguće da...

Kratko se nasmijala. – Šalila sam se. U redu, probaj ovu – rekla je i dodala mi još jednu haljinu.

Pola sata kasnije neobavljena posla izašle smo iz trgovine i otišle na ručak.

Bacila sam se na zapečenu tjesteninu s tunjevinom i sirom kao da tjedan dana nisam vidjela hranu. Shona je bila u pravu – šopingiranje je dosta naporan posao.

– Zaboga, Eilidh, kad si posljednji put jela?

Osmjehnula sam se. – Jutros, no da, ne mogu se sjetiti kada sam zadnji put imala ovakav apetit. Zapravo, kad malo bolje razmislim, to mi se već godinama nije dogodilo.

– Da, šokirala sam se kad sam te vidjela. Bila si kost i koža. Sad već mnogo bolje izgledaš. Ah, Eilidh... trebala si već davno prije doći u Glen Avich. Barem nakratko... promjena zraka zacijelo bi ti koristila.

– Jest, trebala sam. No što je bilo, bilo je – odvratila sam. Nisam željela razmišljati o prošlosti. Ne tog dana. Previše sam uživala da bih dopustila da mi išta pokvari raspoloženje.

– U pravu si. Ipak, dobro je što si se vratila. I ne samo zbog tebe nego i zbog Peggy. Otkad si se pojavila, mnogo je živahnija. Ima više vremena za sebe... a i Jamieu je dobro došla tvoja pomoć – rekla je i popila gutljaj kapučina.

– To je samo privremeno.

– Da, znam. No što se toga tiče... ne treba mu samo dadilja... nego netko s kim bi on i Maisie dijelili život.

Promeškoljila sam se i zagledala se u daljinu.

Osjetivši da mi je neugodno, promijenila je temu. – Božanstveno izgleda – rekla je, uprijevši prst u moj kolač. – Sigurno je ukusan.

– I jest. Obožavam kolač od mrkve preliven čokoladom.

– Nastaviš li ga obožavati, uskoro ćeš morati promijeniti kompletnu garderobu – odvratila je, zakolutavši očima. – I meni se to dogodilo zbog ljubavi prema kolačima.

Shona nije bila debela, nego lijepo zaobljena, ali kao i većina žena, smatrala se debelom. Nije bila svjesna koliko je lijepa i poželjna. Od majke je naslijedila bujnu plavu kosu, svijetao ten i plave oči. Jamie je pak bio tamnokos i tamnoput na oca.

– Hajde, uzmi malo – rekla sam i viljuškom presjekla kolač na pola.

– Ne, doista...

– Hajde, pojedi to – ustrajala sam i gurnula tanjur nasred stola. – U protivnom ću ti naručiti krišku čokoladne torte.

Nasmijala se. – U redu, nagovorila si me.

U tren oka počistile smo tanjur. Malo zatim izašle smo iz restorana i nastavile potragu za haljinom. Sat poslije pronašle smo *pravu*. Upravo savršenu.

Promatrajući se u zrcalu, jedva sam mogla vjerovati da sam to ja. Čak je i Shona ostala bez riječi. Jest, haljina je doista bila krasna – od crnog svilenog šifona protkanog svijetloplavim nitima i s dugim prozirnim rukavima. Bila je sašivena u pomalo ciganskom stilu – lepršava i s mnoštvom nabora. Savršeno mi je stajala i lijepo se uklapala s bojom moje kose i očiju. Ali nije se toliko radilo o tome. Ni o tome da su me štikle učinile višom i otmjenijom.

Nego o izrazu mog lica.

Pogled mi više nije bio prazan. Na mom licu nije bilo ni trunke nekadašnjeg očaja.

Djelovala sam... živo.

Vozeći se prema kući, dugo sam zurila kroz tamno prozorsko staklo vagona pa sklopila oči i prepustila se razmišljanju. Knjiga koju sam ponijela da bih čitanjem prekratila vrijeme, ostala je neotvorena stajati u mojem krilu.

Provela sam zbilja lijepo popodne. Već se odavno nisam tako dobro zabavila. Vraćala sam se kući nakrcana vrećicama. U jednoj od njih bile su hlače i košulja koje je Shona kupila Jamieu na poklon. Ja sam pak, osim haljine, kupila i nekoliko knjiga, a počastila sam se i s nekoliko prirodnih proizvoda za njegu tijela. Nevjerojatno, ali doista sam uživala u kupnji. Proteklih godina prestala sam se veseliti malim stvarima i posve se usredotočila na jedan jedini cilj. Ništa drugo nije me zanimalo.

Iskreno rečeno, Tomu zacijelo nije bilo lako sa mnom.

Shvatila sam to onog trenutka kad mi je sinulo da se nijednom, nakon što je Peggy ostala udovica, nisam upitala kako živi i treba li joj štogod. Uistinu sam bila nevjerojatno egoistična, slijepa i gluha za bilo čije potrebe, pa tako i Tomove.

Naš je brak propao i u vezi s tim se više ništa nije moglo učiniti. Urušio se tijekom godina međusobnog zanemarivanja i ignoriranja problema.

Doduše, to se ne može smatrati opravdanjem za to što je Tom našao drugu. Ipak, dok sam se ja bavila sobom i svojim problemima, zacijelo se osjećao usamljeno i izgubljeno. Ni uz najbolju volju nije mi mogao pomoći da izađem iz začaranog kruga samosažaljenja i nezadovoljstva što ne mogu zatrudnjeti.

Tom. Gdje je sad? Što radi?

Kad je vlak počeo usporavati pred postajom u Glen Avichu, ustala sam, uzela vrećice i uputila se prema vratima. Istog trenutka ugledala sam Gail, Heleninu mlađu sestru. Stajala je na kraju vagona i blijedo zurila u mene.

Osmjehnula sam se i zaustila da ju pozdravim, ali na moje čuđenje, bez riječi okrenula mi je leđa.

Stala sam kao ukopana. Što sad? Bilo je očito da me ignorira.

Polako sam joj prišla u nadi da će se ipak okrenuti. Nije. Čim se vlak zaustavio, izašla je i bez osvrtanja produžila niz peron.

Naravno da me je vidjela. Zapravo, odjednom sam shvatila da je cijelo vrijeme znala da smo u istom vagonu. Zaboga, što joj je? Znala je da smo Helena i ja dobre prijateljice. Zašto se tako ponaša prema meni? Odjednom, odgovor se nametnuo sam po sebi. Zacijelo je saznala da čuvam Maisie. Još uvijek nije preboljela Jamiea i ljubomorna je na mene.

Kakve li gluposti. To je posljednje čime bi se trebala zamarati. Nemam namjeru uplitati se ni s njim ni s bilo kojim drugim muškarcem. Šašave li cure, pomislila sam, odlučivši da njezinoj sestri o tome neću reći ni riječ. Život mi je i bez toga dovoljno kompliciran.

Stigavši pred Peggynu kuću, pokucala sam na vrata. Naravno, imala sam ključ, ali nisam željela prepasti Peggy.

– Eilidh – uskliknula je i brzo me pozvala da uđem. – Upravo razgovaram s Katrinom. Hajde, javi joj se, želi te čuti.

Duboko sam uzdahnula. Katrina. Nisam s njom razgovarala otkad sam došla ovamo.

– Kako si? – upitala me, čim sam se javila.

– Dobro, hvala. Mnogo bolje nego prije. A ti i tvoji? Jeste li dobro?

– Da, svi smo dobro. Čuj, znam da je možda malo rano, ali pitam se, imaš li kakvih planova za Božić? Bilo bi lijepo kad bi ga provela s nama. Rado bismo te vidjeli.

Lijepo od nje, raznježeno sam pomislila.

– Najzad, nemaš muža i djecu – nastavila je. – Moraš priznati da je to velika prednost. Slobodna si činiti što te volja.

Bio je to nizak udarac. Kako sam i na trenutak mogla pomisliti da je ljubazna?

Jedva sam mogla vjerovati da je to rekla.

Iskreno sam sumnjala da se radi samo o nedostatku takta. Kako može biti toliko pakosna kad zna koliko mi je teško što nemam vlastitu obitelj s kojom bih provela Božić? I još to pokušava prikazati kao prednost? Oči su mi se naglo ispunile suzama.

– Hvala, ali već sam obećala Peggy da ću Božić provesti s njom – odlučno sam odvratila trudeći se zvučati staloženo. Nisam joj željela dati do znanja da me je uspjela povrijediti.

– Mama i tata rado bi te vidjeli – prijekorno je odvratila.

– Čuli smo se prošlog tjedna. Hvala ti što si nazvala. Vidimo se poslije Nove godine.

– U redu, ako ti tako odgovara. Javi ako se predomisliš tako da...

Spustila sam slušalicu. Sve što sam željela bilo je da me jednom za svagda pusti na miru.

Pusti me na miru, pomislila sam i požurila prema stubama. *Pusti me na miru.*

Peggy je istog trenutka požurila za mnom. – Oh, mila, što se dogodilo? Ta je cura doista nesnosna. Što ti je rekla? Uvijek je imala opak jezik.

Naglo sam se zaustavila i bespomoćno slegnula ramenima. Bila sam toliko ljuta da nisam mogla izustiti ni riječ. Ne samo na Katrinu nego i na sebe. Nisam joj smjela dopustiti da me povrijedi. Jednostavno sam ju trebala poslati do đavola i završiti s tim.

– Smiri se, mila. Uvijek je bila takva i neće se promijeniti. I sama to znaš. Hajde, sjedni u kuhinju i popij šalicu čaja. Hajde... moraš mi ispričati kako si se provela u Aberdeenu.

Začulo se zvonce na vratima.

– Ah, netko je došao. Hajde, pođi gore i umij se – rekla je i potapšala me po licu kao petogodišnju djevojčicu.

Uzela sam vrećice i požurila uz stube.

– Jamie – uskliknula je Peggy otvorivši vrata. – Otkud ti? Kakvog li ugodnog iznenađenja.

Kao ukopana stala sam nasred odmorišta.

– Ispričavam se na smetnji. Znam da ovo nije vrijeme za posjete, ali Shona mi je javila da mi je po Eilidh poslala neku odjeću. Maisie noćas spava kod prijateljice pa sam pomislio da bih mogao skoknuti po to i...

Dovraga, pomislila sam. Morat ću sići i susreti se s njim. Zacijelo će vidjeti da sam plakala.

S vrećicama u rukama požurila sam u kupaonicu, spustila ih na pod i okrenula se prema umivaoniku, no u žurbi sam se spotakla, pala na stražnjicu i lupila zatiljkom u kupaonska vrata.

– Eilidh, je li sve u redu? – odozdo je upitala Peggy.

– Jest – glasno sam odvratila pa brzo ustala i umila se. Dotjeravši se koliko sam mogla, zlovoljno sam se uputila natrag u prizemlje.

Sa šalicom čaja u ruci, Jamie je sjedio za kuhinjskim stolom. Promrmljala sam pozdrav i pružila mu vrećicu. – To je za tebe. Shona se nada da će ti pristajati.

– Hvala – kratko je odvratio.

Nastupila je nelagodna tišina.

– Maisie je otišla spavati kod prijateljice? – napokon sam upitala.

– Da.

– Je li ponijela lutkinu kuću? U zadnje vrijeme svima govori o njoj.

– Jest – rekao je i pozorno se zagledao u mene. – Jesi li dobro? – zabrinuto je upitao.

– Da, naravno – hitro sam odvratila.

– Nadam se da te Shona nije nečim povrijedila?

Žustro sam odmahnula glavom. – Ne, naravno da nije. Uživala sam u njezinu društvu – požurila sam ga uvjeriti jer bila je to istina. – Ne mogu se ni sjetiti kad sam se zadnji put tako dobro provela.

– Takva je od razgovora s Katrinom – rekla je Peggy. – Ta cura zbilja ima opaki jezik.

– Ah, da – rekao je Jamie i s razumijevanjem kimnuo. Dovoljno ju je dobro poznavao da ga to nije začudilo.

Peggy se ispričala nekim poslom i izašla iz kuhinje.

– Zacijelo si umorna – rekao je Jamie.

Šutke sam kimnula.

– Šteta. Mislio sam te pozvati na piće.

– Nisam još večerala.

– Ako želiš, doći ću po tebe poslije večere. Mogli bismo otići u neki od kafića u Kinnearu.

– Nažalost, večeras nisam raspoložena za izlazak – odvratila sam. Sve što sam željela bilo je otići u sobu i pošteno se isplakati. Zadnjih mjeseci to mi je bila jedina razonoda i nisam mogla tako lako odustati od nje.

Usto, imala sam grozan osjećaj da ću, pruži li mi se prilika za takvo što, jednostavno nasloniti glavu na njegovo rame, sklopiti oči i prepustiti se njegovu utješnom zagrljaju.

A to si nisam mogla dopustiti.

14

NOĆNE ZANIMACIJE

Jamie

Naravno, nisam došao k Peggy zbog odjeće koju mi je Shona poslala po Eilidh. Nego zato jer sam se bez Maisie osjećao usamljeno. Bez nje, kuća je bila previše tiha i prazna.

Usto, želio sam vidjeti Eilidh.

Zapravo, bio je to jedini razlog zbog kojeg sam došao k Peggy. Priznajem, želio sam vidjeti Eilidh.

A kad sam vidio kako je utučena, poželio sam ju uzeti u naručje i utješiti ju, onako kako bih tješio i Maisie kad god bi se rasplakala. Zamalo sam to i učinio. Ipak, suzdržao sam se.

Nisam imao pojma što bih joj rekao. Katkad doista proklinjem svoju nesposobnost izražavanja misli i osjećaja. No čak i bez riječi, mogao sam pokazati da suosjećam s njom. Ali nisam to učinio.

Poslije, na putu prema kući, točno sam znao što sam joj trebao reći. Da je barem mogla čuti moje misli.

Sjeo sam kraj kamina i natočio si čašu viskija. Zatim još jednu. Pa još jednu. No ako sam se nadao utjesi, nada mi je bila uzaludna. Nije mi bilo nimalo lakše. Dotad, viski bi me uvijek zagrijao, opustio me, čak i uspavao. Bilo je nečeg umirujuće poznatog u njegovoj boji jantara, mirisu treseta i oštrom okusu. Nečeg tipično škotskog. No ovoga puta nije me umirio. Upravo suprotno, osjećaj praznine i usamljenosti u meni se još i pojačao.

Svrnuo sam pogled na sat iznad kamina. Tri ujutro. Gluho doba noći. Polako sam ustao, uzeo bocu i izlio ostatak viskija u sudoper. Možda sam bio pomalo pijan, ali ipak, znao sam što činim.

Nakon toga, otvorio sam ormarić u kojem sam držao zalihu pića za svoje usamljene noćne trenutke, izvadio iz njega tri preostale boce, otvorio ih, i jednu po jednu ispraznio u sudoper.

Minutu ili dvije ostao sam stajati tamo, spuštene glave.

Poželio sam se isplakati. Ali, muškarci to ne čine, zar ne?

Ili čine, kad ih nitko ne vidi?

Odjednom, dogodilo se nešto čudno.

Netko me pomilovao po kosi... ili mi se to samo učinilo? Ne, nije. Bio je to nježan lepršav dodir, lagan poput dodira leptirovih krila ili daška vjetra, no ipak dodir.

Polako sam se okrenuo i zagledao se u mrak. Nikoga nije bilo u sobi.

Trenutak potom, isti lagani dodir osjetio sam na obrazu.

Ukočio sam se. Koljena su mi zadrhtala, a srce mi je počelo luđački lupati. Naglo otrežnjen, prišao sam kaminu, sjeo u naslonjač, uzeo daljinski i upalio televizor. Treperavo svjetlo i ljudski glasovi ispunili su sobu i nelagoda je uskoro nestala. Dugo sam zurio u televizor nemajući pojma što gledam. Tako sam i zaspao.

Te noći, nestali su duhovi prošlosti koji su me godinama proganjali. U zoru, kada sam se probudio, više ih nije bilo.

Ustao sam iz naslonjača i zagledao se u prazne boce naslagane kraj sudopera. Viski je kroz slivnik produžio u rijeku i rijekom će otploviti do mora. Osjećao sam se lagano poput pera. Već se odavno nisam tako dobro osjećao.

Uspio sam. Mislio sam da neću moći, ali prevario sam se. Učinio sam to.

Za mene ipak ima nade, pomislio sam i pošao se istuširati. Vruća voda isprala je i posljednje ostatke hladnoće i razočaranja nakupljenih u mojim kostima. Pridružili su se viskiju na putu do mora.

Eilidh

Dugo sam ležala zureći u strop. No ako sam mislila da će me to uspavati, prevarila sam se.

Okrenula sam se na bok i sklopila oči. Nije pomoglo. Okrenula sam se na drugi bok i počela brojati ovce.

Uzalud. Bila sam budna kao usred dana.

Ustala sam, razgrnula zastore i zagledala se u tamne obrise brežuljaka u daljini. Pokušavajući se riješiti osjećaja klaustrofobije, otvorila sam prozor. Donekle je pomoglo; barem se više nisam osjećala kao da ću se ugušiti. Ipak, osjećaj straha i tjeskobe, koji me je obuzeo nakon razgovora s Katrinom, i dalje je bio prisutan.

Nisam imala pojma čega se zapravo bojim.

Ili možda ipak jesam. Razgovor s Katrinom podsjetio me da sam ovdje samo privremeno. I da ću se prije ili poslije morati suočiti s realnošću i svime što ide uz to. S mojim životom. S roditeljima. S Tomom i našim razvodom.

Svjež zrak nije mi nimalo pomogao raščistiti misli.

Odlučila sam izaći na noćnu šetnju.

Pogledala sam na sat. Tri ujutro. Odlično. Barem neću nikoga susresti.

Obukla sam trenirku preko pidžame i tiho sišla u prizemlje pa navukla jaknu, obula tenisice i izašla.

Praćena šuštanjem vjetra u granama drveća i povremenim hukanjem sove, uputila sam se niz prazne ulice. Malo zatim, ugledala sam lisicu kako prelazi cestu. Zastala je, žutim očima zagledala se u mene pa otrčala u mrak. Odlučila sam poći do St. Coloman Wella. Prošavši kraj Jamiejeve kuće, produžila sam uzbrdo i ubrzo stigla do parkića u kojem se nalazio izvor ljekovite vode ili se tako barem vjerovalo. Tom vodom navodno se mogla izliječiti neplodnost. Kako ironično, pomislila sam. I da sam popila hektolitar te vode, sumnjala sam da bi mi pomoglo.

Sjela sam na klupu i zagledala se u obrise sela u udolini. S desne strane, uz rub ceste kojom sam došla do vrela, bile su poredane kuće, među ostalima i kuća u kojoj je Jamie živio s Maisie. Kroz kuhinjski prozor dopiralo je svjetlo. Dakle, i on je budan, pomislila sam, pitajući se što radi u ove sitne sate.

Srećom, imala sam dovoljno pameti da odbijem njegov poziv na piće. Zadnje što bi mi trebalo bio je izlazak s njim. Tko zna u što bi se to izrodilo? Bilo bi dovoljno da me zagrli i sva moja tuga i usamljenost u tren bi oka nestala.

Ali ne, ništa od toga. Naša veza ne bi imala budućnost.

Jer, kome treba žena poput mene? Žena s kojom nikada neće moći imati djecu.

Zato je Tom i našao drugu. S njom je zacijelo sve u redu. Zašto ne bi bilo? Većina žena može normalno zatrudnjeti. Nisu neplodne poput mene.

U redu, pomislila sam. Jalova sam i morat ću naučiti živjeti u skladu s tom činjenicom. Nikada se više neću udati i nikome neću reći zašto to ne želim. Jer znam što bi se dogodilo. Svatko kome bih to rekla, pokušao bi me razuvjeriti. I sama bih tako postupila kad bi mi neka prijateljica povjerila takvo što. Upitala bih ju kako se može toliko podcjenjivati samo zato što ne može imati djecu. I zašto misli da ju unatoč tome nitko neće htjeti. O, da, iskreno bih se potrudila razuvjeriti ju. Bilo je to uistinu apsurdno jer ako je riječ o meni, nisam željela da me itko pokuša nagovoriti da promijenim mišljenje.

Možda i zato što sam doista vjerovala da nikome ne treba žena poput mene. A najmanje Jamieu. Zašto bi me želio? Zgodan je, pametan, darovit, uspješan, tople osobnosti. I divan je otac. Što bih mu ja mogla pružiti? Prije ili poslije pronaći će ženu koja mu u potpunosti odgovara. Jednu od onih čije tijelo funkcionira onako kako bi žensko tijelo i trebalo funkcionirati.

Rasplakala sam se pa brzo obrisala suze i naredila si da se priberem. To doista nema smisla. Ne opet.

Odjednom, začula sam smijeh i prigušene glasove.

Netko je dolazio ovamo.

Hitro sam ustala s klupe i sakrila se u šumarak. Pobogu, kako ikome može pasti na pamet usred noći doći ovamo? Hm, izuzev meni.

Provirivši iza borova stabla, ugledala sam visoku i vitku žensku siluetu... i još jednu iza nje... malo nižu. S rukom u ruci uputile su se prema klupi, sjele na nju i strastveno se poljubile.

Hm, i u Glen Avichu više nije kao nekada, s uzdahom sam pomislila i odlučila ostati u šumarku dok ne odu. Što sam drugo mogla? Da sam izašla, njima bi bilo neugodno što sam ih zatekla, a i sama bih se osjećala nadasve glupo. Kako bih ikome mogla objasniti što ovdje radim usred noći? Njih su dvije za svoj noćni izlazak barem imale nadasve dobro opravdanje.

Bilo mi je prilično neugodno gledati kako se ljube. Ne zato što se radilo o curama, nego zato što to nije bilo namijenjeno mojim očima.

Park je bio rasvijetljen malim solarnim svjetiljkama ukopanim u gredice s cvijećem, no ma koliko svjetlo koje se širilo iz njih bilo slabašno, prepoznala sam Silkein profil. A druga djevojka bila je... o, Bože!

Fiona Robertson. Maryna unuka. Ne bih to nikada pomislila. Bila je izuzetno povučena i sramežljiva. Zacrvenjela bi se čim bi ju netko nešto upitao ili se zagledao u nju. Hm, da. Moja majka očito zna što govori kad kaže da mirne rijeke umiju biti varljive.

Moram otići, pomislila sam. Osjećala sam se poput uljeza i nisam to više mogla izdržati. Duboko sam uzdahnula i na vrhovima prstiju krenula kroz šumarak. Zaobići ću park i s druge strane izaći na cestu.

Kratko se osvrnuvši, ostala sam zatečena onim što sam vidjela. Fiona i Silke gledale su se u oči, a u izrazima njihovih lica bilo je nešto što me istinski zadivilo. Bila je to čista, predana ljubav.

Nikada me nitko nije *tako* gledao. Ni ja nisam nikada nikoga *tako* gledala. Toma zacijelo ne.

Nekoliko trenutaka kao očarana promatrala sam izraze njihovih lica.

Odjednom, shvatila sam dvije stvari.

Prvo, nikada nikoga nisam istinski voljela.

Drugo, svatko ima izbor. Ne moram se vratiti u Southport kako bih svoj život dovela u red. I ovdje to mogu učiniti. I ovdje mogu završiti ono što moram završiti, zatvoriti poglavlje s Tomom kao i sva druga poglavlja i krenuti dalje.

Svi imamo izbor.

Poželjela sam ostati. Poželjela sam da mi tu bude dom. Više od ičega na svijetu.

15

VEČERNJA ZVIJEZDA

Elizabeth

Uzbuđenje je bilo gotovo opipljivo, čak sam ga i ja mogla osjetiti u svom bestjelesnom biću. Sjedeći na gredi ispod stropa, promatrala sam prisutne. Silke, vitku i visoku, ružičasto obojane kose, bilo je nemoguće ne opaziti. Promatrajući ju, sjetno sam se osmjehnula. Bila je posve različita od djevojaka iz moje generacije. Odvažna i nesputana, neusporedivo hrabrija.

Bila je tu i Maisie, u svojoj ružičastoj vilinskoj haljini. Dakle, uspjela je nagovoriti tatu da joj dopusti da ju večeras odjene. Zacijelo joj je i Shona u tome malo pomogla. Jamie se bojao da će se prehladiti. Po svemu sudeći, uspjeli su se nagoditi, jer preko haljine nosila je ružičastu vestu na kopčanje, a morala je obući i tajice. Doista, moj sin katkad se ponaša poput kvočke. Shona je popravila stvar tako što joj je na jagodice zalijepila nekoliko Kirstynih zlatnih zvjezdica. Raspuštene kose, vesela i nasmiješena, izgledala je poput male princeze. Uživala sam gledati kako kruži uokolo i razgovara sa svima. Bilo mi je zbilja teško maknuti pogled s nje.

U plavoj košulji s bijelim prugama i tamnoplavim hlačama, Jamie je izgledao vrlo pristalo. S čašom piva u ruci kružio je prostorijom i s vremena na vrijeme kratko zastao kako bi popričao s nekim. Moj Jamie. Tih i nenametljiv, kao i uvijek. Kako se ne bih njime ponosila? Od svih izloženih radova njegovi su bili najdojmljiviji. Bilo medalje, skulpture ili nakit, sve je bilo izrađeno u njegovu osebujnom stilu, sa stiliziranim škotskim motivima. No više od svega, bila sam ponosna na njegovu odluku da prestane piti. Predugo je noći provodio družeći se s čašom. Užasavala sam se pomisli kako bi se to u perspektivi moglo odraziti na njegov život – na njegov rad i na odnos s Maisie. Srećom, odlučio je tome stati na kraj. Sigurna sam da će tako i ostati – jer kad Jamie jednom nešto odluči, više ne mijenja mišljenje. Istina, sanjar je, često neodlučan i nesiguran – i njegov je otac bio takav. I njemu je trebalo vremena da si posloži stvari u glavi, ali čim bi shvatio u čemu griješi, riješio bi to jednom za svagda. Kako god bilo, kad sam vidjela kako je prolio piće u sudoper, morala sam ga pomilovati. Znam da ga je to prepalo, ali nisam mogla odoljeti.

Naravno, i Eilidh je bila tu. Blistave kose i očiju, u otmjenoj crnoj haljini, izgledala je zanosno. Ljudi su se u prolazu okretali za njom. Jamie ju nije odmah opazio. S nestrpljenjem sam iščekivala njegovu reakciju kad ju ugleda tako dotjeranu. Odmah po dolasku, upustila se u razgovor sa Shonom. Njih dvije u međuvremenu su postale dobre prijateljice. Jaz od četiri godine koji ih je dijelio u vrijeme kad su bile djevojčice, u potpunosti je nestao. Shona je ovoga puta u Glen Avich došla sama. Prespavat će kod Jamiea i sutra se vratiti kući. Fraiser je s kćerima ostao u Aberdeenu zbog rođendanske proslave njegova nećaka.

Jedino što mi je kvarilo raspoloženje, bio je pogled na Mary. Došla je na otvorenje u invalidskim kolicima. Zbog mene i mojeg zlodjela. Poželjela sam umrijeti od srama kad sam ju ugledala. Zacijelo i bih, da već nisam bila mrtva. Da mi je itko rekao da ću kao duh učiniti takvu grozotu, ne bih mu vjerovala.

Ipak, isplatilo se.

Doista sam besramna. Ali istina je. Isplatilo se.

Kao što sam i očekivala, Jamieu su oči zamalo ispale iz duplji kad je ugledao Eilidh. Ipak, nije joj prišao. Ostao je stajati u društvu s Johnom i Allyjem, svojim prijateljima iz djetinjstva. Kako tipično za muškarce. Na tome bi i ostalo da Shona nije uzela stvar u svoje ruke i pozvala Eilidh da im se pridruži. Jamie, John i Ally kao djeca su bili nerazdvojni. Često su zajedno išli na pecanje. Za razliku od mog sina, njih dvojica rano su se oženili. Prvi je bio učitelj u osnovnoj školi u Kinnearu, a drugi je radio u banci u Aberdeenu.

Opazila sam da Ally kriomice pogledava Shonu. Uvijek mu se sviđala, a sigurna sam da i ona prema njemu nije bila ravnodušna. No onda se pojavio Fraser, i to je bilo to. Često sam se pitala što bi se dogodilo da se nisu slučajno upoznali u Kinnearu, gdje je došao u posjet rođacima. Kako god bilo, zaljubili su se i započeli vezu. On je živio u Londonu pa im nije bilo lako viđati se. Nakon godinu dana, odlučili su se oženiti, a budući da Shona nije htjela živjeti u Londonu, kupio je veliku kuću u Aberdeenu. Uslijedilo je vjenčanje, a zatim su, jednu za drugom, dobili tri kćeri. Ni on ni ona nijednog trenutka nisu požalili što su se oženili.

Doduše, Shoni je uvijek bilo žao što nije postala medicinska sestra. Oduvijek je to željela, no kad je zatrudnjela, morala je odustati od školovanja. A onda je još dvaput zatrudnjela. I tako je njezina karijera pala u vodu. No svatko žali zbog nečega, zar ne? Naučimo živjeti s tim.

Postoji nešto za čime i ja žalim. Za djetetom koje sam izgubila. Za liječnike, bio je to samo plod, no ne i za mene. Radilo se o muškom djetetu. O Charlieu, kako sam ga nazvala. Nakon toga, došao je Jamie i sve je palo u zaborav. Nikad više nisam ni s kim razgovarala o tome. Kaže se da svaka žena ima svoju priču o djetetu, koju ne dijeli ni s kime. Eto, to je moja.

Da, svatko za nečim žali pa tako i Shona. Upravo se zato u zadnje vrijeme počela raspitivati o nastavku školovanja. Kako stvari stoje, želja će joj se najzad ipak ostvariti. Vrlo je organizirana i znam da će pronaći vremena za učenje. Bit će odlična medicinska sestra. Ne poznajem nikoga tko bi u tom smislu bio učinkovitiji od nje. Zastrašujuće je uspješna u svemu čega se prihvati i sposobna sve i svakoga dotjerati u red. Kako svoje tri kćeri, tako i Jamiea. Jedino njoj uspijeva natjerati ga da ju posluša.

Kad je započeo službeni dio otvorenja, Jamie i Eilidh sjeli su u prvi red. Maisie je sjela Jamieu u krilo. Kad je došlo vrijeme za njezin nastup, Eilidh je ustala i stala pred publiku. Naravno, bila je odlična. Svojim baršunastim glasom opčarala je sve prisutne. Znakovito, pročitala je pjesmu o Lucy, Jamieu najdražu.

Na kraju, prolomio se gromoglasan pljesak. Očiju punih suza Silke ju je zagrlila i iskreno joj se zahvalila.

Pola sata poslije, Shona je pospanu Maisie odvela kući pa su Jamie i Eilidh napokon ostali sami. No tek što su počeli razgovarati, starija sjedokosa žena ogrnuta maramom od kašmira stala je kraj njih i pozorno se zagledala u Jamiea. – Vi ste Jamie MacAnen, zar ne? – upitala je i pružila mu ruku. – Ja sam Emily. Drago mi je što sam vas napokon upoznala. Izuzetno cijenim vaš rad.

Eilidh se ispričala i udaljila se.

Jamie

Osjećao sam se kao da sam se iznova rodio. Napokon je sve bilo kako treba. Nestalo je onog groznog osjećaja srama i kajanja koji me dugo proganjao. Kao i straha da ću se jednog dana pretvoriti u alkoholičara. Znao sam da bi se prije ili kasnije to dogodilo. No završio sam s tim. Bilo je gotovo onog trenutka kad sam odlučio proliti viski u sudoper.

Već se odavno nisam osjećao tako slobodnim. Zaboravio sam kako je to lijep osjećaj.

Eilidh je izgledala zanosno. Lijepa je i u trapericama, ali u toj haljini, sa slapom kose koji joj se slijevao niz ramena, bila je doista prekrasna. Najradije bih ju uzeo za ruku i odveo ju negdje gdje bismo mogli biti sami.

No pogled joj je bio tužan, kao i onih dana kad je tek došla u Glen Avich. Zacijelo zbog razgovora s Katrinom. Čime li ju je samo povrijedila?

– Hvala ti što si se predomislila i pročitala pjesmu o Lucy – rekao sam. – Krasna izvedba.

– Oh, bojala sam se da ne počnem zamuckivati. Srećom, sve je prošlo kako treba.

– Jesi li dobro? Izgledaš pomalo... – započeo sam pa zašutio. Riječi. Ne umijem s riječima i tu doista nema pomoći.

Nasmijala se. – Tužno? – upitala je. – To je zbog očiju. Imam oči na oca, a on je Židov. Svi Židovi imaju tužne oči. Posebno oni iz očeve obitelji. Majka je uvijek govorila da imam Kletzmerove oči.

– Lijepe su – bubnuo sam jer nisam imao pojma što bih rekao.

Uh, to je stvarno glupo zvučalo. No osmjehnula se, porumenjela i popila gutljaj vina.

Odjednom, neka starija žena stvorila se kraj nas. – Vi ste Jamie MacAnen, zar ne? – upitala je i pružila mi ruku. – Ja sam Emily. Drago mi je što sam vas napokon upoznala. Izuzetno cijenim vaš rad.

Briga me tko si i što cijeniš moj rad, pomislio sam, no naravno, nisam to rekao. Ljubazno sam se osmjehnuo i rukovao se s njom.

A Eilidh se ispričala i udaljila se.

– Idite za njom – rekla je Emily.

Zbunjeno sam ju pogledao. Što joj je? Jedva smo se upoznali, a već se petlja u moj život. Suvišno je reći, ali nisam se ni pomakao.

– Hajde, požurite – nastavila je i prodorno se zagledala u mene. – O vašem radu možemo popričati i poslije. Ili nekom drugom prilikom – dodala je i otplovila u oblaku svog parfema.

Dug trenutak zurio sam u njezina leđa, a onda se odjednom sjetio tko je ona. Emilly Simms. Da, *ta* Emily Simms. Poznata kiparica i pokroviteljica perspektivnih umjetnika.

Dovraga!

Nije važno. Prije ili poslije ponovno ćemo se negdje susresti, pomislio sam i pošao u potragu za Eilidh. Iskreno sam se nadao da nije otišla. Laknulo mi je kad sam vidio kako stoji po strani, u društvu triju mladih djevojaka. Hitro sam joj prišao i primio ju za nadlakticu. – Jesi li za kratku šetnju po svježem zraku? – upitao sam.

Začuđeno se zagledala u mene. – Ne bi li trebao ostati ovdje? Zbog posla?

– Da, ali treba mi malo svježeg zraka. Hajde, idemo.

Smeteno se osvrnula oko sebe. – Ali... večer je tek započela... Silke će nas ubiti ako sada odemo.

– Vratit ćemo se za desetak minuta. Dođi, moram porazgovarati s tobom.

– Da? O, joj. To zvuči prilično ozbiljno – rekla je i glasno se nasmijala. – Što sam zgriješila? Je li to zato što sam Maisie jučer dopustila da popije gaziran sok i jede Smartiese? – upitala je pa uzela kaput i uputila se prema izlazu. – Prilično je zahladilo – preko ramena mi je dobacila. – Ali ne smeta mi, sviđaju mi se oblačići koji zimi izlaze iz usta kad zahladi.

– Eilidh, htio sam te nešto pitati – rekao sam čim smo izašli. – Bi li sa mnom izašla na večeru? Možda sutra ili prekosutra?

Naglo se snuždila. To nije bila reakcija kojoj sam se nadao.

– Oprosti, ali... ne mogu.

– Ne? – začuđeno sam upitao. – Ali zašto ne? Mislio sam da ti se sviđam. Uvijek smo se dobro slagali. I ti se meni sviđaš. Jako si mi draga. Vjerujem da bismo bili dobar par... da bi vrijedilo pokušati.

– Doista mi je žao, ali... ali... jednostavno ne mogu.

– Ali zašto? – ustrajao sam. – Mislim da mi duguješ odgovor. Je li to zato što ti se ne sviđam? Ili zato što još uvijek voliš svog muža? Ili iz nekog drugog razloga? Što god bilo, želio bih to znati.

– Ništa od toga – rekla je i zagledala se u daljinu. – Jamie, molim te... ne želim razgovarati o tome. Nas dvoje ne možemo... ne bismo trebali...

– Zašto?

– Zato jer ne možemo.

– To nije odgovor.

– Molim te, prestani me mučiti – uzviknula je. – Ako sam ti draga, zašto mi to činiš? Zašto me mučiš? Što želiš da ti kažem? Nas dvoje ne možemo biti zajedno i to je sve. Nemam ti što drugo reći.

Oštro sam udahnuo. – Oprosti. Molim te, nemoj plakati.

Pokrila je lice rukama. – Molim te, idi. Želim malo biti sama.

Privukao sam ju u naručje. Nije me odgurnula od sebe. Umjesto toga, privila se uz mene i zagrlila me oko vrata. – Oprosti – prošaputao sam i pomilovao ju po kosi. Tijelo joj je bilo toplo i podatno. Poželio sam ju zauvijek držati u naručju.

No trajalo je kratko, prekratko. Nekoliko ljudi izašlo je iz galerije i čarolija između nas nestala je brzo kako se i pojavila.

Otrgnula se od mene ili mi se tako barem činilo. Bilo je to kao da mi je iščupala srce. Rukama sam obujmio njezino lice i zagledao joj se duboko u oči. Više nije plakala. Izraz lica bio joj je savršeno miran, kao da se predala. U biti, izgledala je kao da se pomirila sa sudbinom.

– Zašto, Eilidh? – tiho sam upitao.

– Jer nisam dovoljno dobra za tebe – rekla je i otišla.

16

SVIMA NAMA DOGODI SE ŽIVOT

Shona

Dvije crte.
Dvije crte.

Dvije male ružičaste crte, jedna do druge.

Sjela sam na pod između zahodske školjke i umivaonika i u nevjerici odmahnula glavom.

Zaboga, kako se to dogodilo?

Naravno, ljudima se događaju nepredviđene situacije. Ali *drugima*, ne meni.

Zamaglilo mi se pred očima. Odjednom, želudac mi se digao i morala sam povratiti. Bilo je prerano za jutarnje mučnine, no kako mi ne bi pozlilo od pogleda na te dvije ružičaste crte?

Možda će nestati, kao što se i pojavilo. U ranoj fazi, svašta je moguće. Nešto će se dogoditi i nestat će.

Da, zacijelo će nestati.

Ustala sam i izašla iz kupaonice kao da je sve u savršenom redu. Kao da se ništa nije dogodilo i kao da mi se svijet u sekundi nije preokrenuo naglavačke.

U biti, *ništa* se ne događa, uvjeravala sam se. Nestat će poput sna, sekundu prije nego što otvoriš oči. Nestat će, i moj život ponovno će se vratiti u normalu.

Umotala sam plastični štapić u papirnati ručnik i bacila ga u koš za otpatke. Nitko ništa neće vidjeti i bit će isto kao da se ništa nije dogodilo.

Jedino što mi je preostalo, bilo je čekati mjesečnicu.

Eilidh

Tek što sam se s Maisie uputila prema izlazu iz školskog dvorišta, zaustavila nas je Paula, Kairina mama. – Eilidh! Pričekaj trenutak. Moramo s tobom porazgovarati.

Stala sam. Dovraga, čini se da u zadnje vrijeme svi sa mnom žele o nečem porazgovarati, mrzovoljno sam pomislila.

– Da? – upitala sam, pogledom okruživši skupinu majki.

Bez riječi Paula je znakovito pogledala Maisie, davši mi do znanja da taj razgovor nije za dječje uši.

Naporne li žene, pomislila sam, no poslala sam Maisie da se ide malo poigrati s djecom. Ako bi neka mama u školskom dvorištu sazvala zbor, to se moralo poštivati poput Povelje Ujedinjenih naroda. A Paula ga je upravo sazvala.

– Radi se o baletu – urotnički je prošaputala. – Naše kćeri subotom ujutro pohađaju satove baleta – objasnila je.

Mollyna, Rachelina i Alina mama žustro su kimnule.

– I Maisie bi im se trebala pridružiti – nastavila je Paula. – Nema smisla da se izdvaja iz društva svojih vršnjakinja. Razumijem da se Jamieu nije dalo voditi ju na balet, ali sad kad si ti stupila na scenu...

Podigla sam obrvu. Sad kad sam ja stupila na scenu? Krajičkom oka opazila sam kako je Ruth rukom brzo pokrila usta, suzdržavajući se da ne prasne u smijeh.

– Paula, odluka o tome nije na meni. Ja sam samo njezina dadilja, i to od ponedjeljka do petka. Koliko mi je poznato, Jamie se preko vikenda želi posvetiti Maisie jer on jedino tada ima dovoljno vremena za nju.

– Ah, u redu... ako ne radiš subotom, mogla bih ju ja voditi. Nije mi problem otići po nju i dovesti ju kući. Ako je to jedini način da toj sirotici priuštim malo radosti u društvu njezinih prijateljica, rado ću to učiniti.

Naglo sam porumenjela od srdžbe. Istina, blage sam naravi, ali sve ima svojih granica. Najzad, u meni ipak ima i ponešto vatrene krvi moje majke, iako ona tvrdi da nisam ništa naslijedila od nje. O da, malo njezina žara ipak tinja u meni, a i to je malo dovoljno, s obzirom na to da je ona po vatrenosti najgora od svih iz njezine obitelji.

– Doista ne razumijem zašto Maisie smatraš siroticom, Paula. Ima oca koji ju obožava. Nisam opazila da joj išta nedostaje. Je li ti možda palo na pamet da skakutanje u baletnoj haljinici i papučicama ne mora bit san svake djevojčice? – ledenim sam tonom upitala i pozvala Maisie. Nije me bilo briga što će misliti o meni. Taj majčinski klan doista me počeo neopisivo živcirati.

Čim smo Maisie i ja izašle na ulicu, Ruth je požurila za nama.

– Bogu hvala što imam sinove – s osmijehom je izgovorila.

Kratko sam kimnula. Bila sam toliko ljuta da nisam mogla izustiti ni riječ.

– Istina, Paula si katkad malo previše dopušta, ali...

– Da, malo si previše dopušta. Prava je kučka. A ti si malo previše popustljiva – ispod glasa sam izgovorila jer Maisie i Ben hodali su dva koraka ispred nas. – Maisie je savršeno sretno dijete i iskreno sumnjam da njezin otac smatra da je zakinuta što ne ide na balet.

– Razumijem što želiš reći i sigurna sam da se Maisie ne dosađuje preko vikenda, ali istina je da sve njezine prijateljice idu na balet. Znam da je sretna i bez toga, ali da si vidjela izraz njezina lica dok je gledala fotografije s njihovog prošlogodišnjeg nastupa, mislim da bi promijenila mišljenje. Sigurna sam da bi i ona rado skakutala po pozornici u jednoj od tih preslatkih haljinica. Možda bi ipak trebala s njezinim ocem porazgovarati o tome.

Uzdahnula sam. – U redu, reći ću mu. Sigurna sam da će jedva dočekati da se pridruži tim kokošima. Zapravo, vješticama. Taj naziv mnogo im više odgovara.

Nasmijala se. – Otrovna si.

– Za razliku od tebe, ne ponašam se po PS-u, niti to namjeravam. Nikada nisi podigla glas i uvijek se sa svima slažeš.

– Takva sam, ne volim se prepirati. Idete li i danas kod Peggy?

– Ne, namjeravala sam Maisie odvesti u park.

– Jesi li za kavu? Kod mene? Čini se da bi ovo dvoje rado nastavili razgovor – rekla je, pogledavši Maisie i Bena.

Osluhnuvši o čem razgovaraju, morala sam se osmjehnuti. O tome koga bi htjeli glumiti u božićnoj školskoj predstavi.

– Kad bi me učiteljica barem odabrala za Mariju – čeznutljivo je rekla Maisie.

– A ja bih htio biti božićno drvce – rekao je Ben. – Mama bi mi mogla ruke i lice obojiti zelenom bojom i dati mi da obučem njezin zelen kaput.

Kratko sam se nasmijala pa svrnula pogled na Ruth. – Može, idemo k tebi.

Nas dvije u međuvremenu smo se prilično zbližile. No Helena i ja smo se udaljile. Na moju veliku žalost, počela me izbjegavati. To je postalo savršeno jasno nakon našeg nedavnog slučajnog susreta.

– Oprosti, u žurbi sam – rekla je čim me ugledala. – Mama ima gripu i...

– Oh, jadnica. Svratit ću sutra do nje – istog sam trenutka odvratila.

– Ne, radije nemoj. Brzo se umara i nije joj do razgovora.

– Ah, naravno. Vjerujem da nije. Nisam se mislila zadržavati. Svratit ću samo nakratko da joj ostavim nekoliko naranči ili takvo što.

– Ne, nemoj se time zamarati. Sve je u redu, brzo će se oporaviti – rekla je i zagledala se u daljinu.

Nekoliko trenutaka vladala je mrtva tišina. Napokon mi je prekipjelo. Dovraga, ako je sa mnom zahladila odnose zbog Gail, krajnje je vrijeme da joj kažem što mislim o tome.

– Helena, prošlog se tjedna tvoja sestra pretvarala da me ne vidi kad smo se srele u vlaku. Pretpostavljam da je to zbog Jamiea. No ako misli da imam nešto s njim, vara se. Čuvam njegovu kćer i to je sve.

– Je li? – ironično je upitala. – Dakle, slučajno je prekinuo s njom ubrzo nakon što si se ti pojavila? Mislila sam da očijuka sa Silke, ali prevarila sam se.

I više nego što misliš, pomislila sam.

– Shvatila sam to kad sam vidjela kako te gleda. Ti si ta na koju je bacio oko.

– Ako i jest, ne zanima me. Ni on, ni bilo koji drugi muškarac. Helena, nas se dvije predugo poznajemo da bismo zahladile odnose zbog gluposti poput te. Iskreno se nadam da to nećeš dopustiti.

– Ah, Eilidh... znam da to nije tvoja krivica, ali Gail ne misli tako. Mogu to razumjeti... mislila je da je Jamie muškarac njezina života. Svijet joj se srušio kad ju je ostavio.

– Doista mi je žao zbog toga. Vrlo je draga i ne bih joj nikada učinila ništa nažao. Poruči joj da nemam namjeru upustiti se u vezu s njim – rekla sam, kao da bi joj to moglo pomoći da se pomiri s Jamiejem.

– Čujemo se – rekla je i produžila, prepustivši mi da zurim za njom.

Otada, cijeli moj društveni život sveo se na prepisku s Harryjem i Dougom i povremeno druženje s Ruth i Silke. Shona također više nije imala vremena za mene. Je li joj možda Jamie rekao što se između nas dogodilo one večeri na otvorenju? No ako i jest, sumnjala sam da bi zbog toga zahladila odnose sa mnom.

Što se mene tiče, nisam o tome nikome rekla ni riječ. Čak ni Harryju i Dougu. Jer rekli bi mi da sam glupača, a ja im na to ne bih imala što odgovoriti. Nisam im mogla reći da se ne želim upuštati u vezu s Jamiejem jer ga ne želim unesrećiti, onako kako sam unesrećila Toma.

– I... jesi li odlučila što ćeš dalje? – upitala je Ruth i stavila pred mene šalicu vruće kave. Maisie i Ben pošli su se igrati u njegovu sobu, a Jack je na podu gradio kuću od lego-kocaka.

– Da. Ostajem – odvratila sam. Nedavno sam joj povjerila kako nemam pojma što ću i kamo ću sa sobom i da strahujem od povratka u Southport.

Široko se osmjehnula. – O, to je doista lijepa vijest. Što Peggy kaže na to? Jesi li joj rekla?

– Da. Rekla sam joj da ću potražiti stan i posao u Kinnearu, ali kaže kako doista ne vidi potrebe za tim, kad mogu i dalje živjeti kod nje i raditi u trgovini. Tako da će zasad sve ostati po starom.

– A što tvoji kažu na to?

– Mama i tata rekli su da nemaju ništa protiv ako je to ono što želim. No moju sestru to je prilično ozlovoljilo. Vjerojatno zato što više neće moći računati s mojom pomoći oko djece. Stalno me je zivkala da pričuvam nekog od njih ili im pomognem u pisanju zadaća – rekla sam i kiselo se osmjehnula. – Pravdala se time da je previše zauzeta. Uživala je nabijati mi na nos kako joj uz četvero djece nije lako.

– Doista je grozna – odvratila je Ruth i popila gutljaj kave.

– Nije tako loša, samo je krajnje netaktična. Na kraju krajeva, razumijem ju. Uz četvero djece doista nema vremena. Nije njezina krivica što ja nemam djece i što ih po svemu sudeći neću ni imati.

Kratko mi je stisnula ruku. – Prestani samu sebe mučiti time. Znam da ti nije lako, ali svatko od nas nosi svoj križ. Takav je život. Ljudima se svašta događa, moramo s time nekako izaći na kraj.

Kimnula sam. Znala sam da ni njoj ne cvjetaju ruže. Posebno ne u braku. Ona i njezin muž već nekoliko mjeseci bili su na ratnoj nozi.

– Jesi li se čula s Tomom? Zna li da ostaješ ovdje?

– Moji su mu rekli. Nazvat ću ga poslije Božića da se dogovorimo oko razvoda.

– Mora da ti je bilo grozno kad si saznala da ima drugu.

– Ne, zapravo nije. Više od svega povrijedilo me što radi budalu od mene. Tražila bih razvod, no imala sam zakazan nov termin za umjetnu oplodnju i nisam željela odustati. Ne, nisam nimalo patila zbog njegove nevjere. Iskreno rečeno, to me nije iznenadilo... no, pustimo to. Što je novoga kod tebe?

– Na poslu je stresno kao i obično, a Billy kaže da je sit svega. Odlučio je dići sidro i odseliti u Aberdeen.

– O, joj. Zar je dotle došlo? – zapanjeno sam upitala. Nisam mislila da stvari između njih stoje toliko loše.

Kimnula je. – Čini se da jest – promrmljala je, očiju punih suza. – Vidjet ćemo. Muškarci su zbilja glupi – dodala je i svrnula pogled na Jacka. – Naravno, prisutni se isključuju.

Glasno smo se nasmijale. Jack je podigao glavicu, znatiželjno nas pogledao pa zapljeskao ručicama i počeo veselo gugutati.

– Poželiš da zauvijek ostanu ovako mali, zar ne? – upitala je Ruth i natočila mi još jednu šalicu kave.

Navečer, uzela sam mobitel i poslala poruku Shoni.

Jesi li dobro? Već se odavno nismo čule.

Sve je O. K. Malo sam u gužvi. Kako si ti?

O. K. :) Htjela sam s tobom porazgovarati o Maisie.

Nešto joj se dogodilo?

Ne. Samo mi je potreban tvoj savjet.

O. K. Nazvat ću te idućeg tjedna.

Idućeg tjedna? To nije bilo nimalo nalik na nju. Prije bi se očekivalo da će me odmah nazvati. Željela sam ju upitati što misli o satovima baleta i bih li trebala Jamieu to spominjati, no očito ću to morati sama riješiti.

O. K. Čujemo se.

Odložila sam mobitel i odsutno se zagledala u televizor.

– Je li sve u redu? – upitala je Peggy.

Upravo smo gledale *EastEnders*. Obožavam tu sapunicu. Zapravo, sve sapunice. Uživam provesti sat vremena ne razmišljajući ni o čemu osim o sadržaju najnovijeg nastavka. To mi pruža izvjestan odmak od stvarnosti.

– Valjda jest. Shona se u zadnje vrijeme čudno ponaša.

– Hm, kad je prošlog petka prije otvorenja svratila u trgovinu kupiti par stvarčica, prilično je čudno izgledala. Umorno. Kao da danima nije spavala.

Tipično za Glen Avich, pomislila sam. Ne možeš ni kihnuti, a da netko to ne sazna. Moja majka voljela je pričati kako je jednom prilikom, u vrijeme kad je pohađala srednju školu u Kinnearu, na povratku kući sišla s autobusa stanicu prije, kako bi razgledala novu trgovinu s odjećom. Čim je došla kući Flora ju je upitala zašto je to učinila.

– Otkud znaš za to?

– May mi je rekla.

– May? Ali ona živi u *Kanadi*.

– Da, ali Sharon je vidjela da si izašla iz autobusa i rekla to svojoj mami, a ona je to spomenula May tijekom telefonskog razgovora. May me je nakon toga nazvala kako bi me upitala jesi li došla kući i je li sve u redu.

Dakle, Shona se u petak nije dobro osjećala. Nisam to ni po čemu opazila. Doduše, kad sam malo razmislila o tome, prisjetila sam se da je bila jače napudrana nego inače. Je li možda pokušavala prikriti podočnjake?

Na TV-u, žena u minici s uzorkom leopardova krzna vrištala je na svog muža.

– O, Bože, njih dvoje stalno se svađaju – rekla je Peggy i srknula gutljaj čaja.

– Da. Čudno da nakon toliko dernjave ne ostanu bez glasa – rekla sam pa zavirila u TV raspored. – Ah, večeras je i *New Tricks*. Tvoja omiljena serija.

Istinski sam uživala u tim trenucima s njom. Miran domaći ugođaj bio je poput lijeka za moje rane. Osjećala sam se sigurno i zaštićeno, kao da mi se u životu više ništa loše ne može dogoditi. Isto onako kako sam se osjećala kad sam kao mala djevojčica sjedila s bakom pred crno-bijelim televizorom u istoj ovoj sobi, pijući kakao i grickajući kekse.

Znala sam da to ne može dovijeka potrajati. Nije važno, pomislila sam. Uživat ću dok traje. Kratko sam pogledala kroz prozor.

Vani je već bio mrkli mrak. Možda će Silke i Fiona noćas opet otići na vrelo, pomislila sam. Silke je stanovala kod starijeg bračnog para u selu, a Fiona kod Mary. Nisu se mogle sastajati ni kod jedne ni kod druge. Iskreno sam se nadala da će njihova veza unatoč tome opstati.

Od harrydouglasdesign@live.co.uk
Za eilidhlawson@hotmail.co.uk

Lezbijke u Glen Avichu? Grom i pakao! Da mi je znati što si ti usred noći radila u tom parku? Sastaješ li se potajice s nekim?

Od eilidhlawson@hotmail.co.uk
Za harrydouglasdesign@live.co.uk

Ne, nisam mogla spavati pa sam otišla malo prošetati. Silke i Fiona potajice se sastaju, nitko ne zna da su u vezi.

Od harrydouglasdesign@live.co.uk
Za eilidhlawson@hotmail.co.uk

Ok, pustimo njih dvije. Nego, kako napreduješ s onim Škotom? Visok i crnokos... ne bih se čudio da klikneš na njega. Otkad si nam pisala o njem i njegovoj kćeri, Doug stalno govori da bi ga trebala upecati :)). Inače, nagovara me da te uskoro posjetimo. Rado bi te vidio, kao i ja.

Od eilidhlawson@hotmail.co.uk
Za harrydouglasdesign@live.co.uk

Molim te, budi tako dobar i poštedi me tih gluposti. To zbilja nije ni najmanje duhovito. Ovo o posjetu odlična je ideja. Ako nemate nikakvih planova za Novu godinu, dođite ovamo. Razgovarat ću o tome s Peggy. Već me pitala za vas, sjeća vas se s moje svadbe. Jako ste joj se svidjeli i vjerujem da ne bi imala ništa protiv kad biste došli.

Od harrydouglasdesign@live.co.uk
Za eilidhlawson@hotmail.co.uk

Oprosti, nisam te želio povrijediti. Znam da si osjetljiva, no samo sam želio reći da ne bi trebala zauvijek raskrstiti s muškim rodom. I Doug misli tako. Razmislit ćemo o tvojem pozivu, no vjerojatnost da odustanemo zanemariva je. Pripremi se na nezaboravan prizor jer planiramo se pojaviti u kiltovima. Kao što možeš pretpostaviti, to je Dougova ideja. Zov predaka, što ćeš. Uzgred, znamo da si alergična na novotarije, ali rado bi s tobom pričali preko skypea. Već smo zaboravili kako izgledaš. Poljupci i zagrljaji. XXX H&D

Osmjehnula sam se i ugasila laptop. Na trenutak, preplavio me osjećaj usamljenosti. Bila sam daleko od svih, od prijatelja, poznanika i svoje obitelji. Kako su, što rade?

Što Jamie sada radi?

Te noći usnula sam čudan san. Zapravo, bilo je to više poput uvida u prošlost. Ali ne *moju*. Čudno, jer ja pouzdano nisam vidovita. Mama i baka znale su pričati o ženi iz sela koja je mogla vidjeti prošlost i budućnost. Ali ne, ja nisam od tih, kao ni itko iz moje obitelji. Ipak, te noći imala sam uvid u prošlost.

Dvogodišnji dječak gegao se po sobi, a ja sam klečala na podu – ali to nisam bila ja. Nego neka druga žena, u smeđoj suknji i bež čarapama. Sunčana zraka dopirala je kroz prozor, milijuni sićušnih zrnaca prašine titrali su mi pred očima. Dijete u koje sam gledala bio je Jamie. Znala sam to. Kad se dogegao do mene, raširila sam ruke i uzela ga u naručje. Podigao je glavicu i zagledao mi se u oči. Tog trenutka shvatila sam tko sam. Elizabeth.

Probudila sam se preplavljena osjećajem tuge i gubitka.

17

POBOLJŠANJE

Jamie

Ne znam što me spopalo te večeri, na otvorenju. Kao da sam sišao s uma. Radost što sam napokon raskrstio s alkoholom očito mi je dala krila.

Doista sam sretan zbog toga. Više neće biti usamljenih večeri uz čašu, ni mutnih buđenja sa željom da gutljajem pića otklonim mamurluk. Koliko bi vremena prošlo do trenutka kada bih počeo piti prije doručka? Grozio sam se i same pomisli na to. Upao bih u ponor i povukao Maisie sa sobom.

Srećom, na vrijeme sam to shvatio. Osjećao sam se snažnim i neustrašivim. Sposobnim za sve. Tome je zacijelo pridonio i ugođaj na otvorenju. Bila je to i više nego uspješna večer.

Svjestan sam do to zvuči poput izgovora koji ljudi u pravilu rabe kad u nečem pogriješe... no doista sam mislio da činim pravu stvar. Bio sam uvjeren da ne mogu pogriješiti, da ne mogu biti u krivu.

No prevario sam se.

Prije te večeri nisam u potpunosti shvaćao koliko je Eilidh ranjena. Shvatio sam to onog trenutka kad sam ju uzeo u naručje. Žudio sam ju utješiti, iscijeliti njezine rane. No otišla je.

Više neću ponoviti tu pogrešku. Poštovat ću njezinu želju i držati se na distanci. Grozno sam se osjećao kad mi je rekla neka ju prestanem mučiti. Posljednje što sam želio bilo je nanijeti joj bol. U redu, neću to više činiti. No kako je mogla reći da nije dovoljno dobra za mene? Otkud joj takva smiješna pomisao? Zapravo, žalosna. Pravi je dragulj, a ne misli tako o sebi.

U subotu i nedjelju nismo se vidjeli. U ponedjeljak sam bio toliko rastrojen da se nisam mogao usredotočiti na posao. Stvari su mi ispadale iz ruke, uspio sam čak razbiti jedan kalup. Napokon sam odustao i pošao kući. Čim sam ušao, ugledao sam ju kako sjedi na sofi s Maisie i pomaže joj u čitanju pjesmice iz čitanke.

Ugledavši me, naglo je porumenjela, a čim je Maisie završila s čitanjem, pozdravila se s njom i uputila se prema vratima. Želio sam joj reći neka ostane na čaju, no predomislio sam se. Nisam želio ispasti nametljiv. Doduše, nisam od tih niti sam ikad bio, ali palo mi je na pamet da bi možda mogla pomisliti da se upucavam svakoj ženskoj osobi koja mi se nađe u blizini. Ne znam... možda je stekla takav dojam na temelju moje kratke veze s Gail. Ako jest, ništa nije dalje od istine. Gail se zapravo nabacivala meni. Što se Eilidh tiče, trebalo mi je mnogo hrabrosti da joj kažem ono što sam joj rekao. No odakle bi ona to mogla znati? Najzad, nisam oženjen i ne bih se nimalo čudio kad bi došla do zaključka da sam u potrazi za nekim tko će mi zagrijati postelju.

Nikad više neću pokušati ništa s njom. Nikad više.

Otvorio sam joj vrata i izašao s njom na dvorište. – Eilidh, želio sam ti reći... – započeo sam i zagledao se u ljubičasto nebo i tamne obrise brežuljaka u daljini. – Ako više ne želiš čuvati Maisie, razumjet ću.

– Što se mene tiče, rado bih ju i dalje čuvala. Ali ako ti to ne želiš... – rekla je i razočarano slegnulo ramenima.

– Ne, ne. Naravno da ne. Maisie te obožava. No pomislio sam... palo mi je na pamet da možda... – promucao sam pa zašutio ne znajući što bih rekao. Oduvijek sam bio nespretan s riječima. Jednim dodirom ili zagrljajem mogao sam joj reći mnogo više, ali ma koliko to želio, nisam to mogao učiniti.

– *Doista* bih ju voljela nastaviti čuvati – tiho je izgovorila. – I ona je meni *jako* draga.

Osmjehnuo sam se. Obožavam način na koji govori. Dramatično. Sviđa mi se kako naglašava riječi. I što ljude uvijek gleda ravno u oči. Sviđa mi se i njezin osmijeh. Kad god mi se osmjehne, osjećam se kao da me obasjalo sunce.

Shvativši da zurim u nju, naglo sam spustio pogled. Osjećao sam se poput zadnje budale. – Oprosti – promrmljao sam.

– Sve je u redu. Vidimo se – odvratila je i, mahnuvši mi na pozdrav, gotovo istrčala na ulicu.

Preplavio me val razočaranja. Osjećao sam se zakinutim, kao da život prolazi kraj mene, a ja u vezi s tim ne mogu ništa učiniti.

– Tatice, želiš li da ti pročitam pjesmicu? – upitala je Maisie čim sam se vratio u kuću.

– Naravno. Hajde, pročitaj mi ju, a onda ću nam skuhati nešto za večeru.

– Ne moraš, Eilidh i ja napravile smo pitu od povrća. U pećnici je. Ja sam izgnječila krumpire.

Krasno, pomislio sam. Nemam razloga za tugu. Život mi je pouzdano bolji nego prije. Netko me zamijenio u kuhanju.

– Hajde, mila, počni – rekao sam i sjeo na sofu. Slušajući Maisie kako čita, pogled mi je odlutao na kuhinjsku radnu ploču. Nasred nje stajala je šalica koju sam od Maisie dobio za Dan očeva. Shona se tom prigodom pobrinula cure odvesti u kupnju, pa smo Fraiser i ja dobili iste šalice. Inače, uz nju bi stajala još jedna šalica, za Eilidh. Nakon što sam se onoga dana ponio kao da želim da što prije ode kući, potrudio sam se ispraviti stvar, pa nam se ispijanje šalice čaja prije njezina odlaska pretvorilo u običaj.

No to se očito promijenilo. Gledajući tu jednu šalicu na putu, pomislio sam da izgleda usamljeno... ili, kao polovina nečega.

One večeri na otvorenju, nakon što je Eilidh otišla, nije mi više bilo do zabave. Da sam ikako mogao, otišao bih kući. Ali nisam mogao. Silke je očekivala da zabavim goste. Problem je u tome što nikada nisam bio dobar u čavrljanju. Čak me i ta riječ živcira. No želio sam pomoći Silke i ostalim lokalnim umjetnicima. Možda meni nije trebala reklama, no njima jest.

Stoga sam se potrudio prikriti razočaranje, vratio se u galeriju i počeo kružiti okolo i smješkati se ljudima. Toliko o mojoj sposobnosti stvaranja poslovnih veza.

Ispostavilo se da Emily Simms još nije otišla. Ubrzo mi je opet prišla i zamolila me da joj kažem nešto o svom radu. – Voljela bih znati kako ste ovo izradili – rekla je i povela me prema skulpturi koja je stajala u kutu. No kada smo stali kraj nje, shvatio sam da ju moj rad uopće ne zanima. Željela je sa mnom nasamo porazgovarati.

– I, kako je ispalo? – upitala je. – Znam, previše sam znatiželjna – s osmijehom je dodala. Pogled joj je bio topao, izraz lica smiren. Djelovala je mudro i staloženo, nimalo nametljivo. Imao sam osjećaj da bih s njom mogao razgovarati o svemu, a to mi se nije često događalo.

– Ne onako kako sam očekivao – rekao sam i popio gutljaj čaja.

– Žao mi je – rekla je, a po načinu na koji je pogledala šalicu čaja u mojoj ruci, shvatio sam da zna zašto ne pijem alkohol.

– Hm, da – promrmljao sam. – Ostajete li dugo ovdje?

– Ne, samo do sutra. Došla sam ovamo samo zbog vas. Zadnje dvije godine pozorno pratim vaš rad. Privukli ste pozornost i nekih mojih utjecajnih australskih prijatelja. Vrlo ste nadareni.

– Hvala na komplimentu.

– Zamolili su me da vas upitam biste li priredili nekoliko izložbi u Australiji. Ako želite, mogli bismo o tome porazgovarati sutra za vrijeme ručka. U pola dvanaest naći ću se sa Silke u pubu. Znam da je rano, ali moram se do večeri vratiti u London.

Na trenutak sam ostao bez riječi. Želi da priredim nekoliko izložbi u Australiji?

– Naravno, rado bih s vama porazgovarao o tome – najzad sam rekao.

– U redu, vidimo se u pubu. Sada ću vas napustiti. Prilično sam umorna. Ipak... željela bih vam još nešto reći.

– Da?

– Nadam se da mi nećete zamjeriti ako budem otvorena?

– Naravno da ne.

Toplo se osmjehnula. – Već mi je gotovo šezdeset. Imam mnogo životnog iskustva i vjerujte mi, vrijedi riskirati. Čak i ako se na prvi pogled čini da se ne isplati – rekla je i otišla.

Ostatak noći proveo sam kod Silke. Sjedili smo na sofi, grickali čips i povjeravali se jedno drugome. Osjećao sam se dobro u njezinu društvu. Opušteno. Uspjela me utješiti. Bio sam prilično razočaran što me Eilidh odbila, no nakon razgovora sa Silke, bilo mi je mnogo lakše. Po svemu sudeći, i ja sam nju utješio. Rekao sam joj da se iskreno nadam da će Fiona uskoro smoći snage reći svojima da je u vezi s njom.

– I ja se tome nadam – odvratila je pa umorno naslonila glavu na ljubičast baršunast jastučić. – A nadam se i da će se Eilidh predomisliti.

Kako god bilo, u mojem životu štošta je krenulo na bolje.

Sljedećeg dana, kad smo se Silke i ja našli s Emily na ručku u pubu, saznao sam pojedinosti o putovanju u Australiju.

Trebao bih tamo boraviti četiri mjeseca i postaviti izložbe u više gradova, što bi značilo da ću mnogo putovati. To me jednako privlačilo koliko i plašilo. Što ću s Maisie? Ne mogu jednostavno otići i prepustiti nekome drugome da se pobrine za nju. A povedem li ju sa sobom, predugo će izostati iz škole. S druge strane, na putovanju poput tog mnogo bi naučila. Doduše, stalna putovanja iz grada u grad za petogodišnju djevojčicu možda bi bila prenaporna. No bolje i to, nego da tako dugo budemo razdvojeni.

Morao sam razmisliti o tome i pažljivo odvagati prednosti i nedostatke. Takva prilika rijetko se pruža, no ipak, nisam mogao naprečac odlučiti.

Rekao sam Emily da mi je potrebno malo vremena za razmišljanje i da ću joj se javiti. Po rastanku s njom bio sam prilično uzbuđen. Promjene, čak i dobre, uvijek me izbacuju iz ravnoteže. Poput mog oca, najbolje se osjećam kad se život odvija bez prevelikih uzbuđenja. Odlučio sam o tome porazgovarati sa Shonom.

Ušavši u kuću, našao sam ju kako sjedi za kuhinjskim stolom. Iako je podne već odavno prošlo, još je uvijek bila u pidžami i kućnom ogrtaču. Takvo što nije joj bilo nimalo nalik.

– Gdje si proveo noć? – upitala je čim me ugledala. – Čula sam kako se u ranu zoru parkiraš pred kućom.

– Bio sam kod Silke.

– Kod Silke? – zapanjeno je upitala.

– Ne, nije to što misliš. Ona je lezbijka. To je najgore čuvana tajna u Škotskoj. Svi znaju. No nitko ne zna s kim je u vezi. Njezina prijateljica želi da to ostane tajna.

– O kome se radi? – istog je trenutka upitala. S obzirom na to da je svaka tajna kod nje bila sigurna kao u sefu, rekao sam joj.

– Mora da se šališ – uskliknula je. – Fiona? Tko bi to rekao. Drago mi je ako se vole, no njezini to neće lako prihvatiti... znaš Robertsone, prilično su...

– Zaostali?

– Radije, konzervativni. Dobri su ljudi, no teško prihvaćaju promjene. Pogotovo u tim stvarima.

– Vidjet ćemo kako će to ispasti. Nego, znaš li da je Gail mislila da sam se spetljao sa Silke?

– Doista? Ako i jest, više ne misli tako. Njezina sestra naveliko trača da si se spetljao s Eilidh.

– Mislio sam da je ona Eilidhina dobra prijateljica.

– To je prošlost. Ona i svi njezini urotili su se protiv Eilidh. Klanska posla. Gail se žalila na tebe čak i rodbini u New Yorku pa su se i oni razljutili na tebe. Inače, navodno će otići k njima na godinu dana kako bi se maknula odavde i pokušala te zaboraviti.

– Još bi se više ljutili na mene da sam ju unesrećio. A to bi se pouzdano dogodilo da smo završili u braku. Kako je moguće da ni ona ni oni ne mogu shvatiti da ju ne volim? Kratko smo se viđali, a ponašaju se kao da sam ju godinama zavlačio, a onda ostavio na cjedilu.

– Znam. Pusti to. Nije vrijedno živciranja.

– Ne živciram se. Samo katkad. Nego, što je s tobom? Zašto si tako blijeda? Ne osjećaš se dobro?

– Loše sam spavala i sva sam nikakva. Najradije bih nazvala Fraisera i rekla mu da ću se sutra vratiti kući. Imaš li što protiv da ostanem još jedan dan?

– Naravno da ne. Ostani i odmori se. Žao mi je što sam te morao probuditi da pričuvaš Maisie.

– Ne moraš se zbog toga ispričavati. Morao si otići na taj sastanak s tom ženom... oprosti, zaboravila sam kako se zove.

– Emily Simms. Predložila mi je... – započeo sam pa duboko udahnuo. – Predložila mi je da priredim nekoliko izložbi u Australiji. No to bi značilo da bih dulje vrijeme bio odsutan. Vjerojatno četiri mjeseca.

Nekoliko trenutaka vladala je tišina.

– Četiri mjeseca? A što ćeš s Maisie? To je doista lijepa ponuda, ali...

– Mogao bih ju povesti sa sobom. Mislim da se ne bismo trebali odvajati na tako dug rok.

– Naravno da ne.

Kimnuo sam. Ponovno je nastupila tišina.

– Bilo bi šteta da propustim priliku poput te – nastavio sam, u želji da joj objasnim svoje motive. – Nisam o tome mogao ni sanjati.

– Zato jer ti uspjeh nikada nije bio osobito važan. Kao ni novac. U biti, novac još i manje.

– Ipak, uspjeh bi značio da ću imati manje posla i više vremena za Maisie. A više novca pružit će joj bolje mogućnosti u životu.

– Poput?

– Poput najboljeg obrazovanja ili... ne znam, mogao bih joj pružiti što god poželi. U redu, znam da nije sve u novcu, ali ipak.

Osmjehnula se i slegnula ramenima. – Ako misliš da bi trebao ići, idi. Maisie će se tome zacijelo veseliti. Mnogo će toga vidjeti i naučit će mnogo novih stvari. Ne vidim kako bi joj to moglo škoditi... No znajući tebe, bojim se da nećeš osobito uživati u tome. Zatvoren si, ne voliš se družiti s nepoznatim ljudima. A to je ono što ćeš morati iz dana u dan činiti... stvarati veze i poznanstva. Ne znam... bojim se da ćeš se osjećati poput ribe na suhom.

– Drugim riječima, misliš da ne bih trebao ići. No što me drži ovdje? Ti sa svojima živiš u Aberdeenu. Svi su moji prijatelji poženjeni i imaju djecu. *Koga* ja imam osim Maisie? Nikoga kome bih nedostajao.

– Mene – s osmijehom je odvratila. – Na stranu i to, no imam osjećaj da mi nešto tajiš. Možda sam u krivu, ali...

– Čudno. Ja imam osjećaš da *ti* meni nešto tajiš.

– Ne pokušavaj me zbuniti. Govorili smo o tebi.

– Da, ali ipak. U redu, nagodimo se. Reci mi što te muči pa ću i ja tebi reći što mene muči.

Nekoliko trenutaka bez riječi je zurila u mene. – Trudna sam – najzad je bubnula. – Opet! Sve iznova... besane noći, dojenje, presvlačenje pelena. Morat ću se oprostiti s nastavkom školovanja... a toliko sam to željela. Oduvijek sam sanjala o tome da ću postati medicinska sestra. No prerano sam se udala, došla su djeca... A sada, kad sam napokon mislila da ću imati vremena za sebe...

Zagrlio sam ju i odmaknuo joj pramen kose s lica. – Oh, draga... doista mi je žao.

– Ne govori to – pobunila se. – Zvuči uistinu grozno, kao da je dijete krivo što ne mogu ispuniti svoj životni san.

– Istina, ali djeluješ prilično razočarano.

– Samo zato jer ne mogu vjerovati da mi se to dogodilo. Kako je to moguće? Bila sam na pilulama. Redovito sam ih uzimala i nijednom nisam povratila ili takvo što. I unatoč tome sam zatrudnjela! Kakva je vjerojatnost da se to dogodi? Pogotovo zato jer se Fraiser i ja rijetko seksamo... uz tri kćeri i gomilu kućanskih poslova najčešće sam preumorna i...

– Shona! Molim te, ne želim slušati o tome. Pričaj o bilo čemu samo ne o svojem seksualnom životu.

– Oprosti, ali...

– Što Fraiser kaže na to?

– Nisam mu još rekla.

– Hm, možda će ovoga puta biti muško.

– Ne govori to! Ne želim da itko pomisli da će mi biti krivo ako opet rodim djevojčicu. Voljet ću ju jednako kao i njezine sestre.

Nasmijao sam se.

– Što je smiješno?

– Čuješ li što govoriš? Ne zvučiš poput žene koja je nesretna što je zatrudnjela.

– Kako to možeš reći? Jasno da nisam nesretna.

– Znam da nisi. Nesretna si samo zato što ne možeš nastaviti školovanje. No još si mlada pa na to možeš gledati kao na privremenu prepreku do cilja – rekao sam i, vidjevši kako se namrštila, naglo podigao ruku. – U redu, ispričavam se – brzo sam dodao. – Znam da ne želiš da o djetetu govorim kao o prepreci.

Oboje smo prasnuli u smijeh.

– Hvala ti – rekla je i obrisala suze.

– Nema na čemu. Mogu li ti sada čestitati? – upitao sam i čvrsto ju zagrlio.

– Sada si ti na redu – trenutak je potom rekla. – I ne pokušavaj promijeniti temu.

– Rekao sam Eilidh da bih želio s njom biti u vezi, no odbila me.

– Odbila te? – razočarano je upitala. – Ali, zašto?

– Možda joj se ne sviđam. Znam da tebi to zvuči nemoguće, ali...

– Ne, ne radi se o tome. Znam da si joj jako drag. Možda joj treba vremena. Mnogo je toga pretrpjela.

– Možda. Kako god bilo, zaletio sam se i nemam namjeru ponoviti tu pogrešku. Ne mogu si to dopustiti... sit sam razočaranja – tiho sam izgovorio. Nisam navikao govoriti o tim stvarima, čak ni sa sestrom.

– Oh, Jamie, zašto je život toliko kompliciran? Planiramo jedno, a ispadne drugo... Čudno, zar ne? Niti sam ja planirala još jedno dijete, niti si ti planirao putovanje u Australiju. A što se Eilidh tiče, to me doista iznenadilo. Bila sam uvjerena da ćete završiti zajedno.

– Zaista? Na temelju čega si to zaključila?

– Nikada nećeš razumjeti žene. Naravno da se takvo što moglo očekivati.

– Je li? Nikada to ne bih pomislio.

– Ah, tako sam zbunjena... Kad bi barem mama bila tu... nedostaje mi.

Dug trenutak zurili smo jedno u drugo.

– Napravit ću ti nešto za jelo, a onda ideš ravno u krevet – rekao sam pa ustao i otvorio hladnjak. – Čim se najedeš i naspavaš, bolje ćeš se osjećati.

– Zvučiš poput mame.

Osmjehnuo sam se.

18

BALETNA ŠKOLA

Eilidh

Poduka baleta postala je moj životni križ. Paula me nastavila proganjati i nagovarati me da razgovaram s Jamiejem. I tako pet dana u tjednu. Morala sam tome stati na kraj.

– Jamie, imaš li malo vremena? Trebali bismo o nečem porazgovarati.

– Naravno. Jesi li za čaj?

– Može.

– Ostaješ li na večeri? – upitala je Maisie provirivši iz šatora napravljenog od pokrivača prebačenog preko naslona sofe i fotelje.

– Ne, mila, samo na čaju – odvratila sam.

Jamie je zaustio da nešto kaže, pa zatvorio usta. Vjerojatno bi rekao isto što i ja. Nakon one grozne večeri zacijelo nije žudio provesti sa mnom više vremena nego što je nužno.

Dok je Jamie pripravljao čaj, Maisie je u šatoru priredila čajanku za ponije.

– Još malo čaja, Pinky? Da, hvala, Maisie. Nema na čemu, Pinky. Izvoli, posluži se kolačićima.

Malo zatim, Jamie i ja sjeli smo na sofu.

– O čem se radi? – upitao je Jamie. Bio je neobrijan i izgledao je prilično umorno. Nakon otvorenja galerije posao mu se znatno povećao.

– Paula me već danima nagovara da ti kažem da bi Maisie trebao upisati u baletnu školu. Kaže da nema smisla da se odvaja od ostalih djevojčica iz njezina društva. No satovi su baleta subotom ujutro, a znam da vas dvoje volite vikende provoditi zajedno i...

– Hm... u redu, ako Maisie želi, mogu ju subotom voditi na balet. Ne bih te htio opterećivati s tim. Doduše, grozim se pomisli da ću se naći među svim tim ženama.

– S razlogom. Ta majčinska klika ne bira sredstva za postizanje cilja. Nevjerojatno su naporne.

Glasno se nasmijao. – Želiš reći da su poput nekakvog mafijaškog klana?

– Upravo tako – odvratila sam. – Vjerojatno to nisi opazio. Muškarci ne opažaju stvari poput tih.

– Čudno, i Shona mi to stalno govori.

– U pravu je. No, nemaš razloga biti zabrinut. Uvjerena sam da će biti oduševljene kada te vide – rekla sam, zakolutavši očima.

– Vjerujem – odvratio je i kratko mi namignuo.

Nasmijali smo se. Uvijek sam uživala u razgovoru s njim... osim kad bi razgovor postao previše osoban.

– Mogu ju i ja voditi. Ne brini, neće mi biti teško. Doista ne. Voljela bih ju vidjeti kako skakuće u baletnoj haljinici.

– Ako je tako, pođi s nama – predložio je.

Oklijevala sam.

– Znam da... hm, znam da ne želiš... – promucao je i pocrvenio. – No, pretpostavljam da možemo biti prijatelji... kao nekad. Istina, htio sam nešto više... ali ako ti to ne želiš, ipak bih te volio zadržati kao prijateljicu.

– Što ćemo jesti? – upitala je Maisie provirivši iz šatora.

Oboje smo se trgnuli.

– Oprosti, danas vam nisam ništa skuhala – hitro sam rekla, sretna što mi se pružila prilika da promijenim temu. Stupili smo na opasan teren i to me je uznemirilo.

– Nema problema – odvratio je. – Nemoj se time opterećivati, ne očekujem od tebe da nam kuhaš.

– Ali uživam u tome. Doista. No danas... – slegnula sam ramenima.

– Znam, nisi imala što skuhati – s osmijehom je odvratio. – Nažalost, nisam stigao u kupovinu. Zadnjih dana imam previše posla i...

– Ne brini, sutra ću donijeti nešto iz trgovine.

– Nemoj se time opterećivati.

– Ne, doista... nije mi teško.

– Hvala ti. U metalnoj kutiji za kekse ima nešto novca pa slobodno uzmi koliko ti treba.

– Tatice! Gladna sam – uzviknula je Maisie.

– Hm, morat ćemo naručiti nešto kinesko – promrmljao je.

– Grozni čovječe – s osmijehom sam odvratila.

Slegnuo je ramenima i počeo prekapati ladicu u potrazi za letkom kineskog restorana.

– Uzgred, što je sa Shonom? Zadnji put vidjela sam ju na otvorenju. Prije nekog vremena poslala sam joj poruku i rekla je da će mi se javiti, ali nije. Htjela sam ju upitati za savjet u svezi baletne škole... nadam se da se ne ljutiš?

– Naravno da ne, ona je ekspert za stvari poput tih – rekao je i izvukao hrpicu letaka. – Sigurno je među ovima...

– Problem je u tome što mi se nije javila. To nimalo nije nalik na nju. Pitam se, ljuti li se možda na mene? Doduše, ne znam zašto, ali...

– Ne, ne bih rekao. Vjerojatno je zauzeta nekim drugim stvarima.

– Da, vjerojatno jest – složila sam se. Po tonu njegova glasa bila sam sigurna da zna što joj se događa, ali ne želi o tome sa mnom razgovarati. – U redu. Poruči joj da mi se javi ako želi sa mnom popričati ili ako joj je potrebna bilo kakva pomoć.

– Hoću. Ah, evo ga – uskliknuo je, izvukavši letak kineskog restorana. – Što bi ti pojela?

Shona

Stojeći pred zrcalom u grudnjaku i gaćicama pozorno sam proučavala svoje tijelo. Znakovi trudnoće bili su tu. Grudi su mi bile veće i boljele su me na dodir. Kosa i koža bile su mi sjajnije ali pod očima sam imala tamne podočnjake, bilo od umora, jutarnjih mučnina ili od nedostatka sna, a najvjerojatnije od svega toga. Trbuh mi je bio malo ispupčen, jedva zamjetno, ali previše da bi se to moglo pripisati prežderavanju kolačima.

Prvi put kad sam zatrudnjela, osjećala sam se kao da me pregazio vlak. Neprestano mi je bilo zlo i nisam bila sposobna ni za što. Nisam mogla spavati, čak ni razmišljati. Rastala sam se s mozgom. Doslovce, bio je to pakao. Bilo je toliko grozno da sam se stalno morala podsjećati zašto prolazim kroz to i da će se moje muke naposljetku isplatiti. Postala sam ćudljiva i sve me je živciralo. I dan danas zgrozim se nad sobom kad se sjetim kako sam jednom prilikom napala prodavačicu jer mi nije dovoljno brzo spakirala namirnice u vrećicu. I to ja, koja sam na glasu kao blaga i uljudna, nikad naprasita. Ipak, Fraiser je prošao gore od svih. Kad smo putovali na godišnji odmor, dva sam sata u automobilu urlala na njega. Jadnik. Mora da se pitao što ga tek čeka tijekom dva tjedna koja će sa mnom provesti u planinskoj kolibi.

Poslije, kad su jutarnje mučnine prestale, raspoloženje mi se malo popravilo. Vjerojatno zato što sam ponovno mogla jesti. Boja mi se vratila u obraze, a kad se dijete prvi put pokrenulo u meni, bilo je to... čudesno. Nikad neću zaboraviti taj osjećaj. Moja beba i ja. Tog trenutka postala je *stvarna*. Počela sam razgovarati s njom. Znala sam kad spava i kad je budna i u kojem položaju joj je ugodno i u kojem ne. Znala sam to po načinu na koji se pokretala, ali neovisno o tome, *osjećala* sam što želi, kao da smo ona i ja bile u telepatskoj vezi. Znam da je to nemoguće i da bi mnogi rekli da pretjerujem, ali doista, ona i ja mogle smo komunicirati bez riječi.

Porod je bio... hm, kako bih to objasnila? Ah, kad razgovaraš sa ženama koje su već prošle kroz to, reći će ti da malo boli, ali da ćeš sve zaboraviti čim uzmeš dijete u naručje.

Kakve li laži. Jezivo boli i ne, nećeš to nikada zaboraviti – ali nema žene koja će ti to priznati. Riječ je o uroti s ciljem održavanja ljudske vrste. Moj je porođaj bio uistinu grozan. Prošla sam dan i pol paklenih muka. Nisam zaboravila ni jedan trenutak te agonije. Ni Fraiser, jer danima nakon toga nije se mogao služiti desnom rukom. Toliko sam ju jako stiskala da sam mu zamalo slomila kosti. Pokušao ju je izvući, ali nisam mu dopustila.

– Mila... bi li me na trenutak pustila... uh... jooooj!

– TO te boli? – vrisnula sam. – KUČKIN SINE, NEMAŠ TI POJMA ŠTO JE BOL... AAAAUUUAAAAAAAA!!!!

Najsmješnije od svega, kad me je poslije jedna prijateljica koja je očekivala dijete upitala je li porođaj jako bolan, pogodite što sam joj rekla? – Hm...malo boli, ali sve ćeš zaboraviti kad uzmeš svoje dijete u naručje.

I tako sam i ja postala urotnica, kako ljudski rod ne bi izumro. Ipak, iako se takva bol ne može zaboraviti, radost dolaska djeteta na svijet doista je neopisiva. Bila sam toliko sretna što sam postala majka da nisam mogla dočekati da ponovno rodim.

Alison Elizabeth Boyd bila je predivna. Majušna, ružičastog lišca i tamnih očiju. Voljela sam ju od prvog trenutka kad sam saznala da sam trudna, ali kad se rodila, obuzela me takva navala ljubavi da je to nemoguće opisati. Bilo je to poput tsunamija. Nešto najintenzivnije što sam ikada osjetila. Prvih šest mjeseci jedva mi je uspijevalo prisiliti se da ju ispustim iz ruku.

– Volim te više nego išta na svijetu – jedne sam joj noći šaputala, očiju punih suza. – Nikada u životu nisam nikoga tako voljela.

Ona i ja dijelile smo trenutke o kojima nikada nikome nisam pričala. Katkad bih ju svukla i stavila ju nasred kreveta, samo zato da bih uživala u pogledu na njezino maleno bucmasto ružičasto tijelo. Da sam tog trenutka umrla, vrijedilo bi sreće koju sam doživjela.

Bili su to trenuci neopisivog blaženstva. No ujedno i straha. Prvih dana bojala sam se s njom u naručju čak i hodati po kući, kako se slučajno ne bih spotakla. Bojala sam se i kupati ju i presvlačiti ju. Bojala sam se *svega*. Što ako usred noći prestane disati? Svijet mi se činio prepunim opasnosti i sve što sam željela bilo je zaštititi ju pod bilo koju cijenu.

Trebalo mi je dvije godine da se opustim i prestanem toliko strepiti nad njom. U to vrijeme ponovno sam zatrudnjela. Lucy je došla na svijet brže i lakše od Alison. Općenito, s njom sam provela mnogo manje besanih noći – nisam ni približno toliko strepila nad njom. Bila je sretno, mirno dijete i rijetko je plakala. Naravno, Alison je bila oduševljena što je dobila sestricu.

Nekoliko godina poslije, došla je i Kirsty. Možda bi se očekivalo da više neću biti toliko ushićena, ali ne. Kad sam ju prvi put primila u naručje, bila sam jednako izvan sebe od sreće. Svaka moja kći za mene je dragulj. Crne kose, poput kose mog oca i brata, Kirsty je uistinu preslatka.

I to je bilo to. Fraiser i ja dogovorili smo se da više nećemo imati djece.

Ipak, zatrudnjela sam.

Prijava za nastavak školovanja završila je u košu za smeće, a moje dijete polako je raslo u meni, nesvjesno da mi je život okrenulo naglavačke.

Umirala sam od straha. Bojala sam se da ću ovo dijete voljeti manje od ostalih... jer je neplanirano. Nisam mogla podnijeti pomisao na to. Što ako me njegove ili njezine prve riječi i prvi koraci neće toliko veseliti? Što ako ću nju ili njega voljeti manje od ostale djece? Jamie je mislio da je to nemoguće.

Ah, što se njega tiče, problema nema. Zacijelo će te obožavati, pomislila sam i promatrajući svoj odraz u zrcalu, u mislima nastavila razgovarati s bebom.

A što se tiče tvog oca, hm, još mu nisam rekla. No reći ću mu večeras. Tvoje sestre otišle su na školski izlet i tek se sutra vraćaju kući. Priredit ću jednu lijepu večeru i tada ću mu reći.

Oh, evo ga, pomislila sam, začuvši otvaranje ulaznih vrata. Malo zatim, Fraiser je ušao u sobu. Ugledavši me u gaćicama i grudnjaku, naglo je zastao na pragu.

– Ah... upravo se presvlačim.

– O, moj Bože!

– Što?

– O, Bože.

– ŠTO?

– Trudna si – prošaputao je, u nevjerici zureći u mene.

Ukipila sam se. Zaboga, reci nešto, pomislila sam.

– Pobogu, kako se to dogodilo?

O, Bože. Razočaran je, pomislila sam.

– Što misliš, kako?

– Znam, ali... zaboga, uzimala si pilule. To je doista nevjerojatno. Ali, koga briga? – s osmijehom je dodao i, hitro mi prišavši, čvrsto me zagrlio. – Volim te – prošaputao je i pomilovao me po kosi.

Svi moji strahovi istog su trenutka nestali. Naravno da ću i ovo dijete voljeti kao i ostalu svoju djecu. Doduše, ne potpuno isto. Svako svoje dijete volim jednako, ali na malo drukčiji način.

Jedino čemu sam se iskreno nadala bilo je da ću ovoga puta biti pošteđena jutarnjih mučnina.

19

DALEKO OD OČIJU, DALEKO OD SRCA

Jamie

Zadnjih dana stalno sam razmišljao o tome. Od jutra do mraka. Nije dolazilo u obzir da u Australiju odem bez Maisie. Pomisao da bismo bili razdvojeni četiri duga mjeseca bila mi je jednostavno nepodnošljiva. S druge strane, nisam bio siguran je li malu djevojčicu poput nje mudro voditi na tako dugo i naporno putovanje.

Najzad sam odlučio nazvati Emily i reći joj da pristajem i da ću Maisie povesti sa sobom. To je značilo da ću morati pronaći ženu koja bi ju čuvala i pomagala joj u učenju. Nažalost, nisam mogao zamoliti Eilidh da pođe s nama. Ne nakon onoga što se dogodilo između nas. Kako bilo, pretpostavio sam da ću lako pronaći novu dadilju. Tko ne bi želio provesti četiri mjeseca u Australiji, sa slatkom djevojčicom poput Maisie?

No, nakon razgovora s Emily, ispostavilo se da se ne moram zamarati time. Čini se da ta žena ima rješenje za svaki problem.

– Dobar dan, Jamie MacAnen pri telefonu. Lijepo molim gospođu Emily.

– O, Jamie! Veselim se što te čujem. Kako si? Mogu li se nadati lijepim vijestima?

– Da, odlučio sam prihvatiti vašu ponudu.

– Oh, to me doista veseli.

– No, namjeravam povesti i Maisie. Zato prvo moram pronaći dadilju za nju. To bi moglo potrajati. Ne mogu zaposliti bilo koga.

– Možda bih ti mogla pomoći u vezi s tim. Moja je nećakinja učiteljica. Nedavno je diplomirala i još nije pronašla stalan posao. Razmišljala je o podučavanju djece u nekoj od dalekih zemalja, možda u Africi, no vjerujem da bi pristala provesti s Maisie četiri mjeseca u Australiji. Ako želiš, porazgovarat ću s njom o tome. Zove se Emma i ima dvadeset jednu godinu. Vrlo je draga i zna s djecom. Možda sam pristrana, ali...

– Ne, to doista zvuči sjajno. Maisie će morati učiti kako ne bi zaostala s gradivom pa sumnjam da postoji bolji izbor od učiteljice.

– Upravo tako. Ako Emma s Maisienom učiteljicom porazgovara o nastavnom programu za ovu školsku godinu, sigurna sam da Maisie neće zaostati s učenjem.

– Inače, gdje ona živi?

– Tu je, u Londonu. U istom kvartu u kojem živim s mužem. Ti i Maise mogli biste na nekoliko dana doći ovamo. Možete odsjesti kod nas. Ili bismo svi mi mogli doći u Glen Avich. Moj bi muž time bio oduševljen. Otkad sam mu pričala o ljepotama škotskih predjela, sanja o odmoru u vašim brdima.

– Nije mi problem s Maisie doći k vama, no ako se želite nekoliko dana odmoriti, slobodno dođite k meni. Rado ću vas ugostiti.

– Ne bismo ti željeli smetati. Pretpostavljam da će i moja sestra, Emmina mama, željeti ići s nama, a četvero ljudi u kući ipak je previše. Odsjest ćemo u hotelu. O, Bože... mnogo je toga o čemu ćemo se morati dogovoriti. No doista se veselim što si pristao.

Zasad još neću o tome govoriti svojim australskim prijateljima. Pričekat ćemo da prvo vidimo kako se Maisie slaže s Emmom.

– U redu. Hvala vam na svemu. Javite mi kad dolazite.

– Hoću. Vjerujem da će to biti uskoro. Kako god bilo, donio si ispravnu odluku.

– Nadam se da je tako. Čujemo se.

Je li Emily u pravu? Jesam li donio ispravnu odluku?

Shona će mi uvelike nedostajati. Kad se vratim, već će roditi. A što se Eilidh tiče... ah, zato i želim otići, kako bih se maknuo od nje i pokušao ju zaboraviti. Postalo mi je preteško svake večeri susretati se s njom... a u zadnje vrijeme i svake subote prijepodne, kad vodimo Maisie u baletnu školu. To se zbilja pretvara u mučenje.

Nakon onog našeg razgovora o satovima baleta, običaj ispijanja šalice čaja prije njezina odlaska kući nastavio se. Postalo mi je uistinu teško podnositi njezinu blizinu... gledati ju, slušati ju, udisati njezin miris, a ne smjeti ju dodirnuti. Najradije bih ju privukao k sebi, ljubio ju, milovao i vodio ljubav s njom. Ne stidim se to priznati, zašto bih?

Zaboga, što mi se događa? Donedavno nisam mogao zamisliti da nekoga pustim u svoj život. Bio sam siguran da je Maisie i meni posve dobro i samima. Zato sam i prekinuo s Gail. A onda se pojavila Eilidh i srušila zidove kojima sam se ogradio. U tren oka smrvila ih je u prah i pepeo. I otad sam izložen i... ranjiv.

Njezine plave oči, kosa boje kestena. Tamna i sjajna. Njezin gladak ten, malčice tamniji, vjerojatno po židovskim precima. Njezin glas, njezin smijeh. Nježna je i krhka, a ujedno snažna. Kao da ima kralježnicu od čelika, a da toga ni sama nije svjesna. Opsjednut sam njome. Rastopim se od sreće svaki put kad ju vidim i potonem čim se rastanemo. Živim za kratke trenutke koje provodimo zajedno.

Moram otići u Australiju. To je jedini način da ju zaboravim. Ne mogu više ovako. Neovisno o tome koliko nerado odlazim odavde, moram se na neko vrijeme maknuti.

Jasno da sam donio ispravnu odluku. Po Emilynim riječima, trebao bih postaviti izložbe u Sydneyju, Melbourneu, Perthu i brojnim drugim manjim gradovima. Možda i na Novom Zelandu. Vidjet ću mjesta za koja nisam ni sanjao da ću ih ikada vidjeti. A Maisie će zacijelo biti oduševljena. Mnogo će toga naučiti.

Bude li sve išlo kako treba, krenut ćemo na putovanje početkom ožujka. Tri tjedna dijele nas od Božića. Vrijeme do putovanja začas će proletjeti. Još nisam o tome razgovarao s Maisie. Morat ću joj uskoro reći. Siguran sam da će se razveseliti. Vrlo je prilagodljiva i zacijelo će uživati u putovanju. Jedino što me brine jest činjenica da se prilično zbližila s Eilidh. Kako će podnijeti razdvajanje od nje?

Naravno, ni Eilidh nema pojma o tome. Morat ću joj uskoro reći. Kako će primiti tu vijest? Pravo rečeno, nemam pojma hoće li još biti tu kada se Maisie i ja vratimo. Planirala je vratiti se u Southport najkasnije početkom siječnja, a zatim se predomislila i rekla da će ostati do daljnjega. No tko bi znao do kad? Očito ni sama ne zna.

Čudno je kako stvari u mojem dnevnom boravku izgledaju drukčije pod odsjajem vatre iz kamina. Nikada prije nisam to primijetio. Kao da se lagano pomiču, mijenjaju mjesta.

Sve se mijenja. Uskoro ću dom zamijeniti hotelskim sobama. Još mi je uvijek teško vjerovati da ću poći na turneju po Australiji. Zaboga, kovač sam, a ne nekakva rock zvijezda. Život je uistinu nepredvidljiv.

Prilično sam uzbuđen zbog toga. Ujedno, to me i plaši.

Došlo je vrijeme da ugasim televizor i pođem na spavanje. Gle, zavjesa se opet pomaknula, iako je prozor zatvoren i u kući nema propuha. Kad se prvi put to dogodilo, očekivao sam da će se Misha, moj mačak, pojaviti iza nje. Ali nije. Bio je vani, u skitnji. Suvišno je reći, ali nasmrt sam se prepao. Poslije, kad se to nastavilo ponavljati, priviknuo sam se. Kako bilo, više se ne bojim.

Kuća u kojoj živim vrlo je stara, mnogo ljudi živjelo je tu prije mene i Maisie. Ne bih se začudio da poneki duh katkad svrati ovamo.

Kao i uvijek, prije spavanja poći ću poljubiti svoju kćer. Obožavam ju promatrati kako spava. Svaki put kad ju poljubim, zahvalim providnosti koja mi ju je poslala.

A zatim ću poći leći u svoj hladan i prazan krevet. Zaspat ću misleći o Eilidh. Ma koliko se trudio, ne mogu si pomoći. To mi se stalno događa.

Elizabeth

Otići će.

Otići će, a ja više neću biti tu kada se vrati. U vezi s tim ne mogu ništa učiniti. Morat ću otići, moja će duša biti pozvana natrag kako bi se obnovila i upustila se u novo kolo života.

Nakon toga više nikada neću vidjeti svog sina. Ni svoju voljenu Maisie.

Neću ga ni u čem sprječavati. Znam da ga moram pustiti. Nažalost, moje nade vezane uz njega i Eilidh možda se neće ostvariti. Morat ću se pomiriti s tim. Kao i on, iako još uvijek priželjkuje biti s njom. Ali, ne bude li tako... nastavit će sa svojim životom. Preostaje mi vjerovati da će naposljetku sve biti dobro. Najzad, prestao je piti i mnogo je optimističniji. Eilidh je poprilično zaslužna za njegovu promjenu, iako ne onako kako sam očekivala.

Tko bi znao što ga čeka? Možda će u Australiji upoznati ženu svog života. Možda će i ostati tamo. Tko zna? Neću biti tu tako dugo da bih to saznala. Nadam se da će sve biti u redu. Ne samo s njim, nego i sa Shonom. Ponovno je trudna i premda to još ne zna, opet će roditi djevojčicu. Pričekat ću da rodi kako bih blagoslovila svoju najmlađu unuku, a zatim ću otići.

Svim srcem nadam se da ću u sljedećem životu ponovno živjeti u Škotskoj.

Jamie

Eilidh je bila u pravu. Majke su *zbilja* bile organizirane u skupinu nalik mafijaškom klanu. Shvativši to, doslovce sam zanijemio. Eilidh se osmjehnula, ali nije rekla ni riječ. Bilo je to uistinu pomalo zastrašujuće. Čak su se i odijevale po istom kodu – crne kožnate jakne, uske traperice i cipele zmijskog ili krokodilskog uzorka. Ogromne torbe, upadljivo prstenje. I sve do jedne vozile su džipove. Baletna škola bila je skupa, oprema također. Samo haljinice za vježbe i nastupe – tri komada po sezoni – stajale su gomilu novca. Pouka priče bila je savršeno jasna – samo "određena vrsta ljudi" može svojim kćerima priuštiti poduku baleta.

Ipak, bilo je lijepo vidjeti sve te male slatke djevojčice kako poskakuju u ružičastim haljinicama. Naravno, Maisie je bila najslađa. Nevjerojatno dražesna, skladna i gipka. Gledajući kako vješto balansira na prstima, doista sam bio ponosan na nju. Eilidh joj je napravila malu punđu navrh glave i prekrila ju... hm, nekakvom ružičastom pletenom mrežicom ili kako se to već zove. Bilo je to Peggynih ruku djelo. Nakon što se Maisie pojavila s tim na glavi, sve djevojčice htjele su isto *to* pa su njihove majke morale mobilizirati bake da uzmu pletaće igle u ruke.

Među njima bio je i jedan dječak. Izgledao je prilično ogorčeno što mora skakutati u tajicama, kao da ga je netko primorao na to. I jest, njegova majka bila je ta. Nije imala kćer, a budući da je žudjela biti dio zlatnog kruga majki, sin je morao početi pohađati satove baleta, htio on to ili ne. Jadnik. Jednom prilikom načuo sam kako govori majci da svi njegovi prijatelji idu na tae kwon do i da bi on rado trenirao tu vještinu. No odbila je. Tečaj tae kwon doa održavao se u istoj zgradi i u isto vrijeme kad i satovi baleta pa su se djeca – djevojčice u ružičastim haljinama i pretežno dječaci u bijelim kimonima – često susretali u hodniku. Po izrazu dječakova lica vidjelo se da žudi pridružiti se svojim vršnjacima, no njegova majka ostala je neumoljiva.

Gledajući ga, počeo sam se pitati hoću li ikada imati sina.

Prvu i drugu subotu Eilidh i meni uspjelo je držati se po strani. No treća se nije pokazala kao sreća. Kairina mama zaletjela se prema meni čim me je ugledala.

Ni uz najbolju volju nisam mogao uzmaknuti.

– Haj, Jamie. Imaš li kakve planove za iduću nedjelju? Bilo bi lijepo kad biste ti i Maisie došli k meni na ručak – izgovorila je, ne trudeći se Eilidh udostojati ni jednim jedinim pogledom.

– Žao mi je, ali ne mogu. U zadnje vrijeme radim i preko vikenda.

– Oh, nisam znala. Ako želiš, neće mi biti teško pričuvati Maisie preko vikenda. Kad završiš s poslom, dođi po nju i ostani na večeri.

– Hvala, ali to doista neće biti potrebno. Shona i Eilidh naizmjenično ju čuvaju.

– Uh, teško je kad se nemaš na koga osloniti – suosjećajno je promrmljala, pretvarajući se da nije čula što sam upravo rekao.

– Uvijek se mogu osloniti na svoju sestru i Eilidh – odvratio sam.

– Hm, da – sumnjičavo je odvratila. – U redu, onda nekom drugom prilikom?

– Iskreno sumnjam u to.

Dovraga. Nisam to mislio glasno izreći.

Eilidh se zapanjeno zagledala u mene. Paula također. Na trenutak je ostala bez riječi pa promrmljala da je u žurbi i hitro se udaljila.

Bespomoćno sam slegnuo ramenima. – Uh, nisam to trebao reći... jednostavno mi je izletjelo. Kaira je Maisiena najbolja prijateljica i...

– Zapravo, više nije. Maisie kaže da joj je dosadilo što joj stalno pokušava naređivati. I ne sviđa joj se što se ružno ponaša prema Benu.

Naglo sam se namrštio. – Tko je Ben?

– Nisi valjda ljubomoran? – s osmijehom je upitala. – Njezin novi najbolji prijatelj. Dobar je dječak. Odličan je učenik i vježba tae kwon do.

– Što misliš, bi li Maisie možda radije vježbala tae kwon do?

– Ni u ludilu. Nema šanse da ružičaste haljinice zamijeni kimonom. Zaboga, još uvijek ne mogu vjerovati da si toj ženi tako otvoreno dao do znanja da te druženje s njom ne zanima.

– Iskreno rečeno, ni ja. Ipak, zavrijedila je to. Ponašala se kao da te nema.

Sat je baleta završio i Maisie je u baletnim papučicama nespretno potrčala prema nama. Izgledala je poput male slatke ružičaste patkice. Eilidh je čučnula i čvrsto ju zagrlila. – Bravo! Bila si odlična. Hajde, pomoći ću ti da se presvučeš – rekla je i povela ju u garderobu.

Gledajući za njima, tužno sam uzdahnuo. Bile su tako bliske, a uskoro će se morati rastati. Znao sam da je krajnje vrijeme da im to kažem.

– Hajde, cure, vodim vas na ručak – rekao sam čim su izašle.

– Super – uzviknula je Maisie. – Idemo li u onaj restoran gdje si sam možeš uzeti što hoćeš?

Mislila je na restoran sa švedskim stolom u koji sam ju s vremena na vrijeme vodio na ručak. Nalazio se na pola puta između Glen Avicha i Kinneara. – Ako se Eilidh slaže – odvratio sam.

– Nisam sigurna... Peggy me očekuje na ručku.

– Hm, želio bih... želio bih nešto reći tebi i Masie pa...

– Nadam se, ništa loše? – s osmijehom je upitala, ali po njezinu pogledu vidio sam da se zabrinula.

– Ne, ne – požurio sam ju razuvjeriti. – Radi se o nečem za što mi je potreban Maisien pristanak... jer ako ona ne želi...

– Što? – upitala je Maisie.

Duboko sam uzdahnuo i molećivo se zagledao u Eilidh.

– U redu – popustila je. – Idemo.

Jelo je bilo vrlo ukusno, no bio sam previše živčan da bih uživao u njem. Tek pri kraju deserta smogao sam snage za razgovor o putu u Australiju.

– Dakle... želio sam vam reći da sam nedavno dobio jednu vrlo zanimljivu poslovnu ponudu. Trebao bih prikazati svoje radove na izložbama u gradovima uzduž i poprijeko Australije – rekao sam. – To je jedna jako, jako daleka zemlja – dodao sam, pogledavši Maisie. – Rado bih pošao, ali...

– Mogu li i ja poći s tobom? – naglo je upitala.

– Naravno, draga. Nadao sam se da ćeš me to pitati. U protivnom bih odustao od putovanja. Siguran sam da će ti se Australija svidjeti. Vidjet ćeš mnoga lijepa mjesta. Ali morat ćeš i učiti, da ne zaostaneš s gradivom.

– Ok – rekla je i stavila posljednji komadić torte u usta.

– Boravit ćemo u mnogim lijepim hotelima – nastavio sam. – Bit će to prava pustolovina.

– Aha – odvratila je pa spustila pogled na svoj prazan tanjur. – Mogu li si uzeti još jedan kolač?

– Naravno, mila.

Hitro je ustala i otrčala prema švedskom stolu.

To je bio lakši dio, pomislio sam pa svrnuo pogled na Eilidh.

– Nisam ti to prije rekao jer... mislio sam da bih prvo trebao reći Maisie... kako bih čuo što misli o tome. Onda sam shvatio da bi ti ona to rekla... a bilo bi preglupo da to sazna od tebe i...

– Razumijem – kratko je odvratila. – Doista mi je drago zbog tebe. To je prilika kakva se ne propušta.

– Istina – složio sam se. – Boravit ćemo tamo nekoliko mjeseci.

– Kad odlazite? – upitala je, pogleda uperena u kolač na svom tanjuru.

– Vjerojatno početkom ožujka.

– Tako brzo? – zapanjeno je upitala pa kratko pročistila grlo u pokušaju da se pribere. – Da, no... dotad ćeš biti tu, zar ne?

– Da, naravno – hitro je odvratila. – Ali nisam sigurna da ću biti tu kada se vratite... možda ću morati otići u Southport i... ne znam... nisam sigurna što će biti dalje. Želim reći, ne znam hoću li se vratiti ovamo.

Na trenutak sam prestao disati.

– Razumijem – napokon sam promrmljao.

– I, koliko će dugo trajati to putovanje? Ako se to može nazvati putovanjem, jer tamo ne ideš kao turist.

– Četiri mjeseca. Emily to naziva turnejom.

– Kovač na turneji po Australiji? – upitala je i glasno se nasmijala.

– Da, i meni je to smiješno – s osmijehom sam odvratio.

– Nemoj ni u ludilu pristati odsjesti u hotelu s manje od pet zvjezdica. Najzad, kad ti već organiziraju turneju...

– Što je turneja? – upitala je Maisie pa sjela za stol s još dva kolača na tanjuru.

Eilidh i ja glasno smo se nasmijali. Maisie nas je zbunjeno pogledala pa navalila na kolače. Eilidh svoj više nije ni pipnula.

Do odlaska, jedva da je prozborila i riječ.

Poželio sam joj reći da bi stvari stajale drukčije da je one večeri pristala barem odškrinuti vrata mogućnosti da budemo zajedno. No, čemu? Bio sam siguran da i sama to zna.

– Jedva čekam da pođemo na put – rekla je Maise, kad smo se zaustavili pred Peggynom kućom. – A ti? – upitala je Eilidh.

Ukočio sam se. Krajičkom oka vidio sam kako je Eilidh otvorila pa zatvorila usta.

Znao sam da neće proći bez problema. – Eilidh ne ide s nama, mila – rekao sam.

Naravno, snuždila se.

Eilidh se široko osmjehnula, potapšala ju po ruci pa izašla iz automobila i veselo nam mahnula na pozdrav.

No čim sam krenuo, izraz joj se lica promijenio. Izgledala je... poput napuštenog djeteta.

I Maisie je izgledala kao da bi se svakog trenutka mogla rasplakati.

Srce me je zaboljelo od tuge.

– Tatice?

– Da?

– Hoće li i baka ići s nama u Australiju?

Dug trenutak prošao je u mrtvoj tišini.

– Tvoja baka? Ne, mila, ona je na nebu i...

– Nije. Po noći sjedi na mojem krevetu.

Premro sam od straha. Nisam bio sposoban prozboriti ni riječ. Srećom, Maisie nije imala potrebu dalje govoriti o tome. A ja nisam imao namjeru nagovarati ju da nastavi.

20

NE DOPUSTI DA TE IŠTA OMETE

Eilidh

Haj, mama, ja sam.

– Haj, Eilidh, kako si? Lijepo od tebe što misliš na nas i tako nam se često javljaš.

Da, naravno. Doista bih se iznenadila da mi u prvoj rečenici nije nešto nabila na nos.

– Pretpostavljam da ti je Katrina rekla da neću dolaziti k vama za Božić, ali željela sam ti to osobno javiti.

– Vrlo si pažljiva. Nadam se da ne očekuješ da svi mi dođemo k tebi. Previše nas je, a Peggy više nije mlada i ne želim da se zamara skakućući oko nas. A bilo bi preskupo da Katrina i njezini borave u hotelu.

– Naravno da nisam očekivala takvo što – hitro sam odvratila. Bože me sačuvaj, samo bi mi još to trebalo.

– Mislila sam da ćeš željeti vidjeti nećake – predbacila mi je.

Jest, željela sam ih vidjeti. Nedostajali su mi, iako nismo bili osobito bliski. Naravno, zahvaljujući Katrini, koja se prilično potrudila da se Jack, blizanke i mala Molly ne zbliže sa mnom. Unatoč tome, voljela sam ih.

– Jasno da bih ih željela vidjeti. Ali još nisam spremna za povratak.

– Katrina mi je rekla da si joj spustila slušalicu kad ste zadnji put razgovarale.

Nije imalo smisla da joj pokušam objasniti da je njezina mezimica bila drska prema meni. Jer rekla bi da nisam u pravu. Kao i uvijek u sličnim situacijama. Uostalom, kako bi ona mogla razumjeti da me je Katrina povrijedila? Njih dvije imale su jednak opak jezik. Ono što sam ja smatrala otrovnim primjedbama, one su smatrale neuvijeno izrečenim istinama. U skladu s tim, svaki razgovor o tome bio je suvišan.

– Pomislila sam da biste možda ti i tata mogli doći ovamo... samo vas dvoje. Ako ne za Božić, možda koji dan prije ili...

– Mi? Ne, draga, doista mi je žao, ali ne možemo. Provest ćemo blagdane s Katrinom i njezinima, a onda idemo u Cornwall, k Jimu i Lauri.

– Ah, naravno. Nije važno, ne zamaraj se time.

– Tvom ocu i meni potreban je odmor.

– Da, naravno da jest. Ne brini, potpuno vas razumijem – odvratila sam pa duboko udahnula. – Jesi li se možda zadnjih dana čula s Tomom?

– Da. Stalno se raspituje o tebi. Rekla sam mu da si dobro. Usput sam ga pitala o toj ženi. Rekao je da sada živi s njom.

Tako dakle. Nekoliko trenutaka nisam rekla ni riječ. Trebalo mi je malo vremena da se opravim od te novosti.

– Bogu hvala što si ga se riješila. Samoj se sebi divim što imam živaca razgovarati s njim. Tvoj otac stalno govori kako bi mu najradije razbio zube.

Pomisao da bi moj miroljubiv otac mogao ikome razbiti zube bila je toliko apsurdna da sam zamalo prasnula u smijeh.

– Ah, ne. Ne bi se trebao živcirati zbog tog. Meni to ni najmanje ne smeta. Doista ne.

– Bogu hvala na tome. Kažem ti, dobro je što si ga se riješila. Oprosti, ali morala bih nazvati Lauru. Čujemo se.

Nevjerojatno. Svakodnevno je satima pričala s Laurom, a za mene nije mogla odvojiti ni deset minuta. Pravo rečeno, bilo mi je svejedno. Već sam odavno shvatila da drugo od nje i ne mogu očekivati.

Čim prođe Božić, pozabavit ću se svojim životom. Razvodom i svime ostalim.

Razvod. O, Bože. Kakve li ružne riječi. Bila mi je muka i od same pomisli na razgovor s Tomom o razvodu. No morat ću se suočiti s tim.

Peggy mi je požurila u susret čim sam spustila slušalicu.

– Oprosti, mila, ali nisam mogla ne čuti tvoj razgovor s majkom. Dakle, bit ćeš tu za Božić? Pozvala sam Sandy i Margaret na večeru. Ako nemaš drugih planova, bilo bi lijepo kad bi nam se pridružila.

– O, da, to bi me doista veselilo.

Toplo mi se osmjehnula. – Odlično. Sandy i Margaret zacijelo će se veseliti kad im kažem. Sandyna kći i njezina obitelj ove će godine provesti Božić s obitelji njezina muža, a Margaretin sin s obitelji njegove žene. Nisam željela da za Božić budu same pa sam ih pozvala. Jesi li sigurna da ti neće biti dosadno u društvu triju starih dama?

– Jasno da ne. Napit ćemo se i plesati po stolu.

Glasno se nasmijala. – Oh, Eilidh! Život bi mi bio zbilja dosadan bez tebe.

– Ako nemaš ništa protiv, rado bih ja pripremila večeru. Nešto neuobičajeno. Dosadile su mi božićne purice. Što misliš o tome?

– Isuse – uskliknula je, kao i uvijek kad bi se uzbudila. – To je doista krasno. U redu, ja ću napraviti božićne kolačiće. Sandy i Margaret obožavaju ih.

– I ja ih volim. Kad smo već kod kolača, nabavit ću nam i panettone. To je tradicionalna talijanska božićna slastica.

– Talijanska? Isuse, to je doista krasno – ponovno je uskliknula i zakikotala se. – Jedva čekam da to probam.

– Za predjelo ću napraviti blini s dimljenim lososom i crème fraiche, a za glavno jelo... hm, što misliš o pečenoj patki s povrćem?

– Može, što god želiš. Imam povjerenja u tvoj dobar ukus. I meni su dosadile pečene purice. Iznenadi me. Ah, kad Margaret to čuje...

Osmjehnula sam se. Odjednom, palo mi je na pamet nešto zločesto, nešto što mi inače nikada ne bi palo na pamet.

Prisjetila sam se da u novčaniku imam Tomovu kreditnu karticu, onu kojom sam se služila kao dodatan korisnik.

Ako ju u međuvremenu nije poništio...

O, Bože. Bilo bi to doista podlo.

Bi li? Najzad, počeo je živjeti sa ženom s kojom me je godinama varao. Možda i dok sam ležala u bolnici...

Učinit ću to. Bit će to moja mala slatka osveta.

– Kamo ideš, mila? Hoćeš li se vratiti do ručka?

– Ne, provest ću dan u Aberdeenu. Idem u božićnu kupovinu. Ne smeta ti što te ostavljam samu?

– Naravno da ne. Sjest ću kraj kamina i gledati sapunice.

– Zvuči kao dobar plan – rekla sam pa navukla kaput, izašla iz kuće i požurila prema željezničkoj postaji. Vlak za Aberdeen polazio je za dvadeset minuta. Odlično, neću morati dugo čekati. Moje uzbuđenje raslo je sa svakim novim korakom. Ipak, kad sam ušla u vlak, zamalo sam se predomislila. Jesam li poludjela?

Neću to valjda doista učiniti? No, zašto ne? Najzad, još smo uvijek u braku. Usto, ionako neću ništa tražiti od njega. Što se mene tiče, može sve zadržati. Nije me briga. No božićnu večeru priredit ću na njegov račun. Toliko mi barem duguje.

Zureći kroz prozor, srkala sam vruću kavu iz plastične čaše. Možda je poništio karticu. Ipak, sumnjala sam u to. Znao je da ne radim i ne bi me ostavio da se snalazim kako znam i umijem. Najzad, stalno je moju majku zapitkivao treba li mi novca. Rekla sam joj neka mu poruči da mi ništa ne treba od njega. Mogla sam živjeti od svoje male plaće. Skromno, ali ipak. Nije mi mnogo trebalo. Sve što sam željela od Toma bila je sloboda. Mogućnost da nastavim sa životom bez repova prošlosti.

Znala sam da ću se uskoro morati pozabaviti stvarima poput traženja pravog posla, a zatim i kupnje neke male kućice. Uspijem li pronaći posao u struci, moći ću dio plaće stavljati na stranu. Stanovat ću kod Peggy dok ne uštedim za depozit i kupiti kuću na kredit. To je ono što sam željela. Stalan posao i malu vlastitu kuću. Nov početak, nove mogućnosti. Nov život. I osjećala sam se dovoljno jakom da to i ostvarim.

Po izlasku iz vlaka zapuhnuo me leden zimski zrak. Aberdeen je blistao u božićnom ruhu, ugođaj je doista bio predivan. Bajkovit. Ulice su bile prepune ljudi glava pokrivenih kapama i sa šalovima oko vrata. Oduvijek sam voljela Božić, neovisno o tome što nemam djecu s kojom bih podijelila božićne radosti. Voljela sam miris jelki i kolača s cimetom. Uživala sam u pogledu na raskošno okićene gradske ulice i izloge. I u izradi božićnih uresa s djecom u vrtiću, predstavama koje smo priređivali... ukratko, u svemu.

Sa širokim osmijehom na licu odlučno sam ušla u prodavaonicu delikatesa i zamolila ih da mi sljedećeg četvrtka na Peggynu adresu dostave...

Jednu patku.

Tri kile krumpira.

Panettone. Dva komada.

Filete od dimljenog lososa.

Povrće i desetak začina.

A onda još i...

Pet kutija čajnih kolačića (za poklon prijateljima).

Pet boca viskija (jednu za Peggy, jednu za tatu, jednu za Harryja i Douga, jednu za Jamiea i jednu za Fraisera).

Najzad, trebalo je misliti i na druge, zar ne?

S oklijevanjem sam izvadila karticu iz novčanika i pružila ju prodavačici. Što ako bude odbijena? Propast ću u zemlju od srama. Možda sam ju ipak prvo trebala provjeriti.

Prošlo je nekoliko kao vječnost dugih trenutaka, a onda... ah, kojeg li olakšanja!

Preplavio me osjećaj pobjede. Osveta je uistinu slatka.

Nažalost, kratko je trajalo. Jer odmah potom, preplavio me osjećaj krivnje.

Brzo sam izašla iz trgovine pa skrenula u prvu pokrajnju ulicu i izvadila mobitel iz torbe. Kako se sakriva broj pozivatelja? Morala sam nazvati Toma, ali nisam mu željela pružiti mogućnost da me naziva kad god mu padne na pamet. Trebalo mi je nekoliko minuta da shvatim kako se to čini, no uspjelo mi je. Ni dan danas ne znam kako. Nikada nisam bila dobra u tim stvarima.

Telefon je zazvonio nekoliko puta prije nego što se javio.

– Tome, ja sam.

– Eilidh! O, Bože! Gdje si? Jesi li dobro? Je li sve u redu? – u dahu je izgovorio. Očito je bio šokiran što me čuje.

– Sve je u redu. Dobro sam. Samo sam ti htjela javiti da želim razvod. Molim te, budi tako dobar i pokreni brakorazvodnu parnicu. I to što je brže moguće.

– Želiš razvod? – zapanjeno je upitao.

– Nego što? Nisi valjda očekivao da ćemo ti, ja i tvoja prijateljica živjeti u troje?

– Ne, naravno. Iznenađen sam, i to je sve. Čemu odjednom tolika žurba?

– A što bismo trebali čekati? Znam da to između vas traje već godinama.

– Ipak, ne možemo se samo tako razvesti. Zar ne misliš da bismo trebali porazgovarati?

– Ne. Pronađi odvjetnika i pokreni parnicu. Potpisat ću sve što želiš.

– Eilidh...

– Ah, da, moram ti još nešto reći. Upravo sam potrošila poveću svotu s tvojeg računa. Preko kreditne kartice. Hvala ti što ju nisi poništio. Odlučila sam Peggy, sebe i neke naše prijatelje počastiti božićnom večerom na tvoj račun. Ali ne brini, ne namjeravam više trošiti tvoj novac.

– Slobodno zadrži karticu, Eilidh. Znam da slabo stojiš s novcem. Tvoja mi je mama rekla da radiš kod Peggy, ali znam da ne možeš pristojno živjeti od tog sitniša.

– O, da, itekako mogu – odbrusila sam pa prelomila karticu na pola i svaku polovinu još na pola, bacila ju u koš za smeće i izvijestila ga što sam učinila. – Eto, smatraj to riješenim.

– Eilidh...

– Moram ići. Zbogom – rekla sam i prekinula vezu.

– Bravo, mala.

– Da, svaka ti čast.

Okrenuvši se, ugledala sam dvije simpatične starice s vrećicama punim namirnica u rukama.

– Lijepo si ga sredila – nastavila je prva.

– Da, tako mu i treba – složila se druga.

– Hvala, cure – s osmijehom sam odvratila i mahnuvši im na pozdrav požurila prema Debenhamsu. Morala sam kupiti još neke poklone. Bogu hvala, vlastitim novcem.

Sat kasnije izašla sam iz robne kuće. Nećacima sam kupila knjige, a Harryju i Dougu novu kuharicu Nigelle Lawson. Voljeli su kuhati. Za Peggy sam pronašla krasan vuneni pulover, a za Maisie tanak srebrni lančić s privjeskom u obliku zvjezdice. Zacijelo će joj svidjeti.

Trudila sam se ne razmišljati da će Jamie i ona uskoro otputovati u Australiju. Nisam mu trebala reći da možda neću biti tu kada se vrate. Naravno da ću biti u Glen Avichu, gdje bih drugdje bila? Svakim proteklim danom, tjednom i mjesecom, moja odluka da ostanem postajala je sve čvršća. Netko bi možda rekao da sam luda što sam umjesto života u velikom gradu odabrala život u malom selu na škotskoj visoravni, no to je bilo jedino mjesto koje sam doživljavala kao svoj dom. Osjećala sam da tu pripadam i morala sam slijediti taj osjećaj. Škotska je za mene bila poput svjetionika u oluji.

Odmah po dolasku na željeznički kolodvor ugledala sam Gail i Helenu. Čini se da mi je suđeno susretati se s Gail pri ukrcaju ili iskrcaju s vlaka, mrzovoljno sam mislila.

– Haj, cure. Kako ste?

– Haj. Oprosti, u žurbi smo – rekla je Helena. Posve očekivano, pomislila sam.

– Dakle, Jamie odlazi u Australiju – promrsila je Gail i ustobočila se preda mnom, ne obazirući se na sestrine pokušaje da ju odvuče.

Kratko sam kimnula.

– Šteta što je stvar između vas propala – rekla je, iako nije djelovala kao da to doista misli. Po izrazu njezina lica prije bi se reklo da joj ta pomisao pričinjava golemo zadovoljstvo. Izgledala je poput pakosne zle vještice.

– Nije imalo što propasti jer ništa nije ni počelo – odvratila sam. – Želim vam ugodno popodne – dodala sam i okrenula se u namjeri da produžim.

– Očito nisi sposobna zadržati ni jednog muškarca. I muž te ostavio, zar ne?

Na trenutak sam stala kao ukopana, a zatim se polako okrenula. Malo je nedostajalo da ju ošamarim. Ipak, uspjela sam se suzdržati.

– Zaboga, Gail – zapanjeno je uzviknula Helena. – Ne misliš li da si pretjerala?

Nehajno je slegnula ramenima. – Žao mi je. Možda to nisam trebala reći, ali...

– I nisi – ledenim sam tonom odbrusila. – Kad Jamie sazna kako si podla i okrutna, a jamčim ti da će saznati, oprosti se s nadom da ćete se pomiriti, ako je to ono čemu se još uvijek nadaš.

Izraz lica naglo joj se promijenio. Sada je izgledala kao da je progutala kiseli krastavac. Jako kiseli krastavac.

– Zbogom, Helena. Vidimo se – rekla sam i uputila se prema vlaku.

– TI MALA POKVARENA KUČKO! GOVNO JEDNO MALO, POVUCI ŠTO SI REKLA!

O, Bože. Bio je to Shonin glas. Jedva sam mogla vjerovati da su iz njezinih usta izašle riječi poput tih.

Trenutak potom Shona je iskočila iz vlaka – doslovce iskočila – i poput bijesne furije ustremila se ravno na Gail.

– Jesi li čula što sam rekla? POVUCI TO!

Ne, to ne može biti Shona, pomislila sam. Mora da ima zlu sestru blizanku.

– U redu, u redu. Povlačim. Što ti je? Jesi li poludjela? – zapanjeno je promrmljala Gail.

– Da se više nikada nisi USUDILA približiti mojemu bratu. Jesi li razumjela? VIŠE NIKADA – vrisnula je Shona, glasom izobličenim od bijesa.

Bez riječi Helena i Gail požurile su prema izlazu iz kolodvora. Opazivši kako nas kontrolor karata sumnjičavo promatra, požurila sam ga uvjeriti da je sve u redu pa primila Shonu za nadlakticu i povela ju prema vlaku. – Sve je u redu. Idemo.

– Gospode Bože – ljutito je promrsila. – Ta mala zbilja nije normalna.

Hm, da, pomislila sam. O tebi radije nećemo.

– Zaboga, što te spopalo? – upitala sam ju čim smo sjele u vlak. – Nikada te nisam vidjela takvu.

– Ah, Eilidh... ti si mi poput sestre – rekla je, očiju punih suza. Ovo već počinje nalikovati sapunici, pomislila sam. Prvo ispad bijesa, pa suze.

– Sve je u redu, smiri se – rekla sam i potapšala ju po ruci.

Žustro je odmahnula glavom. – Ne, nije. TA MALA KUČKA ne može tako razgovarati s tobom.

– Hej, hej... smiri se! Zaboga, što ti je?

– Meni? Što bi mi bilo? Sve je u redu. Sve je to zbog hormona. Trudnoća me čini ćudljivom. Ne brini, to je sasvim normalna pojava.

– Trudna si? – zaprepašteno sam upitala.

– Oh, oprosti... nisam te željela uznemiriti – rekla je i čvrsto me primila za ruku. – Znam kroz što si prošla i...

– Ne pričaj gluposti – rekla sam i čvrsto ju zagrlila. – Kakve li lijepe vijesti – dodala sam, bez imalo zavisti i gorčine.

– Da. Nisam to očekivala, ali...

– Koliko si već dugo trudna?

– Više od tri mjeseca.

– O, već toliko? Moraš pripaziti na sebe. Ovakvi ispadi mogli bi ti naškoditi... ponašaš se kao da si opsjednuta. Prilično si me prepala.

– Da, znam. I Fariser mi stalno govori da se smirim. Ali ne mogu. Ako ne urlam, plačem. Užasno sam osjetljiva. Svi oko mene hodaju na prstima. Nije mi ih ni najmanje žao. Ja sam ta koju treba žaliti zbog OVOG PAKLA kroz koji prolazim – rekla je pa iz torbe izvadila veliku čokoladu s lješnjacima. – Hoćeš malo?

– Ne, hvala. Ne bi trebala jesti toliko čokolade. Ne želim te prekoravati, ali...

– To je jedino što mogu pojesti, a da ne povratim. Zapravo, vjerovala ili ne, izgubila sam nekoliko kilograma. Fraiser nestrpljivo iščekuje da se zaoblim. Tvrdi da sam tada najljepša. Ako mi to još jednom kaže, bacit ću mu u glavu prvo što mi se nađe pod rukom.

– To ti doista vjerujem. Oh, Shona... prava si sretnica. Četvero djece! – rekla sam, pomalo preplavljena tugom. Ma koliko se borila protiv toga, nije mi u potpunosti uspijevalo pomiriti se s mišlju da nikada neću imati djecu.

– Tako se i osjećam – s osmijehom je odvratila i potapšala se po trbuhu. – Nego, što si radila u Aberdeenu?

– Bila sam u božićnoj kupovini. Vidi što sam kupila Maisie – rekla sam i pokazala joj srebrni lančić s privjeskom. – Misliš li da će joj se svidjeti?

– Bit će oduševljena. Ah... zacijelo ćeš joj jako nedostajati kad s tatom ode u Australiju.

– I ona će meni nedostajati.

– Nadam se da mi nećeš zamjeriti ako te podsjetim da nije moralo biti tako. Znaš što želim reći, zar ne?

– Znam, znam. Ali ja jednostavno ne mogu... ah, sve je to strašno komplicirano.

– Da, znam. Moraš prvo svoj život dovesti u red.

– Da, ali ne radi se samo o tome. Nego o meni. Ne želim... ne mogu...

– Oprosti, nisam te željela uzrujati.

– Sve je u redu. Samo... voljela bih kad bi ljudi napokon prestali naklapati o meni i Jamieu.

– Takvo je što nemoguće izbjeći u mjestu poput Glen Avicha. Znaš li da se naklapalo i da se spetljao sa Silke?

– Da, znam. No to je zbilja bio preglup trač.

– Znam.

– Znaš?

– Da – odvratila je i pogledala me na način po kojem mi je bilo savršeno jasno da zna s kim je Silke u vezi.

Kratko sam kimnula i odlučila promijeniti temu. – Što planirate za Božić?

– Proslavit ćemo ga kod nas, s Jamiejem, Maisie i Fraiserovima.

– O, Bože. Čeka te mnogo stajanja za štednjakom.

– Pridruži nam se.

– Hvala, ali već sam obećala Peggy da ću ostati s njom.

– A što ćeš za Novu godinu?

– Hary i Doug doći će u Glen Avich. Priredit ćemo zabavu kod Silke. Ljudi kod kojih stanuje odlučili su otputovati k nekim svojim prijateljima.

– Zvuči odlično. Uspijem li nekome utrpati cure, Fraiser i ja rado ćemo vam se pridružiti. Misliš li da bi Silke imala što protiv?

– Sigurna sam da bi ju to jako veselilo.

Po dolasku u Glen Avich, produžile smo zajedno do seoskog trga. Shona će nakon toga produžiti k Jamieu, a ja k Peggy.

– Drago mi je što sam naletjela na tebe. Oprosti što ti se tako dugo nisam javljala. Trebalo mi je vremena da se priberem od šoka – rekla je i potapšala se po trbuhu.

– Sve je u redu. U potpunosti te razumijem – odvratila sam i čvrsto ju zagrlila. – Uskoro se vidimo.

Te noći sanjala sam da sam zatrudnjela i da nosim muško dijete. Probudila sam se srca preplavljena srećom, a onda shvatila da je to bio samo san.

Nije bilo djeteta u mojoj utrobi. Bio je to samo san.

21

OBITELJI

Jamie

Uvijek sam volio ugođaj u Shoninu domu – topao, ugodan, pun života.

Površinski gledano, sve je djelovalo kaotično. Uz tri male djevojčice koje posvuda ostavljaju igračke i komade odjeće, Shoni doista nije bilo lako uvesti red u kuću. Vladala je vječna jurnjava pri spremanju za školu, odlascima na satove baleta, na plivanje ili bilo kamo drugamo. Od jednog dana provedenog s njima svakome bi počelo zujati u ušima. No pozorniji promatrač opazio bi da se pod tim površinskim metežom sve odvija po točno utvrđenom planu. Do pola osam ujutro sve tri djevojčice bile bi spremne za odlazak u školu. I nikada iza sebe nisu ostavljale nered – kuhinja je nakon doručka morala biti čista. Uvečer bi napisale zadaću, večerale, okupale se i spremile knjige u školske torbe za sutrašnji dan. Na spavanje su išle ovisno o dobi; Alison, najstarijoj, bilo je dopušteno ostati u dnevnom boravku duže nego ostalima. No jednom kad bi legle u krevet, više nije bilo ustajanja. Moja sestra bila je prilično nadarena za provođenje reda i discipline.

Vikendi su bili jednako dobro organizirani. Subotom se odlazilo na izvanškolske aktivnosti, a nedjelja je bila rezervirana za obitelj. Osobito nedjeljna popodneva, kada bi se svi okupili u dnevnom boravku. Dok bi se Fraiser zabavljao s kćerima, Shona je glačala rublje. Volio sam nedjeljna popodneva provoditi s njima. Volio sam s Fraiserom sjediti na sofi i promatrati djevojčice kako crtaju, igraju se ili gledaju filmove. Dječji smijeh i čavrljanje, zvuk šuštanja pare iz glačala, miris svježe izglačanog rublja... bili su zvukovi i mirisi doma. Doma kakvog sam se sjećao iz djetinjstva.

Svaki vikend koji bi Maisie i ja proveli kod njih, bio mi je poput povratka u toplo obiteljsko gnijezdo, u sigurnost roditeljskog doma. U ozračje kakvo samo žene i majke umiju stvoriti i koji je i meni i mojoj kćeri uvelike nedostajao.

Jedne nedjelje i Eilidh nam se pridružila. Poslije, na povratku kući, bila je vrlo tiha.

– Je li sve u redu?

– O, da. Bilo je to krasno popodne. No potaklo me na razmišljanje.

– O čemu?

– O mojoj obitelji.

– To je posve razumljivo. Zacijelo ti nedostaju.

– Ne, to nije ono na što sam mislila – rekla je pa nakratko zašutjela. – Zapravo, gledajući Shonu i njezine, prisjetila sam se kako u kući mojih roditelja nikada nije bilo mira i spokoja – nastavila je. – Mama i tata stalno su se svađali. Djetinjstvo mi je prošlo u slušanju njihovih prepucavanja. Uvijek se iznenadim kad vidim da ne mora biti tako... da postoje obitelj u kojima vlada sklad, kao što je bila i tvoja kada si bio dječak. Kod mojih... božićne, novogodišnje ili rođendanske proslave uvijek su na ovaj ili onaj način bile upropaštene. Ništa od toga nije mi ostalo u lijepom sjećanju.

– Vjerujem. Sjećam se da je tvoja majka često bila gruba prema tebi.

– Jest – tiho je izgovorila. – U biti, nitko od njih nije me naročito volio. Ni roditelji ni sestra. Ne znam zašto. Kad sam bila mala, često sam se to pitala. Ali sada više ne – rekla je, tonom kao da se pomirila sa sudbinom.

– Oh, Eilidh... to je doista grozno.

– Jest. Bilo mi je dobro jedino dok sam bila kod bake. Nakon povratka u Englesku... sve što sam željela bilo je što prije napustiti roditeljski dom.

– Jesi li živjela s njima za vrijeme školovanja?

– Ne. Od moje sedamnaeste godine živjela sam s Harryjem, u unajmljenom stanu. O, to su zbilja bili lijepi dani – s osmijehom je odvratila. – No uvijek me je proganjao osjećaj krivnje što sam otišla... ne znam kako bih ti to objasnila... osjećala sam se kao da mi je dužnost pobrinuti se za njih. Da nisam srela Toma, vjerojatno bih se vratila kući.

Umirao sam od želje da saznam nešto o njezinu mužu, ali unatoč tome nisam ju ništa upitao. Bojao sam se da ne pomisli kako sam previše znatiželjan ili da možda želim iskoristiti situaciju kako bih saznao njezine tajne.

– Tom me ponajviše privukao time što je prema meni uvijek bio vrlo pažljiv. Nikada mi nije rekao ni jednu ružnu riječ niti me omalovažavao. Nakon što su se godinama svi istresali na mene i kritizirali me, bilo je krasno uza sebe imati nekog takvog.

– Jeste li... ostali u kontaktu? – oprezno sam upitao.

– Ne. Otkad sam otišla, čuli smo se samo jednom. Počeo je živjeti sa svojom... sa ženom s kojom me varao.

– Žao mi je.

– Nema ti zašto biti.

Začuđeno sam ju pogledao.

Slegnula je ramenima. – Moji osjećaji prema njemu odavno su umrli.

Ponovno je zvučala kao netko tko se pomirio sa sudbinom. – Zar nisi nimalo ljuta na njega. Ipak, varao te je i...

– Naravno da me to ljuti... ali, vjerujem da je tako bolje za oboje. Nadam se da će biti sretan s njom. Možda negdje i mene čeka sreća... iako mi se to sad čini nemogućim. Kako bilo, ne želim da Tom pati. I on i ja dosta smo se napatili. Brak nam je bio... poput ambalaže bez sadržaja. Između nas bilo je gotovo davno prije nego što je pronašao ljubavnicu – rekla je i zagledala se kroz prozor.

Silueta njezina profila jasno se ocrtavala u mraku. Poželio sam ju zagrliti i utješiti, izbrisati sve njezine ružne uspomene. Učiniti ju sretnom.

Ali nisam mogao. Jer nije me željela uz sebe.

Možda ju uspijem zaboraviti kad odem u Australiju. Po povratku, možda će moje srce biti slobodno. A ona tada možda više neće biti tu. Mnogo je to "možda", pomislio sam.

No bude li tako, Maisie i ja morat ćemo naučiti živjeti bez nje. I prije smo tako živjeli pa ćemo i poslije.

– Ah, pogledaj mjesec! Kako je samo lijep, tako velik i sjajan... doista je predivan, zar ne? – s osmijehom je izgovorila zagledavši se kroz prozor automobila. Kad god bi vidjela nešto lijepo, to bi ju duboko ganulo, na način koji nisam opazio ni u koga drugoga.

– Jest, *doista* je predivan – s osmijehom sam odvratio. Zvučala je poput male djevojčice. Eilidh. Samo ona može reći takvo što. Moja Eilidh.

Stigao je i Božić. Osim Maisie i mene, za stolom u Shoninoj kući sjedili su Fraiserovi roditelji i njegov brat sa ženom i sinom. Cijeli dnevni boravak bio je urešen blistavim božićnim ukrasima, a zrakom se širio miris pečene guske, klinčića i naranči.

Fraiser je ustao i podigao čašu šampanjca.

– Neki od vas to već znaju, ali...

– Ja znam – prekinula ga je Alison.

– Što? – upitala je Kirsty.

– Mama će dobiti bebu!

Uslijedio je iznenađen žamor pa grljenje moje sestre i tapšanje njezina muža po ramenu.

– Mama ima bebu u trbuhu? – upitala je Kirsty kako bi se uvjerila da je dobro shvatila.

– Da – odvratila je Alison. – Ja sam to prva saznala – ponosno je dodala.

Shona je stavila Kirsty u krilo i nježno joj maknula pramen kose s lica.

Svi su bili dobro raspoloženi. Ugođaj je bio nadasve lijep. Maisie je uzbuđeno čavrljala sa sestričnama. Shona joj je kosu uplela u francusku pletenicu. U tamnoplavoj haljini, bež hulahupkama i crnim lakiranim cipelicama, izgledala je preslatko.

Bio sam presretan što ju imam... ne bih mogao zamisliti život bez nje.

U vrijeme deserta, u sobu je ušao Fraiser prerušen u djeda Mraza. Sjeo je u naslonjač pa izvadio iz vreće jedan lijepo umotan poklon.

– Imam nešto za... Maisie? Koja je od ovih lijepih djevojčica Maisie?

– Ja – veselo je uskliknula Maisie.

– Moja kći – ponosno sam izgovorio. Ne znam zašto. Jednostavno mi je izletjelo, bilo je to jače od mene. Moja kći. Sviđalo mi se kako to zvuči.

Tek kad se Shona nasmijala, shvatio sam da je to zacijelo čudno zvučalo. Nakon toga, trebalo mi je pola sata kako bih prevladao nelagodu.

Eilidh

Očima blistavim od zadovoljstva, čemu je pouzdano pridonijelo i nekoliko čašica šerija koje je s prijateljicama popila po dolasku iz crkve, Peggy je promatrala blagdanski stol.

– Izuzev kolačića, Eilidh je sve sama pripravila.

– Već vidim da će te razmaziti – s osmijehom je rekla Margaret.

– I meni se čini – rekla je Peggy i pomilovala me po obrazu. – Ganula me do suza kad je odlučila ostati sa mnom umjesto da provede Božić sa svojima.

Neću im nimalo nedostajati, pomislila sam.

– Mislim da bi ju trebala zauvijek zadržati – rekla je Sandy.

– Da – hitro je dodala Margaret. – Potrebna ti je i u kući i u trgovini.

– Da, život mi je ljepši otkad je tu – rekla je Peggy. – Flora bi se veselila kad bi znala da se njezina mila Eilidh vratila u Glen Avich.

– Jasno da bi. O, Bože, kako mi nedostaje – s uzdahom je rekla Sandy. – Imala je divan glas. Pjevala je poput anđela.

Prisjetivši se toga, sjetno sam se osmjehnula. Da, doista je divno pjevala.

– Da, poput anđela – složila se Peggy. – Nažalost, Eilidh ne umije tako pjevati, ali na sreću, kuha bolje od nje.

– Bogu hvala – uglas su izgovorile Sandy i Margaret.

Glasno sam se nasmijala. Flora je bila jeziva kuharica. Jedino sam ja uvijek hvalila njezino kuharsko umijeće, i to samo zato što ju nisam željela povrijediti.

– Hvala na komplimentu, ali ovakve delikatese ukusne su i same po sebi – skromno sam odvratila, iako sam bila izuzetno zadovoljna rezultatom.

Poslije večere, sjele smo kraj kamina. Bila mi je to najljepša božićna večer od... nisam se mogla sjetiti otkad.

A onda je zazvonio telefon. Peggyne kćeri već su joj telefonom čestitale Božić, dakle, mogli su to biti samo moji. I bila sam u pravu.

– Rhona! Hvala ti, draga. Sretan Božić i vama. Da, naravno, tu je.

Da sam ikako mogla, rado bih preskočila izmjenu čestitki sa svojima. No nisam mogla. Ili sam, kako je Tom često tvrdio, doista razvila mazohistički sindrom, osobito prema majci. Nikada mu nije bilo jasno zašto im dopuštam da me uporno ranjavaju.

– Sretan Božić, mama.

– I tebi, Eilidh. Čekaj, evo ti tate.

Ah, u redu. To je doista bilo kratko.

– Eilidh? Sretan Božić.

– I tebi, tata. Nadam se da se dobro zabavljate.

– Da, moglo bi se reći. Doduše, glupim povodom. Nikada nisam vjerovao u sve te crkvene gluposti.

– Da, znam – pokorno sam odvratila. Slušala sam to otkad znam za sebe.

– Inače, kako...

Nije uspio završiti jer Katrina mu je otela slušalicu.

– Sretan Božić, Eilidh. Kako si?

– Odlično. Lijepo se zabavljamo.

– Da? Oprosti, ali ne čini mi se normalnim da s trideset pet godina slaviš Božić s tri stare babe. Trebala si doći ovamo. Ako već ništa drugo, barem kako bi mami pomogla u pripremama – rekla je pa nekome od djece doviknula neka se malo strpi.

– Kako su djeca? – upitala sam.

– Odlično. Sjajno se zabavljaju – odvratila je. – Idem im narezati kolač. Želim ti ugodno bančenje s gerijatrijom – dodala je i glasno se nasmijala.

Nisam rekla ni riječ. Čemu?

– Eilidh? – ponovno se javila moja majka. – Velim se što smo porazgovarale.

Da? Kada?

– I meni je drago što sam te čula, mama. Što jedete? Mi za promjenu imamo pečenu patku.

– Kod nas je sve po starom. Purica. Tata je pojeo odrezak, kaže da mu je purica presuha. Znaš njega, uvijek svemu prigovara.

– Margaret i Sandy su tu. Želiš li ih možda poz...

– Ne sad, draga. Moram nazvati Lauru. Čestitaj im u moje ime i poljubi Peggy.

– Da, naravno. Želim vam ugodnu zabavu.

– Hm, što se mene tiče, ni najmanje se ne zabavljam. Ne osjećam se dobro. Jedva da sam išta stavila u usta. Pozdravi sve, čujemo se – rekla je i spustila slušalicu.

Ništa neobično. Moja majka uvijek se loše osjećala kad se nešto slavilo. Za to nije postojao nikakav razlog osim njezine nevjerojatne potrebe da izigrava žrtvu i svima pokvari veselje.

O, Bože.

Duboko sam udahnula. Nikada se neću privići na to. Bila sam sigurna da bi Katrina radije slavila Božić s bilo kim drugim nego s našim roditeljima. Dok sam bila s Tomom, često sam zamišljala kako bi bilo proslaviti Božić u krugu skladne obitelji. Nažalost, u tom smislu nisam mogla računati na obitelj mog muža. Tomova majka umrla je kad mu je bilo dvadeset godina. Otac mu se zatim ponovno oženio, a kako nisu bili osobito bliski, rijetko su se viđali. Katrina je u tome imala više sreće; roditelji njezina muža bili su vrlo dragi ljudi. Tako je barem svake druge godine mogla uživati u božićnom obiteljskom ugođaju. Iako sumnjam da su oni osobito uživali u njezinu društvu.

Možda mi se zato i narugala. Željela je da se i ja osjećam jadno poput nje, pa me pokušala prikazati kao jadnicu. I njoj je pomisao na božićnu proslavu s našim roditeljima bila jednako mrska kao i meni. Ćudljiv otac, majka koja vječno glumi žrtvu i usred proslave odlazi u krevet jer joj navodno nije dobro. Gotovo sam se sažalila nad Katrinom. Ipak, nije zaslužila moje sažaljenje.

Sjela sam kraj kamina i natočila si šalicu čaja. Peggy je sa šerija također prešla na čaj. Margaret je počela pričati o sinu, snahi i unuku. Sandy se nadovezala pričom o svojim kćerima. Vatra je pucketala u kaminu, kroz okvir prozora nazirao se čaroban škotski zimski pejzaž. Dom.

Uzela sam čajni kolačić i srknula gutljaj vrućeg čaja. Bol koju mi je Katrina zadala svojim riječima ubrzo je nestala. Svi oni – i Katrina i moji roditelji, mogli su me povrijediti samo zato što sam ih voljela. To im je dalo moć nada mnom. No ne i tada. Ne, tog puta nije im uspjelo.

Malo zatim, stigla mi je poruka na mobitel.

Sretan Božić tebi i svima koje voliš od nas i naših. H&D

Široko sam se osmjehnula i SMS-om im čestitala Božić pa u mislima poslala poljubac Masie.

Elizabeth

Duhovi nemaju dovoljno energije da bi lutali predaleko od mjesta na kojima su živjeli pa na Božić nisam mogla biti s Jamiejem i Shonom. Umjesto toga sjedila sam u Peggynom boravku i slušala kako razgovara s Margaret i Sandy.

– Sjećate li se kako nam je kao petnaestogodišnjakinjama lady Ramsay svakoj donijela poklon za Božić? – upitala je Peggy.

– Da, zbilja je bila zlatna. Njezini su uvijek svima rado pomagali. U to vrijeme teško se živjelo, mnogi su jedva spajali kraj s krajem – rekla je Margaret.

– I MacAnenima je mnogo pomogla kada je nakon Jamesove smrti Mary ostala sama s malim Jamesom – dodala je Sandy.

– O, da – složila se Peggy. – Jadna Mary. Nije joj bilo lako samoj podizati dijete. Ipak, krasno ga je odgojila. Bio je vrlo pristojan dječak.

– I dobar muž. Elizabeth je imala sreće što je za muža dobila muškarca poput njega – rekla je Sandy.

– I on je imao sreće što je nju dobio za ženu – odvratila je Peggy. Čuvši to, osmjehnula sam se. Uvijek mi je bila odana prijateljica.

– Voljela bih da je sada s nama. Prerano nas je napustila – s uzdahom je izgovorila Margaret.

– Jest. I ja bih to voljela – rekla je Peggy.

Šteta što nisu mogle znati da *jesam* s njima.

– Jamie je isti otac, zar ne? – rekla je Sandy.

– Jest – složila se Margaret. – Tih je i povučen poput njega.

– I dobar kao kruh – dodala je Peggy. – Uskoro ide u Australiju, zar ne, Eilidh?

– Po svemu sudeći, da – odvratila je, bez previše oduševljenja.

– A što je s Gail? – upitala je Margaret. – Viđa li se još uvijek s njom?

– Ne, ostavio ju je – rekla je Peggy. – Jadnica, čini se da je zbog toga prilično utučena. Navodno planira na dulje vrijeme otići odavde kako bi ga zaboravila. Ali s obzirom na to da on ide u Australiju, možda i ostane.

– Ah, zašto bi bila jadnica? – upitala je Sandy. – Ako je prekinuo s njom, trebala bi se sabrati i pomiriti se s tim. Očito mu nije stalo do nje. Dobro je postupio. Bolje i tako nego da unesreći i sebe i nju. Nema gore nego kad završiš u braku s osobom koju ne voliš.

– Kao ti sa svojim pokojnim mužem? – s osmijehom je upitala Margaret.

Sandy se glasno nasmijala. – Da, upravo tako. Zato to i govorim.

– Kći mu je zbilja slatka – rekla je Peggy.

– Da, lijepa je poput lutke – složila se Margaret. – Na majku.

Eilidh se naglo ukočila.

– Ne mogu vjerovati da ju je mogla ostaviti – rekla je Peggy. – Jamie se ne bi nikada spetljao s njom da je znao...

– Ali nije znao – rekla je Sandy. – I ne čudim se što se zatelebao u nju. Bila je prelijepa.

Margaret se glasno nasmijala. – Pretjeruješ.

– Oprosti, ali doista jest – ustrajala je Sandy.

– Je li doista bila tako lijepa? – nehajno je upitala Eilidh, ali stekla sam dojam da ju to itekako zanima.

– Jest – rekla je Sandy. – Visoka, plava i građena poput fotomodela. Nije ni čudo što je bila toliko uobražena.

Pogrešno. Mnogi su ju smatrali uobraženom, no zapravo je bila vrlo povučena i sramežljiva. Radije se družila s platnima i kistovima nego s ljudima. Jednom mi je rekla da bi mogla živjeti i navrh planine ako bi tamo mogla slikati. Pritom je zaboravila da već živi na vrhu planine. Problem je očito bio u tome što je morala dijeliti prostor s Jamiejem i Maisie. No time ionako više nema smisla razbijati glavu.

– Prije ili poslije, Jamie će se zacijelo oženiti – nastavila je Sandy. – Njegovoj kćeri potrebna je majka, osobito nakon što je ostala bez bake.

Nastupio je trenutak tišine. – Je li tko za čaj? – najzad je upitala Eilidh.

Osmjehnula sam se. Stalo joj je do njega. Kad bi si to barem mogla priznati i odagnati svoje strahove... Mislila je da si ne može dopustiti biti sretna, da nije dovoljno dobra za njega jer ne može imati djecu. No pravi razlog zapravo je bio znatno dublji. Njezini su ju godinama omalovažavali i nije se osjećala vrijednom ljubavi. Čak ni Tomu to nije uspjelo promijeniti iako joj je pružio mnogo ljubavi i pažnje.

Mogu osjetiti njezin strah. Boji se ponovno pokušati. Ne može podnijeti pomisao da bi se mogla ponovno razočarati i zato se povukla. Ipak, nadam se da će njezine rane s vremenom iscijeliti i da će biti dovoljna jaka da preuzme rizik. Ne znam hoće li se to dogoditi i kada, samo se tome nadam, bez obzira bila ja tu da bih tome svjedočila ili ne. Prepuna je ljubavi, vidim to po njezinu odnosu s Maisie. I njoj je potrebna njezina ljubav. Istina, otac ju obožava, ali petogodišnjem djetetu nikad dosta ljubavi. A kao i svakom ljudskom biću, i Eilidh je potreban poljubac i zagrljaj voljene osobe. To je temeljna potreba svih nas, bez toga, život bi nam se sveo na hladno postojanje. Uvenuli bismo, kao biljka bez vode.

Znam da između Eilidh i Jamiea postoji velika privlačnost, a ipak im ne uspijeva zbližiti se. Vidim kako ju on potajice promatra. A vidim i kako se ona povlači u samoću, misleći da tako *mora,* iako ne mora.

Otkad me nitko ne vidi, mnogo toga vidim.

Vidjela sam i kako je Fiona ronila suze u svojoj sobi, dok je s vrata skidala lančić koji joj je Silke poklonila.

22

PRVI KORACI

Eilidh

Mijenjala sam posteljinu na krevetu u susjednoj sobi kad sam čula kako se pred kućom zaustavlja automobil. Istog trenutka potrčala sam niz stube i širom otvorila vrata.

– Harry! Kako se veselim što te vidim – uskliknula sam i požurila ga zagrliti. – Nemaš pojma koliko si mi nedostajao.

– Odlično izgledaš, Eilidh... napokon si nalik sebi.

– I ti odlično izgledaš – odvratila sam, ne samo iz uljudnosti. Naprosto je sjajio.

Pozdravila sam se i s Dougom, pričekala da unesu stvari i upitala ih jesu li za šalicu čaja.

Prasnuli su u smijeh. – Čaja? – upitao je Harry. – Kako ćemo time nazdraviti našem ponovnom susretu? Vodi nas u pub.

Pola sata kasnije, nakon što smo nakratko svratili u trgovinu kako bi Harry i Doug pozdravili Peggy, sjeli smo u jedan od separea u pubu i naručili viski. Da, i za mene, iako nisam imala običaj piti žesticu prije ručka.

Nisam se mogla ne nasmijati Harryjevu izboru odjeće. U baršunastom tamnoplavom sakou, s kariranim šalom oko vrata i kapom od tvida, izgledao je poput škotskog seoskog džentlmena.

– Krasna kapa. Dobro ti stoji.

– Znaš kako to ide. Kad si u Rimu, ponašaj se poput Rimljanina.

– Vidiš li ovdje ikoga s kapom i kariranim šalom?

– Hm, ne, ali nisam mogao odoljeti.

– Htio je doći u kariranim hlačama – rekao je Doug. – Jedva sam ga odgovorio od te zamisli. Izgledao je smiješno u njima.

Za razliku od Harryja, on se odlučio za sportsku odjevnu kombinaciju – Diesel traperice i jakna. Izgledao je vedro i opušteno, kao i uvijek. Pripadao je onim rijetkim ljudima koji djeluju vječno nasmiješeni – čak i kad nisu. Iz tog razloga, svi su ga voljeli. Bio je jednostavan, spontan, zadovoljan sobom i ljudima oko sebe. Nikada ništa nije komplicirao niti se smatrao pozvanim popravljati svijet.

– Drago mi je što si napokon došla k sebi – rekao je Harry. – Vjerojatno je stvar u planinskom zraku. Udebljala si se, vidi se da imaš dobar apetit. Kad se samo sjetim kako si bila mršava... nešto prestrašno.

– Da, doista imam dobar apetit. I predobar. Ne usudim se ni pomisliti u što ću se pretvoriti ako ne prestanem toliko jesti.

– Bolje i tako nego da si mršava kao prut. Srce me zaboli kad se sjetim kako si samo sjedila i zurila u tanjur s raviolima...

– Nisam mogla jesti – odvratila sam, slegnuvši ramenima. – Pustimo prošlost. Jesam li vam rekla da je Tom počeo živjeti s onom ženom?

– Jesi.

– Čini se da se nije usrećio s njom – rekao je Doug. – Nedavno sam ga vidio u gradu. Izgleda kao da mu se svijet srušio.

Stidim se to priznati, ali bilo mi je drago što to čujem.

– Zacijelo ne zbog mene – hladno sam odvratila.

– Kako god bilo, ne mogu reći da ga žalim. Zaslužio je to nakon što te godinama varao – rekao je Harry.

– U pravu si – složio se Doug.

Kucnuli smo se i popili gutljaj viskija.

– A što je s tobom i Jamiejem?

– Utišaj se – rekla sam, brzo podigavši ruku. – Ovdje svatko poznaje svakoga.

– *Oprosti* – teatralno je prošaputao Harry. – Dakle, dokle ste stigli?

– Nema ničeg između nas.

– Vjeruješ li joj? – upitao je Harry, pogledavši Douga.

– Jasno da ne. Stalno nam piše o njemu i njegovoj kćeri. Zacijelo ne bez razloga.

Uzdahnula sam. – Dao mi je do znanja da bi želio biti sa mnom. Odbila sam ga.

– Zašto? – istodobno su upitali.

– Zaboga, stišajte se!

– Ali, zašto si ga odbila? – šapatom je upitao Doug.

– Zato jer nisam sposobna za vezu. Ni s kime. Ne bih mogla podnijeti još jedno razočaranje. Usto, još sam uvijek u braku.

– Samo formalno. Više ne živite zajedno – rekao je Harry.

– Tek manje od pola godine.

– Gle, nitko ne kaže da se moraš udati za njega.

– Istina – složio se Doug. – Zabavljaj se s njim pa dokle ide.

Pogledala sam ih kao da se pitam jesu li sišli s uma.

– Uzalud joj je to govoriti – rekao je Harry. – Nju zanimaju samo ozbiljne veze... pronalaženje svoje srodne duše i tako to. Takva je, uvijek sve komplicira.

– Upravo tako. Znam da mislite da nisam normalna, ali...

– To je zbog tvog škotskog naslijeđa. Sklonost tragediji ti je u krvi. Kako bilo, sad kad smo tu, pobrinut ćemo se da se malo zabaviš.

– Nadam se da nemate namjeru pokušati me spojiti s njim?

– Mi? Ne bismo to nikada učinili – rekao je Harry.

– Hoće li i on doći na novogodišnju proslavu kod Silke? – upitao je Doug.

– Nisam sigurna.

– Hm, možda bismo se trebali pobrinuti da dođe – rekao je Harry.

– Da, možda bismo trebali – složio se Doug.

– Hej, hej... nismo više srednjoškolci – podsjetila sam ih. – Kanite se pokušaja da mu stavite do znanja da mi se sviđa. Jeste li razumjeli? – strogo sam upitala, ali nisam se mogla ne osmjehnuti.

O, Bože, kako su mi nedostajali.

– Kako izgledam? – upitao je Harry, zastavši nasred Peggyna dnevnog boravka.

– Neodoljivo – s osmijehom je odvratila.

Bio je u crnim hlačama od baršuna i uskoj crnoj svilenoj košulji. Izgledao je poput momka iz sedamdesetih, dotjeranog za odlazak u disko. Stil mu je odijevanja iz godine u godinu postajao sve šašaviji, što je Douga prilično zabavljalo. On je za doček Nove godine odjenuo traperice i prugastu košulju. U spomen na pradjeda, Škota iz Dundeea, namjeravao je obući kilt, ali predomislio se. Ja sam obukla haljinu koju sam nosila na otvorenju, no ovoga puta kosu sam podigla u labavu punđu.

– Lijepo izgledaš, mila – rekla je Peggy.

– Hvala. I ti lijepo izgledaš – odvratila sam. Peggy će Novu godinu dočekati kod Margaret. Lijepo počešljane sijede kose, u tamnoplavoj suknji i bijeloj bluzi, doista je lijepo izgledala.

Sjeli smo za stol i večerali sendviče sa šunkom. Po Peggynu mišljenu bilo je to najpraktičnije – tako barem nećemo doći u opasnost da se uprljamo.

– Hvala vam još jednom što ste nas pozvali k sebi – rekao joj je Harry.

– Nema na čemu. Veselim se što ste došli.

Osmjehnula sam se. Peggy, Flora i Elizabeth bile su vrlo gostoljubive. Vrata njihovih kuća uvijek su bila svakome otvorena.

Završivši s večerom, poljubili smo ju u obraz i izašli u hladnu silvestarsku večer. Srećom, Silke je stanovala nedaleko Peggy pa nismo morali dugo pješačiti.

– Krasnog li sela – rekao je Doug, s divljenjem promatrajući bijelo okrečene kuće. – A tek zrak! Kako je samo svjež!

– Planinski – rekla sam.

– Lijepo mjesto za život. Ne čudim se što se ne želiš vratiti.

Prozori Silkeine kuće bili su osvijetljeni, žuto-narančasto svjetlo djelovalo je toplo i gostoljubivo. Pokucali smo na vrata.

Dnevni boravak bio je pun ljudi. Neke sam poznavala, neke ne. Neki od njih donijeli su škotske instrumente. Lijepo. Harry i Doug doživjet će pravi škotski ugođaj.

Bila sam odlično raspoložena. Pili smo viski, plesali i pjevali. Sve je bilo upravo savršeno.

A onda se pojavio Jamie. Sam.

– Shona neće doći? – upitala sam ga.

– Ne osjeća se dobro pa je odlučila ostati kod kuće s curama, a Fraiser nije htio doći bez nje.

– Kako to da nisi ostao s njima?

– Htio sam te vidjeti.

Naglo sam oborila pogled. Bila sam pripita, a ni on nije djelovao posve trijezno.

– Dođi upoznati moje prijatelje – rekla sam i, primivši ga za ruku, povela ga u kuhinju gdje su Harry, Doug i Silke sjedili za stolom i razgovarali o suvremenoj britanskoj umjetnosti. Čudno, ali istinito.

– Harry, Doug... ovo je Jamie.

Obojica su se srdačno rukovali s njim, rekli mu da im je jako drago što su ga konačno upoznali i znakovito mi se osmjehnuli.

Došlo mi je da ih zadavim vlastitim rukama.

Jamie se nelagodno promeškoljio. Očito je shvatio da sam im pričala o njem.

– Drago mi je što si došao – rekla je Silke i čvrsto ga zagrlila.

– Kako si? – upitao je, zabrinuto joj se zagledavši u oči.

– Bolje. Što je, tu je.

– Što se dogodilo? – upitala sam, shvativši da nešto nije u redu.

– Fiona i ja... prekinule smo.

– Prekinule ste? – suosjećajno je upitao Doug. – O joj, doista mi je žao.

– Ne mogu vjerovati da svi znaju sve o mojem privatnom životu – rekla je Silke. – No to sad više ionako nije važno.

– Oh, Silke... ali, zašto? – začuđeno sam upitala i požurila ju zagrliti.

– Zato jer želi da i dalje ostanemo u tajnoj vezi. Nisam to više mogla podnijeti.

Plavokosa djevojka koju nisam poznavala banula je u kuhinju. – Jesam li dobro čula da si prekinula s Fionom? – upitala je i požurila prema Silke. – Oh, kakve li štete – rekla je i kratko ju zagrlila.

– Fiona želi da ostanete u tajnoj vezi? – začuđeno je upitao Harry. – Ali, čini se da svi znaju...

– Da – rekao je Jamie. – Svi znaju i nitko se tome ne čudi... čak ni u Glen Avichu. Zašto i bi? Najzad, u dvadeset smo prvom stoljeću.

– Njezini još uvijek žive u prošlosti – rekla je Silke. – No, pustimo to. Hajde, vratimo se u boravak... dečki su počeli svirati.

Zabava je zbilja bila odlična. Glazba, viski i veseo ugođaj zavrtjeli su mi glavom i prije nego što sam stigla shvatiti što činim, gurnula sam ruku u Jamiejevu.

Bez riječi poveo me iz boravka u polumračno predvorje. Nisam se protivila kad me zagrlio oko struka i privukao me k sebi. Na dug mi se trenutak zagledao u oči pa polako spojio usnice s mojima.

Koljena su mi zadrhtala, no privila sam se uz njega, uzvratila mu poljubac. Poželjela sam zauvijek ostati u njegovu naručju.

Malo potom, dlanovima mi je obujmio lice i ponovno mi se zagledao u oči.

– Jamie...

– Šššš...

Pomislila sam da ću se utopiti u njegovu pogledu.

Odjednom, odmaknuo se od mene. – Žao mi je. Bilo je to jače od mene. Morao sam te poljubiti.

Odmahnula sam glavom. Željela sam mu reći da meni nije nimalo žao što me je poljubio, ali bila sam toliko uzbuđena da nisam mogla prozboriti ni riječ. Noge su mi toliko drhtale da sam pomislila da ću pasti. Poželjela sam da me ponovno privuče k sebi, ali umjesto toga, bez riječi se okrenuo i uputio se prema vratima.

– Kamo ideš? – začuđeno sam upitala.

– Kući. Ne mogu ostati.

– Ali, zašto ne?

– Jer sam lud za tobom. Teško podnosim tvoju blizinu... zapravo, jedva čekam da odem u Australiju. Barem te više neću morati svakoga dana gledati i... nije važno. Sretna ti nova godina – rekao je i otišao.

Smetena, vratila sam se na zabavu. Sviđao mi se okus njegova poljupca. Poželjela sam ga zauvijek sačuvati na usnicima.

– Gdje je Jamie? – upitao me Harry.

– Otišao je kući.

– Jesi li dobro?

Kimnula sam.

Ostatak proslave ostao mi je u mutnom sjećanju. Kući sam se vratila u sitne sate pa poput zombija otišla u sobu i sručila se na krevet. Nisam mogla prestati razmišljati o Jamieu. O njegovu poljupcu i... i... ah, još o koječem... ali previše se sramim o tome govoriti.

Sljedećeg prijepodneva, hm, zapravo ranog popodneva, svi smo se našli na ručku u pubu. Gledajući Morag, vlasnicu puba, i Jima, njezina muža, kako poletno raznose po stolovima tanjure s kotletima u umaku, zaključila sam da njih dvoje valjda jedini u Glen Avichu ne pate od mamurluka. Svi ostali izgledali su sablasno. Čak i Peggy i Margaret.

Kotleti su bili uistinu slasni. Iskreno sam se nadala da Jamie neće doći na ručak. Na samu pomisao da bih ga morala pogledati u oči, poželjela sam propasti u zemlju od srama.

– Gle, Jamie je upravo ušao – rekao je Harry i veselo mu mahnuo.

Naravno.

Prišao je našem stolu, čestitao nam Novu godinu i upitao smije li nam se pridružiti. Djelovao je posve opušteno. Njemu, očito, nije bilo neugodno. Gore od svega, jedva da me je i pogledao. Krasno. Naš poljubac očito mu nije ništa značio, unatoč tome što je rekao da je lud za mnom. To me je prilično ozlovoljilo.

Malo zatim, ušli su Shona i Fraiser s curama.

Čvrsto sam zagrlila Maisie i poljubila ju. – Sretna nova godina, dušo. Jesi li se lijepo zabavila?

– Da. Teta Shona nacrtala nam je maske na licu. Ja sam bila leptir.

– A ja mačka – pohvalila se Lucy.

– O, sočnog li odreska – rekla je Shona i sjela do mene.

Fraiser i cure hitro su nam se pridružili. Jamie se i dalje ponašao kao da se između nas nije ništa dogodilo, a budući da nitko nije znao što se dogodilo, sve je djelovalo posve uobičajeno. Nije da sam očekivala da klekne pred mene i izjavi mi ljubav, ali njegovo držanje prilično mi je išlo na živce. Doduše, nisam imala pojma zašto. Oboje smo bili pijani, poljubili smo se, i to je sve. Bio je to dobar poljubac, čaroban i upravo savršen, ali ipak samo poljubac.

O, Bože. Prisjetivši se o čem sam razmišljala kad sam legla u postelju, naglo sam porumenjela.

– Eilidh? Jesi li dobro? – upitao je Harry.

Gotovo sam poskočila sa stolice. – Da, naravno – hitro sam odvratila i naredila si da se saberem. – Gdje je Silke? Kako to da nije došla?

– Ne može. Poslala mi je poruku da prvo mora izbaciti iz kuće dvadesetak mamurnih prijatelja i prijateljica – rekao je Jamie.

– Kada se njezini stanodavci vraćaju? – upitala je Shona.

– Sljedećeg tjedna – odvratio je.

– Ah, ako je tako, ima dovoljno vremena srediti kuću. Skoknut ću do nje da joj pomognem. Inače, koliko dugo vas dvojica ostajete ovdje? – upitala je, svrnuvši pogled na Harryja.

– Još samo dva dana. Moramo se vratiti na posao.

– Šteta – rekla sam. Voljela bih da su mogli duže ostati.

– Prvom prilikom ponovno ćemo doći – obećao je Doug.

Osmjehnula sam se. Bio je to uistinu krasan doček Nove godine. Bolji nego ikad.

Kratko sam pogledala Jamiea. Bio je u staroj majici i podrapanim trapericama. Podrapanim od nošenja, a ne zato što su kupljene takve.

I što ćemo sad?

Jamie

Dovraga, morao sam ju poljubiti. Ni uz najbolju volju nisam mogao odoljeti. Što bi se dogodilo da me je odgurnula? Napravio bih budalu od sebe. No to mi nije bilo ni najmanje važno. Viski i vesela novogodišnja proslava tome su zacijelo poprilično pridonijeli.

Ljubeći ju, osjećao sam se kao da sam nakon dugog hoda po pustinji uronio u duboko morsko plavetnilo. Bio je to prekrasan osjećaj.

Za osam ću tjedana otići.

Ona to zna. Mogla me je zamoliti da ostanem.

Želio sam da me to zamoli.

I što ćemo sad?

23

TAJNE

Elizabeth

Nije dobro imati tajne. Požderu te iznutra.

Ako u sebi dugo čuvaš neku tebi dragocjenu tajnu, isto je kao da pokušavaš uzgojiti biljku u tami. Uvenut će, i sve što će ostati bit će žaljenje. Ljubav žudi izaći na svjetlo dana. Tajne ljubavi same sebe izjedu ili ti izjedu srce i ubiju te.

Bilo je to ono o čem sam razmišljala dok sam promatrala kako Fiona u svojoj sobi očiju punih suza skida s vrata lančić koji joj je Silke poklonila kad su započele vezu. Od njihovog prekida prošlo je nekoliko tjedana, no dio Fionina srca i duše još je uvijek zarobljen u trenutku kada je Silke prekinula s njom. Bilo je to neminovno, jer Fiona ni za što na svijetu nije mogla reći roditeljima da je zaljubljena u nju. I zato je obrisala suze, navukla na lice hrabru masku i nastavila sa životom. Kao duh, vidim što drugi ne vide. Različite slojeve realnosti položene jedan preko drugoga poput tankih prozirnih velova. Nije mi teško vidjeti kroz njih. U Glen Avichu moguće je pronaći saće trenutaka zakračunatih u vremenu. Mogu ih čitati poput otvorene knjige.

Mogla sam vidjeti kako jednim svojim dijelom Fiona još uvijek sjedi u sobi i jeca, pogleda uperena u lančić na dlanu. Taj trenutak ostao je urezan u vremenu; nije nestao i neće tako brzo nestati, samo se pretvorio u sjenu. U malo blijeđu i providniju kopiju Fione, nevidljivu živima.

Neki ljudi cijelog života ostaju zarobljeni u trenutku. Poput Beryl. Da sam živa, bile bismo istih godina. Jedna Beryl pet dana u tjednu putuje u Aberdeen gdje čuva djecu svoje kćeri, i uvečer se vraća kući. Četrdeset godina radila je tvornici. Podigla je kćer, dobila unuke i ostarjela kao što svi ostarimo. No otkad sam umrla, mogu vidjeti i drugu Beryl. Tridesetogodišnju ženu nadvijenu nad tijelom trogodišnjeg mrtvog sina na ulici.

Te dvije žene često se susreću. Jedna, na povratku iz supermarketa, izlazi iz automobila i s vrećicama u rukama prolazi kraj druge koja bezglasno vrišti klečeći nasred ulice.

Tako je bilo i sa mnom kad sam izgubila dijete. Ipak, nakon što sam rodila Jamiea, iscijelila sam se.

Beryl će zauvijek ostati zarobljena u tom jezivom trenutku, ali ne i Fiona. Njezina ljubav prema Silke duboka je i srce joj je sada slomljeno, ali iscijelit će i na njem će ostati samo malen ožiljak... katkad bolan, no moći će živjeti s tim.

Ipak, nadam se da će smoći snage i hrabrosti oblikovati vlastitu budućnost, i tu malu biljku iznijeti na svjetlo dana prije nego što uvene. Jer to je ono što želi.

Duboko vjerujem da volimo samo jednom. No katkad, osoba koju mislimo da volimo, nije naša srodna duša. I tada očajavamo misleći da više nikoga nećemo voljeti, nesvjesni da nas susret s osobom koja jest naša srodna duša tek čeka. Život nam može pružiti drugu šansu, neusporedivo bolju od prethodne.

A ako je osoba koju smo izgubili bila naša istinska srodna duša, ostatak života provedemo pokušavajući se prilagoditi i pomiriti se s tim. Pretvaramo se da nam prijateljstvo, suosjećanje, strast, djeca, posao ili bilo što drugo može biti zamjena za ljubav našeg života, iako u dubini duše znamo da ne može. No i takav život može biti sretan.

Gledam oko sebe i čudim se koliko ljudi pati zbog izgubljene ljubavi. Pojedini to čine s gorčinom, pojedini se trude pomiriti s tim i nastaviti sa životom. Pitam se, koliko njih još nije susrelo svoju srodnu dušu. Otkad sam umrla, shvatila sam da nema slučajnosti. Sudbina ima prste u svem. Mogu vidjeti način na koji sklada simfoniju života i kako malo po malo sviramo po njezinim notama, iako toga nismo svjesni. Vidim kako stvara mrežu malih putova, različitih izbora koji će nas u konačnici dovesti do cilja. Svaki korak koji učinimo, svako raskršće na koje dođemo, vodi nas prema njemu, neovisno o tom koliko se puta izgubili ili krenuli u pogrešnom smjeru.

James je bio moja srodna duša, kao što je i Fraiser Shonina. No Janet nije bila Jamiejeva, niti Tom Eilidhina. A Silke? Je li Fiona njezina srodna duša?

Ne znam, a moguće je da ovdje neću ostati dovoljno dugo da bih saznala. Druge će duše nakon mene promatrati živote stanovnika ovog malog sela. Mi smo ti kojima je iz ovog paralelnog svijeta u kojem boravimo, svijeta predznaka, sjećanja i šapata, namijenjeno slušati njihove nečujne ili jedva čujne riječi. I ma koliko bile tiho izrečene ili neizrečene, mi ih čujemo kao očajničke pozive u pomoć.

Eilidh

Vrijeme nakon dočeka Nove godine većinom sam provodila sjedeći kraj kamina, pogleda uperena u mrežu crnih grana stabala s druge strane ulice. Sve je bilo tiho i mirno, uspavano.

Najčešće, i Peggy je sjedila kraj mene i kratila vrijeme gledanjem televizije ili pletenjem odjeće za malenu kćer jedne od njezinih rođakinja. Katkad sam izmjenjivala mailove s Harryem, a katkad uživala u čavrljanju s Peggynim znancima i daljnjim rođacima koji su na povratku kući s blagdana provedenih u Glen Avichu ili okolnim selima, svratili pozdraviti Peggy i poželjeti joj svako dobro u novoj godini.

Ujutro, zemlja je bila zaleđena i krhka pod nogama. Do ranog popodneva led bi se otopio, a uvečer opet stvorio, no unatoč hladnoći, snijeg još nije pao.

Od onog slatkog, čarobnog novogodišnjeg poljupca, moj život kao da se zaustavio. Bolna prošlost, neizvjesna budućnost, moja čudna veza s Jamiejem – sve je na neki način bilo zamrznuto u vremenu i prostoru. Znala sam da to ne može dovijeka potrajati, no nizala sam te dane poput niske perli i uživala dok traje.

Jednog dana, kad sam bila sama kod kuće, odlučila sam poduzeti sljedeći korak.

Nazvala sam Toma.

Telefon je dugo zvonio, no srećom, Tom se na kraju ipak javio. Bilo bi grozno da nije. Ne znam kako bih smogla snage da ga ponovno nazovem.

Zvučao je prilično čudno.

– Jesi li dobro? – upitala sam.

– Nisam.

– Što se dogodilo?

– Eilidh, molim te, dođi ovamo. Moramo se vidjeti i porazgovarati o svem.

– Tome, to ne bi imalo smisla. Ništa se ne bi promijenilo. Nemamo o čem razgovarati.

– Shvatio sam da sam napravio užasnu pogrešku. Problem je bio u tom što sam tražio tebe u njoj... a nitko te ne može zamijeniti. I zato sam prekinuo s njom.

– Bila je dovoljno dobra da ti zagrije krevet dok sam ja prolazila kroz pakao – odbrusila sam i istog trenutka požalila. Jer bilo je prekasno za predbacivanje; između nas se ionako više ništa nije moglo popraviti i zakrpati. Prekid je bio neminovan.

– Je li ti imalo stalo do mene? – upitala sam. – Jer ako jest...

– Da, naravno da mi je stalo. Volio bih kad bi nam pružila još jednu šansu. Doista ću se potruditi ispraviti...

– Tome, ako ti je stalo do mene, moraš me pustiti. Ne želim se vratiti u Southport i nastaviti gdje sam stala.

– Ne moramo živjeti u Southportu. Možemo otići gdje god poželiš. Ako je to ono što želiš, možemo živjeti u Škotskoj. Pronaći ću posao u Aberdeenu ili Edinburgu...

– Tome, iskreno se nadam da nemaš namjeru otežavati mi život. Ako je tako, molim te, pronađi odvjetnika i pokreni brakorazvodnu parnicu. To je sve što tražim od tebe – drhtavim sam glasom izgovorila.

Dug trenutak nije rekao ni riječ.

– Eilidh, doista mislim da ne bismo trebali žuriti s razvodom.

– Tome, nakon dugo vremena napokon mogu ponovno disati punim plućima. Izuzev onog kratkog razdoblja dok sam bila trudna, već se odavno nisam tako dobro osjećala – rekla sam i nadlanicom otrla suze. Čudno, mislila sam da sam ih dotad sve isplakala. Cijelo jezero. Zaslužila sam da neko nazovu po meni. – Molim te, pusti me. To je sve što želim.

Uslijedila je tišina.

– U redu, ako je to ono što želiš. Znam da ne bi imalo smisla da te nagovaram. Možda bih te na kraju i uspio natjerati da se predomisliš, ali ne želim da popustiš pod pritiskom. Ipak, moramo se još jednom vidjeti. Želim da o svem porazgovaramo oči u oči. Ne možeš se vječno skrivati u toj zabiti.

– Ne skrivam se. I što god ti mislio o tom, ne radi se o zabiti. Ljudi ovdje žive i rade kao i svagdje drugdje.

– U redu, oprosti. Želio sam reći da se ne možeš zauvijek skrivati od mene. Moramo se vidjeti i porazgovarati.

– Ako misliš da je to potrebno, dođi ovamo. Kad god poželiš. No ako se nadaš da ću promijeniti mišljenje, varaš se. Savršeno sam sposobna pogledati te u oči i reći ti da je između nas gotovo.

– Nemaš pojma koliko mi je žao što sam započeo vezu s Carol.

Carol. Dakle, tako se zove, pomislila sam. Pitala sam se je li nesretna što je prekinuo s njom. Nadala sam se da jest. Mrzila sam ju. Voljela bih da nisam, da sam se mogla uzdići iznad tog primitivnog osjećaja. No nisam mogla. Mrzila sam ju i željela sam da pati.

– Ne radi se o... *Carol* – žučljivo sam odvratila. – Nego o tebi i meni. Moram ići. Javi mi kad odlučiš doći.

– Došao bih već ovog vikenda, ali dežuran sam u bolnici. Može sljedećeg?

Prestala sam disati. Na trenutak sam pomislila da ću se onesvijestiti. Ipak, bila sam svjesna da ću se prije ili poslije morati suočiti s njim.

– Ne, ne... radije vikend poslije tog, ako budeš slobodan.

– Potrudit ću se biti. U redu, strpjet ću se do tad.

– Dogovoreno. Rezerviraj sobu u hotelu. Čujemo se.

Kad smo se pozdravili, s olakšanjem sam spustila slušalicu. I to je riješeno, pomislila sam. Naći ćemo se, porazgovarati i pokrenuti brakorazvodnu parnicu. Uskoro ću biti slobodna. Konačno slobodna.

Unatoč tome, rasplakala sam se kao da mi se svijet srušio. Bilo je to uistinu neshvatljivo.

Prišla sam prozoru i zagledala se u daljinu. Malo zatim, bijele pahuljice počele su lebdjeti po zraku. Prvi snijeg. Obavijena tihom tugom, dugo sam promatrala kako se polako spuštaju na zemlju.

Jamie

Je li to božićna čestitka? Janet nije imala običaj čestitati nam Božić. Umjesto toga, položila bi izvjesnu svotu novca na račun koji je otvorila za Maisie. I to je bilo sve.

Što se mene tiče, nije mi smetalo. Uvijek sam se pribojavao da će jednog dana doći po Maisie. Toliko, da sam čak pošao potražiti pravni savjet kod jednog odvjetnika u Aberdeenu. Želio sam znati kako stojim u vezi s tim. Srećom, saznao sam da nema suca koji bi Janet dao skrbništvo nad djetetom koje je napustila.

Ipak, i dalje sam se bojao.

Što god da je pisalo u tom pismu, nisam ga želio pročitati. Najradije bih ga bacio u vatru. No ako se Janet predomislila i želi biti u vezi sa svojom kćeri, ne mogu ju u tom spriječiti. Znao sam to, kao što sam znao i da ne bi bilo pošteno prema Maisie kad bih to pokušao učiniti. Što bi Maisie rekla kad bi jednog dana saznala da joj je majka pisala, a ja joj to nisam rekao? I tako presudio njezinu pokušaju da se iskupi?

No pismo nije bilo adresirano na Maisie. Nego na mene. Htio to ili ne, morao sam ga pročitati. Naglo sam poderao omotnicu i izvadio komad papira.

> *Dragi Jamie,*
> *Uskoro ću nastaviti život u New Yorku. To ne znači da se odričem odgovornosti prema Maisie. I dalje ću polagati novac na njezin račun...*

Ne odriče se odgovornosti prema Maisie? Kada se uopće odgovorno odnosila prema njoj? Njezino i moje poimanje odgovornosti očito se uvelike razlikuju. Doduše, i od poimanja ostatka svijeta.

... no moji osobni podaci, poput prezimena i adrese, promijenit će se. Naime, udajem se i cijenila bih kad bi se nastavio ponašati kao i dosad i suzdržao se od bilo kakvih kontakta sa mnom. Željela bih da taj dio mog života ostane u tajnosti. Nadam se da ćeš mi ispuniti želju.

Sretan Božić,
Janet.

Sretan Božić i tebi, pomislio sam. Od mene i tvoje tajne kćeri.

24

PRAZNA KOLIJEVKA

Eilidh

Sniježilo je i danju i noću, gotovo bez prestanka. Do trenutka kad je Maisie ponovno krenula u školu, sve je bilo prekriveno debelim bijelim pokrivačem.

Bila sam toliko napeta zbog predstojećeg susreta s Tomom da nisam mogla spavati. Do kasnih noćnih sati sjedila sam kraj prozora i promatrala snježne pahulje. Odbrojavala sam dane do Tomova dolaska, ne iz želje da ga vidim, nego iz straha od našeg susreta. Za dva tjedna.

– Možemo li poći k tati? Želim mu pokazati svoj crtež – upitala je Maisie, oprezno ga stavivši u torbu. Njezin je bio najbolji od svih. Učiteljica ju je pohvalila i stavila ga na plutenu ploču, no kad joj je Maisie rekla da bi ga željela pokazati tati, dopustila joj je da ga uzme pod uvjetom da ga slijedećeg dana vrati.

– Ne bi mu trebali smetati na poslu. Pokazat ćeš mu ga kad dođe kući.

Snuždila se. – Ali, dugo mi je čekati da se vrati – pobunila se i zagledala se u mene pogledom tužnog šteneta. Kao i uvijek, upalilo je.

– U redu, hajdemo – popustila sam. – Ali ostat ćemo kod njega samo pet minuta.

– O. K. – složila se i veselo zapljeskala ručicama.

Snijeg je ugodno škripao pod našim nogama dok smo se uspinjale cestom. Uživala sam u svakom koraku. I pogledu na Maisie, s ružičastom kapom na glavi i šalom omotanim oko vrata, tako da su joj se pod njim vidjele samo oči.

Zastavši kraj prozora radionice, ugledale smo Jamiea kako sjedi za pisaćim stolom. Kad je Maisie kratko pokucala na staklo, hitro se okrenuo i široko se osmjehnuvši mahnuo nam da uđemo.

Ušavši, znatiželjno sam se osvrnula oko sebe. Nikad dotad nisam bila u njegovoj radionici. Bila je svijetla i prostrana, rasvijetljena umjetnom rasvjetom jer pod škrtim zimskim dnevnim svjetlom ne bi se moglo raditi. Posvuda je bilo skulptura, nakita i drugih različitih umjetničkih predmeta.

Maisie je potrčala k ocu, čvrsto ga zagrlila pa izvadila crtež iz torbe i ponosno mu ga pokazala.

– O, to je zbilja krasno – pohvalio ju je.

Ostavila sam ih da veselo čavrljaju pa počela kružiti radionicom i razgledavati stvari. Odjednom, stala sam kao ukopana. Jedva sam vjerovala vlastitim očima.

Kolijevka.

Moja kolijevka.

Kolijevka od kovanog željeza koju je Tom donio dok sam bila trudna i unatoč mojim strahovima smjestio ju u dječju sobu. Rekao je da ju je izradio neki škotski umjetnik...

Pomislila sam da ću se ugušiti. Naglo sam problijedjela i bez razmišljanja istrčala iz radionice, ravno na cestu. Slijepa i gluha za sve, nisam vidjela automobil koji se spuštao niz brijeg. A kad sam ga vidjela, bilo je kasno. Poskliznula sam se i...

★

– Pojavila se niotkuda. Niotkuda...

– Eilidh! Eilidh!

– O, Bože. O, Bože...

Glasovi su me prizvali k svijesti.

Polako sam otvorila oči i zagledala se u nebo.

– Eilidh, mila...

Shona?

Plavokosa žena nagnula se nad mene i pomilovala me po čelu. Zatvorila sam oči.

– Shona – promrmljala sam i trenutak potom utonula u duboko mračno ništavilo.

Jamie

Ni uz najbolju volju ne mogu shvatiti što se dogodilo. Sve je bilo u savršenom redu. Maisie i ja razgovarali smo o njezinu crtežu, a Eilidh je razgledavala moje radove – nekoliko puta kratko sam ju pogledao u nadi da joj se sviđa to što vidi. Odjednom, ustuknula je kao da je vidjela duha i istrčala iz radionice.

Trenutak potom zacviljele su kočnice i začuo se tup udarac. Eilidh. Moju milu Eilidh udario je automobil. Naredio sam Maisie da sjedne za moj pisaći stol i ne miče se dok se ne vratim. Mora da sam zvučao prilično ozbiljno jer bez riječi me poslušala.

Eilidh je ležala nasred ceste. Na moje uporno dozivanje polako je otvorila oči i prošaputala Shonino ime. Bio sam previše šokiran da bih išta rekao. Sve što sam želio bilo je podići ju u naručje, no znao sam da ju ne smijem pomicati, ma koliko mi je pomisao da ju ostavim na hladnom blatnjavom asfaltu bila strašna. Bez riječi primio sam ju za ruku. Želio sam joj reći da ju volim, ali grlo mi je bilo previše stegnuto da bih mogao išta prozboriti.

Žena, na čiji je automobil Eilidh naletjela, pozvala je hitnu pomoć pa stala kraj mene i zdvojno odmahnula glavom. – Pojavila se niotkuda – ponovila je i nastavila to ponavljati. Očito je bila u šoku.

Do trenutka kada je stiglo vozilo hitne pomoći, uspio sam Morag, koja je s mužem stanovala u kući do radionice, zamoliti da pripazi na Maisie dok se ne vratim iz bolnice. Nisam se mogao primorati rastati od Eilidh. Malo zatim, uz zvuk sirena, krenuli smo kroz Glen Avich prema Kinnearu. Takvo što u našem selu rijetko se događalo i mnogi ljudi na ulicama i iza prozora kuća zacijelo su se pitali što se dogodilo.

Po ulasku u bolnicu žurno su ju na kolicima odvezli niz hodnik. Jedna od medicinskih sestara upitala me je tko sam joj ja i, saznavši da sam joj samo prijatelj, rekla mi neka pođem kući. No odbio sam.

Sjeo sam u predvorje pa nazvao Peggy i rekao joj što se dogodilo. Trebalo joj je nekoliko minuta da se oporavi od šoka. Nažalost, u vezi s tim nisam joj mogao mnogo pomoći.

Odmah potom nazvao sam kući. Kao što sam i očekivao, Morag je podigla slušalicu. Naravno, Maisie joj je rekla da rezervne ključeve držim u grmu ruža kraj ulaznih vrata.

– Kako je Maisie? – upitao sam.

– Potresena je, ali ne brini, sve će biti u redu – odvratila je. – Dat ću joj večeru i ostati s njom dok se ne vratiš.

Nakon toga javio sam Shoni da je Eilidh nastradala. Taj razgovor bio je kratak. – Dolazim – rekla je i prekinula vezu.

Zatim sam dobio poziv s nepoznatog broja. Bila je to Eilidhina majka. Peggy joj je javila što se dogodilo i dala joj moj broj telefona.

Na njezin upit kako je Eilidh rekao sam da ne znam. – Nisam član obitelji i ne žele mi ništa reći – objasnio sam, no bilo je to isto kao da govorim zidu. Ustrajala je da se raspitam, tvrdila da mi moraju reći i zahtijevala da *nešto* učinim.

– U redu, dolazimo – najzad je rekla i prekinula vezu.

Ostao sam sjediti u predvorju s plastičnom čašom kave u ruci i zuriti u uličnu svjetiljku s druge strane prozora. Snijeg je ponovno počeo padati, tisuće pahuljica kupalo se u njezinu narančastom svjetlu.

Napokon, pojavila se liječnica i rekla mi da je Eilidh operirana i odvezena na intenzivnu. – Jeste li javili njezinima? – upitala me.

Kratko sam kimnuo jer nisam mogao reći ni riječ. Sve oko mene postalo je mutno i nejasno, jedino što sam mogao bilo je moliti se Bogu da ju spasi.

Elizabeth

Već neko vrijeme predosjećala sam da će se nešto dogoditi, ali nisam znala što. Bilo je to poput vjetra prije oluje, kad je zrak pun elektriciteta i znaš da će negdje udariti munja, ali ne znaš gdje.

Bojala sam se da će se nešto dogoditi nekome iz sela. I jest. Eilidh je nastradala.

Plovila sam nad jezerom kad me obuzeo jeziv osjećaj da sam se našla u vrtlogu. Neka me grozna sila usisala pa odbacila na obalu. Na trenutak sam se raspala pa ponovno sastavila. Ljudska su bića čvrsti, nezavisni entiteti, za razliku od duhova koji su dio svega. Posve sam se umirila i malo zatim, začula sam kako Jamie očajnički doziva Eilidh. Poletjela sam prema njemu i ugledala ga kako kleči na cesti, kraj Eilidh.

Znala sam da nije mrtva. Jer da jest, vidjela bih kako njezin duh plovi iznad njezina tijela, zapanjeno se pitajući što se dogodilo.

Kad sam kleknula kraj nje i položila joj ruku na čelo, otvorila je oči i zagledala se u mene. Nisam se iznenadila. Ljudi katkad mogu vidjeti duhove, osobito mala djeca, poput Maisie.

Nekoliko trenutaka držala sam ruku na njezinu čelu, pokušavajući joj prenijeti što je više moguće energije. Zatim je zatvorila oči i izgubila svijest.

Stajalo me golemog napora da odem do bolnice u Kinnearu. Duhovi su vezani uz mjesta na kojima su živjeli i nije im lako otići nekamo drugamo. Pravo rečeno, takvo što gotovo je nemoguće.

No uspjelo mi je. Jadan Jamie, pomislila sam, gledajući ga kako spuštene glave sjedi na stolici u čekaonici i zuri u svoje čvrsto isprepletene prste. I sama sam bila preplavljena strahom i neizvjesnošću. Kad umremo, utonemo u obilje spokoja, no možemo osjetiti bol i strah. Doduše, mnogo blaže i s izvjesnim otklonom, ali ipak.

Odjednom, Eilidhin duh pojavio se na suprotnom zidu, pod stropom. Izgledala je zbunjeno i prestravljeno. Zaustila sam da joj se obratim, ali nisam stigla. Jednako naglo kako se pojavila, nestala je.

Njezina duša vratila se u tijelo. Ima jaku želju za životom, pomislila sam. Očito ne želi umrijeti.

Odlučila sam poći k Maisie. Bilo je već kasno i znala sam da spava. Pošla sam ravno u njezinu sobu, sjela na rub njezina kreveta i pomilovala ju po čelu. Bila je u dubokom snu i nije se ni pomakla. Iscrpljena od putovanja, promatrala sam ju kako spava u blijedom svjetlu noćne lampice u obliku polumjeseca. I tako sve do trenutka kada se njezin otac vratio kući.

Bio je blijed poput krpe. Morag, koja je zadrijemala na sofi, naglo se trgnula kad je ušao.

– Oprosti. Nisam te htio prepasti.

– Sve je u redu, samo sam nakratko zadrijemala.

– Maisie je dobro?

– Da, spava poput anđela. Što je s Eilidh?

– Operirana je i leži na intenzivnoj. Još se nije probudila.

– Sirotica. Hajde, skini jaknu i...

Kad netko ima četvero djece i desetero unučadi, zna što mu je činiti u kriznim situacijama. Za manje od deset minuta Jamie je već mnogo bolje izgledao. Sjedio je u naslonjaču kraj kamina, s toplim sendvičem u lijevoj ruci i šalicom čaja u desnoj.

– Pet je ujutro – rekla je Morag. – Trebao bi poći na spavanje. Moraš se malo odmoriti.

– Nisam siguran da ću moći zaspati.

Malo zatim, Morag je otišla kući. A kad je Jamie ustao u namjeri da pođe na kat, morala sam mu dati do znanja da nije sam.

I zato sam ponovno lagano pomaknula zavjesu. Znala sam da će opaziti.

I jest. Zastao je, pogledom polako okružio sobu pa produžio prema stubama.

Odlučila sam u moru svijesti koje su plovile kroz moju potražiti Eilidhinu. Uronivši u nju, počela sam joj prepričavati vesele događaje iz Jamiejevog i Shoninog djetinjstva. Ubrzo se opustila, misli su joj postale vedrije a strahovi nestali. Tog trenutka znala sam da će preživjeti.

25

SILAZAK

Eilidh

Vidjela sam ih kako sjede u plastičnim stolcima u čekaonici.

Jamie je bio mrtvački blijed. Skrhan. Mojoj majci oči su bile pune suza, ocu također, što je uistinu bilo nevjerojatno za njega. I Shona je bila tamo. Sjedila je u kutu, malo dalje od ostalih. Začudo, nije imala trbuh. Zar je već rodila?

Nisam mogla bistro razmišljati.

Nitko od njih nije me vidio.

No bila sam tamo, tik ispod stropa. Plovila sam iznad njih kao da nemam tijela... *i nemam ga*, odjednom sam shvatila. O, Bože, umrla sam i zato me ne mogu vidjeti. Umrla sam.

U trideset petoj godini, s tugom sam pomislila. Što sam postigla u životu? Ništa. Protratila sam vrijeme očajavajući što nemam djecu, a sada sam mrtva i više ništa ne mogu nadoknaditi.

Svim srcem poželjela sam još jednu šansu. Još samo jednu šansu.

Liječnica je prišla mojima i kratko porazgovarala s njima. Mama je naslonila glavu na rame mog oca i briznula u plač. Zagrlio ju je i počeo ju tješiti, no i sam je izgledao slomljeno. Jamie se nije ni pomakao.

Žao mi je, žao mi je, uporno sam ponavljala, iako sam znala da me ne mogu čuti. Da sam odbila Maisienu molbu da pođemo k Jamieu, to se ne bi dogodilo. Ili, da kolijevka nije bila tamo, da ju je netko kupio, da ju Jamie nikada nije napravio... da nisam izletjela na cestu... da nisam prekasno vidjela automobil, da se nisam poskliznula...

O, Bože, daj mi još jednu šansu, pomislila sam. Još samo jednu šansu.

Shona je podigla glavu i zagledala se u mene. Može me vidjeti, začuđeno sam pomislila. Zaustila je da mi nešto kaže, no odjednom, neka snažna sila povukla me natrag...

Utonula sam u duboko more tame u kojem se ništa nije kretalo, ništa nije ometalo sablasnu tišinu.

No još sam uvijek mogla razmišljati. Dakle, to je to, zaključila sam. Umrla sam.

Jamie

Dan nakon nesreće prošao mi je u košmaru. Ujutro, nakon kratkog nemirnog sna, ustao sam iz postelje i sišao u prizemlje prirediti doručak. Malo zatim, sjeo sam s Maisie za stol i trudeći se prikriti strah i strepnju rekao joj da Eilidh mora ostati u bolnici i da će liječnici za nju učiniti sve što budu mogli. Shvatila je da je situacija ozbiljna i ništa me nije pitala. No po njezinim očima vidjelo se da vjeruje kako će naposljetku sve biti u redu. Najzad, odrasli mogu riješiti svaki problem, zar ne?

Odveo sam ju u školu kao da sam na autopilotu. Noga pred nogu, zagrljaj, poljubac. – Vidimo se, mila – rekao sam, trudeći se ignorirati zabrinute poglede majki koje su dovele djecu u školu. U tako malom mjestu, vijesti o nesrećama brzo se šire. Požurio sam prema parku pa nazvao Simona, Eilidhina oca.

Dovraga.

Mobitel mu je bio isključen. Morat ću čekati da me nazove. Ako me nazove. Zašto bi? Tko sam im ja? Eilidh nije moja žena, niti smo u ikakvoj vezi osim prijateljske. Ako je umrla, tko zna kada ću to saznati? Suze su me zapekle u očima. Preplavljen strahom naslonio sam se na ogradu.

– Jamie...

Bila je to Shona. Čvrsto me zagrlila i potapšala me po ramenima. – Hajde, idemo k Peggy.

Peggyne oči bile su crvene od suza. Izgledala je iscrpljeno, kao da je cijelu noć probdjela.

– Rhona mi je jutros javila da nema promjene. Liječnici kažu da se možda neće probuditi iz kome. Ako se i probudi, ne mogu jamčiti da će s njom biti sve u redu. Navodno se kod moždanih trauma nikad ne zna – rekla je i pogledala Shonu i mene kao da očekuje da joj objasnimo što to zapravo znači.

Shona i ja šutke smo izmijenili poglede.

Po izrazu njezina lica shvatio sam da očajnički pokušava smisliti što bi rekla. Naša bi majka u takvim situacijama imala običaj govoriti da će sve biti u redu. Bila je to mješavina tvrdoglavosti i optimizma, odbijanje suočenja s najgorim mogućim scenarijem. Generacije žena iz našeg sela u teškim životnim trenucima uvijek su tješile jedna drugu govoreći kako će na kraju sve biti dobro. Glavu gore, pristavi čaj, vjeruj i nadaj se najboljem.

Stoga se nisam nimalo iznenadio kad su se Shona i Peggy čvrsto primile za ruke i počele izvoditi isti ritual.

– Nema razloga za brigu. Eilidh je jaka, preživjet će to. Oporavit će se. Sve će biti u redu.

– Znam, Shona. Jasno da hoće. Idem pristaviti čaj...

Bile su poput svjetionika u mračnoj noći. Djelomice utješen, sjeo sam s njima za stol.

Kad je Margaret došla k Peggy, Shona i ja smo se oprostili i pošli kući. Putom nismo prozborili ni riječ.

Poslije, Shona se primila čišćenja već ionako čiste kuhinje. Uvijek je čistila kad bi bila uznemirena – bio je to način na koji se lišavala stresa. Ja sam ga se lišavao tako da sam koracima mjerio sobu. No kad mi je mobitel zazvonio, srce mi se od straha spustilo u pete.

Srećom, bila je to Silke.

– Čula sam da je Eilidh nastradala. Strašno! Kako je?

– Još se nije probudila iz kome.

Na trenutak je zašutjela, a zatim me upitala želim li da dođe k meni.

– Namjeravam poći u bolnicu zamijeniti njezine roditelje. Moraju se malo odmoriti – objasnio sam. – Ne želim da tamo bude sama... – promrmljao sam i pročistio grlo jer pomislio sam da ću se ugušiti. – Ako želiš, možeš poći sa mnom. Bilo bi mi drago. Shona će ostati ovdje s Maisie.

– Naravno. Dođi po mene. Gdje je? U Kinnearu ili u Aberdeenu?

– U Kinnearu. Barem zasad.

– U redu, čekat ću te.

Čim sam završio razgovor, zazvonio je fiksni telefon.

– Jamie, ovdje Simon. Upravo krećemo kod Peggy. Rhona se jako uzrujala, morali su joj dati nešto za smirenje... Peggy mi je rekla da ćeš nas ti rado zamijeniti. Hvala ti na tome.

– Nema na čemu, rado ću učiniti sve što je u mojoj moći. Slobodno idite, doći ću tamo u roku od pola sata.

– Ne bismo to tražili od tebe, ali problem je u tome što njezina sestra ne može doći. Nema joj tko pričuvati djecu. A mislim da Eilidh ne bi željela da pozovemo Toma... zapravo, siguran sam da ne bi. Doduše, još su uvijek u braku... ali vjerojatno znaš kako stoje stvari između njih.

– Da, znam. Što je s Harryjem? Zna li što se dogodilo?

– Nazvat ću ga kad se Eilidh probudi iz kome. Nema smisla da se uzrujava kad ionako ne znamo... zasad je sve po starom. Mislim da je bolje pričekati da se probudi.

– U pravu ste. Bolje je pričekati da se probudi.

Pozdravili smo se i završili razgovor.

Putem do bolnice, Silke i ja jedva da smo prozborili i riječ. Promatrajući predivan, snijegom prekriven krajolik, srce me je zaboljelo od tuge.

Nema promjene.

Narednih nekoliko sati proveli smo sjedeći u čekaonici. Nisu nam dopustili da vidimo Eilidh.

Vratio sam se kući u vrijeme kad je Maisie trebala poći na spavanje. Morao sam se potruditi održati privid da je sve u redu. Shona je rekla da će kod mene ostati do subote. Fraiser je uzeo nekoliko slobodnih dana, kako bi ona mogla doći k meni. Bio sam iskreno ganut njihovom pažnjom.

Eilidhini roditelji i ja nastavili smo naizmjenično dežurati u bolnici. Sati provedeni u čekaonici ostali su mi u mutnom sjećanju, jedino što mi se usjeklo u pamćenje bio je trenutak kad su Eilidh skinuli s aparata za disanje. Tada su nam napokon dopustili da ju vidimo. Mirno je ležala na postelji i bila je vrlo blijeda, a na desnoj strani glave imala je veliku modricu. Izgledala je beživotno, poput morske trave na obali koju valovi ljuljaju amo-tamo. Ipak, barem je počela samostalno disati. To nam je pružilo nadu da će naposljetku sve biti dobro.

Većinu vremena, koje sam proveo u čekaonici, razmišljao sam o njoj – a tamo sam doista proveo mnogo vremena. Prisjetio sam se kako je izgledala kad je s Maisie ušla u radionicu. Obrazi su joj bili rumeni, oči joj se caklile. Bila je vedra i nasmijana, puna života. Nisam mogao shvatiti što ju je spopalo da odjednom izjuri na cestu.

Rekli su nam kako nema smisla da satima sjedimo tamo i da će nam javiti bude li kakve promjene, no nismo odustali. Željeli smo da netko od nas bude tamo kad se probudi.

– Kako se to dogodilo? – upitao me Simon. Lice mu je bilo pepeljasto i izgledao je prilično umorno.

– Bili smo u mojoj radionici. Ja sam razgovarao s Maisie, a Eilidh je razgledavala moje radove. Odjednom je ustuknula kao da je ugledala duha i prije nego što sam se snašao, izletjela je na ulicu.

– Zvuči kao da ju je nešto prepalo.

– Ako i jest, ne znam što. Sve se dogodilo u tren oka. Prije nego što sam stigao poći za njom, začuo sam kočenje i...

– Jesi li možda rekao nešto što ju je uznemirilo? – nestrpljivo je upitao. Mogao sam to razumjeti. Očajnički mu je trebao razlog.

– Ne, *nisam* – odlučno sam odvratio. – Razgovarao sam s Maisie o crtežu koji mi je došla pokazati. Ako mislite da je to moja krivica, varate se.

– Ne, naravno da ne. Oprosti, nisam te želio uvrijediti. Samo pokušavam shvatiti... a ne uspijeva mi. Stekao sam dojam da se mnogo bolje osjeća. U zadnje vrijeme, kad god smo se čuli, zvučala je dobro... kao da se potpuno oporavila. Ne mogu vjerovati...

– Zaboga, o čemu govorite? – zaprepašteno sam upitao. – Želite li reći da se htjela ubiti? Jer ako je to ono što mislite, vraški ste u krivu – oštro sam prošaputao jer bili smo u bolnici. Da nismo, vjerojatno bih urlao. – Eilidh nije kukavica i ne bježi od života. Nemate pojma o njoj... uopće ju ne poznajete, u protivnom vam takvo što ne bi nikada palo na pamet. Snažna je i sposobna suočiti se s bilo čime.

– Uopće ju ne poznajem? Ja sam joj otac, jasno da ju poznajem u dušu.

– Snažna je i sposobna riješiti svaki problem – ustrajao sam.

Nakon tog razgovora, otišao sam u radionicu. Ne da bih radio, jer nisam mogao raditi dok ona leži u bolnici, nego u nadi da ću pronaći odgovore na pitanja koja su i mene mučila.

Krenuo sam njezinim stopama, počevši od pisaćeg stola. Želio sam vidjeti stvari na način kako ih je ona vidjela. Pogledom sam polako okružio skulpture, kao što je i ona učinila pa prošao kraj police s nakitom i produžio otraga, gdje su stajali veći predmeti od kovanog željeza.

Odjednom, stao sam kao ukopan. Kolijevka.

Uvijek sam u radionici držao jednu od njih, kao izložbeni primjerak. Bio je to jedan od mojih vrlo popularnih radova, neprestano su mi stizale narudžbe za kolijevke poput te.

Je li se možda uzrujala kad ju je vidjela? Prisjetio sam se da mi je pričala kako je njezin muž, netom prije nego što je izgubila dijete, smjestio kolijevku u dječju sobu. Smatrala je to lošim predznakom, no nije htjela ispasti praznovjerna pa je šutke prešla preko toga. Rekla je i da je Tom tu kolijevku dobio od svog najboljeg prijatelja i da je doista bila krasna.

Pošao sam kući pregledati poslovne knjige. Znao sam da će mi trud biti uzaludan ako je kolijevka kupljena u nekoj od trgovina umjetnina diljem zemlje, no vrijedilo je pokušati. Jer, ako ju je netko naručio izravno od mene, ostat će trag o isporuci.

U zadnje tri godine napravio sam nekoliko tuceta takvih kolijevki... i da, jedna od njih bila je isporučena u Southport, dr. Ianu Pearceu. Možda...

Možda.

Jedini način da potvrdim svoje sumnje, bio je da s Eilidh porazgovaram o tome. No takvo što nisam mogao učiniti. Bila je to previše osjetljiva tema. Kako god bilo, nisam više mogao gledati tu kolijevku. Utrpao sam ju u automobil i odvezao u Oxfam u Kinnearu.

Nakon četiri, poput vječnosti duga dana, Eilidh je otvorila oči.

Eilidh

Sjećam se trenutka kad sam izronila iz mračnih, sablasno tihih i hladnih dubina. Bilo je to kao da sam se odjednom našla u toplom i sigurnom plićaku. Sjećam se i sna koji sam tada sanjala – o ženi i djetetu, koji sam jednom već usnula. No ovoga puta, bio je ispunjen s mnogo više pojedinosti.

Klečala sam na podu, u smeđoj suknji i bež čarapama, onakvima kakve su tada bile u modi. Soba je bila preplavljena sunčanim svjetlom, sićušna zrnca prašine titrala su mi pred očima. S druge strane prozora, u daljini, nazirali su se zeleni brežuljci Glen Avicha. Na sofi, lijevo od mene, sjedili su muškarac i žena. Raširila sam ruke kako bih prihvatila malenog dječaka koji je tek prohodao i jako se trudio bez ičije pomoći dogegati se do mene. Uspio je. Čim sam ga podigla u naručje, počeo je veselo gugutati. S osmijehom na usnama, pogledala sam par na sofi. Bili su to lady i lord Ramsay. Uzvratili su mi osmijeh i pohvalili dječaka. Odjednom, shvatila sam tko sam. Elizabeth. Dijete u mojem naručju bio je Jamie. Čvrsto sam ga privila uz sebe i poželjela da taj san nikada ne završi. No počeo je blijedjeti i ubrzo nestao. Polako sam otvorila oči i zagledala se u bijeli strop pa pogledom okružila prostoriju. Zeleni zidovi, bolnička oprema. Dakle, nisam mrtva. Ležim u bolnici.

26

DAN POSLIJE BUĐENJA

Jamie

Bila je blijeda, gotovo prozirna, poput bisera. Ali prekrasna. Jest, unatoč kratko podšišanoj kosi i modricama na licu, bila je prekrasna. Jer bila je živa. Ležala je u krevetu podignutog uzglavlja, a Rhona je sjedila do nje. Još je uvijek primala infuziju, no riješila se cjevčica u nosu i maske za kisik.

Osmjehnuo sam joj se, istodobno sretno i tužno pa sjeo na rub kreveta. Poželio sam ju pomilovati po ruci, ali djelovala je tako krhko da se nisam usudio ni dotaknuti ju.

– Jamie... – tiho je prozborila i uzvratila mi osmijeh.

– Probudila si se.

Želio sam dodati "mila", ali ustručavao sam se to reći pred njezinom majkom.

– Da. Mislila sam da sam mrtva.

– Bogu hvala, nisi – rekao sam i posegnuo za njezinom rukom, no u pola sam se pokreta predomislio i pomilovao ju po nadlanici. Primila me za ruku i zadržala ju u svojoj.

– Uplašio sam se da ću te izgubiti – prošaputao sam i vrhovima prstiju pomilovao ju po obrazu.

Kratko se namrštila kao da se pokušava nečega prisjetiti. – Je li Shona rodila? – upitala je.

O, Bože, pomislio sam. Što ako pati od djelomične amnezije? Iskreno sam se ponadao da je samo zbunjena. Jer ako nije, onda stvari stoje mnogo lošije nego što se čini.

– Ne, rodit će tek u svibnju.

– Da, bilo bi prerano... tek smo u veljači – polako je izgovorila.

Bogu hvala, pomislio sam. Ipak je samo bunovna. Pribrat će se i sve će biti u redu.

– Ipak, kad je s vama sjedila u čekaonici, nije imala trbuh – nastavila je.

Odmahnuo sam glavom. – Eilidh, Shona nijednom nije došla u bolnicu. A i da jest, ne bi ju mogla vidjeti. Bila si u komi.

– Ali jest, bila je tu. Vidjela sam ju. Bila je kraj mene i dok sam ležala na cesti.

– Ne, nije. Došla je u Glen Avich dan nakon nesreće. U vrijeme kad si nastradala, bila je kod kuće, u Aberdeenu.

– Ali, vidjela sam ju. Klečala je na cesti kraj mene i držala mi ruku na čelu.

Odustao sam od daljnjeg razuvjeravanja. – Doći će ti u posjet čim se malo oporaviš.

– Kažem ti, Jamie, bila je tu – ustrajala je. – Vidjela sam ju.

– Idi i pusti ju da se odmori – rekla je Rhona. – Vidiš da je smetena.

– Ne – pobunila se Eilidh. – Ostani još malo.

– Naravno, koliko god želiš.

Sve je to posljedica nesreće, pomislio sam. Shona u čekaonici? Bez trbuha? Naravno da su to samo tlapnje. Bunovna je i to sve.

– Nemoj ići – tiho je izgovorila i zatvorila oči. Djelovala je umorno, mnogo umornije nego minutu prije.

– Ne brini, tu sam – odvratio sam. Nikada ne bih mogao otići od tebe, pomislio sam.

– Ali uskoro ćeš otići... u Australiju – naglo je izgovorila i otvorila oči.

– Nemoj se time sada zamarati.

– Sve je u redu, Eilidh, tvoj tata i ja pobrinut ćemo se za tebe – rekla je Rhona.

Nije se obazirala na nju. – Kad odlaziš? – upitala je, zagledavši se u mene pogledom punim straha.

– Sljedećeg mjeseca, ali...

– Nemoj ići. Ostani sa mnom.

– Zaboga, Eilidh, urazumi se. Ne možeš to tražiti od njega – rekla je Rhona.

– Ali to je ono što želim – odvratila je i svrnula pogled na mene. – Molim te, ostani sa mnom.

Na trenutak sam ostao bez riječi. Prvo, to ni u snu nisam očekivao, a drugo, Rhona mi je uputila pogled koji bi svakome zavezao usta.

– Zaboga, Eilidh, ne može otkazati putovanje samo zato što se tebi tako prohtjelo – odbrusila je i ponovno me ošinula pogledom. – Ne okreće se svijet samo oko tebe.

U nevjerici sam odmahnuo glavom. Čak i u ovakvoj situaciji nije se mogla suzdržati, a da ju ne podbode. No Eilidh se nije obazirala na nju. I dalje je gledala u mene. Ispod njezine ranjivosti skrivala se velika snaga.

– Naravno da ću ostati s tobom, Eilidh – odlučno sam izgovorio. – Večeras ću nazvati Emily i otkazati turneju. Ne brini, ostat ću uz tebe i učiniti sve što je u mojoj moći da što prije ozdraviš.

Kratko je kimnula, stisnula mi ruku i zatvorila oči.

– Što je to trebalo značiti? – ljutito me upitala Rhona čim smo izašli iz bolnice. Dotad se nekim čudom uspjela suzdržati. – Eilidh nije sama na svijetu. Ima *nas*. Jasno da ćemo se *mi* pobrinuti za nju. Ne razumijem otkud ti pravo da...

– Nisam vas želio uvrijediti. Ako Eilidh želi da ostanem...

– Glupost. Tek se probudila iz kome, ne zna što govori.

– Mislim da zna. Želi da ostanem s njom. Dvaput je to ponovila.

– Imaš odgovor na sve, zar ne? Isti si kao i tvoja sestra. Uvijek se ponaša kao da je popila svu pamet ovoga svijeta. No slušaj me dobro. Išao ti u Australiju ili ne, Eilidh ide s nama u Southport. Njezin otac i ja pobrinut ćemo se da dobije najbolju moguću njegu i da što prije stane na noge.

– Rekao bih da to ipak ovisi o njoj. Ako ne želi ići s vama, ne možete ju prisiliti – ljutito sam odvratio.

– Snizi ton. Otkud ti pravo da se dereš na mene? Ići će s nama jer nema drugog izbora. Tko će ju njegovati? Ne valjda Peggy?

– Ja ću se pobrinuti za to.

– Ne govori gluposti – zaurlala je. – Potrebna joj je stručna pomoć. Medicinska sestra ili njegovateljica. Je li ti jasno da se nakon izlaska iz bolnice neće moći ni presvući bez tuđe pomoći, a kamoli oprati?

– Da, znam. Nisam ju namjeravao prati i presvlačiti. Unajmit ću njegovateljicu.

– A tko će ju plaćati? Eilidh nema novca, a ne želi ništa uzeti od Toma. Očekuješ li možda da joj mi plaćamo njegovateljicu? Ako odluči ostati ovdje, to se neće dogoditi.

– Naravno da to ne očekujem od vas. Ne brinite, mogu joj platiti njegovateljicu.

– Kako da ne – ironično je odvratila. – Očito nemaš pojma koliko to košta.

– Briga me. Imam dovoljno novca.

Na trenutak je zašutjela i začuđeno se zagledala u mene.

– Nije važno. Ipak će ići s nama – ustrajala je.

– Iskreno sumnjam u to – odbrusio sam i produžio prema automobilu, prepustivši joj da zuri za mnom.

– Očito misli da će tako biti najbolje za nju.

– Ne, Shona, ne radi se o tome. Kažem ti, za nju je to misija. Mora pod bilo koju cijenu provesti što je naumila.

– Urazumi se, Jamie. Što ti je? Inače nisi takav. Pogrešno si ju razumio, pruži joj šansu.

– Trebala si ju čuti i vidjeti pa ne bi tako mislila.

– Nije važno kako se ponijela prema tebi. Nego što je najbolje za Eilidh.

– Tako je. Ali to nije najbolje za nju. Želi ju ščepati u svoje kandže. Živu će ju požderati.

– Zaboga, Jamie, govorimo o Rhoni Lawson, ne o nekom čudovištu. Toliko loša ipak nije.

– Jedino što želim jest da Eilidh sama odluči hoće li ostati ili ići s njima.

– Da, znam. Ne brini, sve će biti u redu. Moram ići potjerati cure na spavanje. Nazvat ću te sutra. Samo još jedna sitnica...

– Da?

– Drago mi je što ostaješ.

Završivši razgovor s njom, sjeo sam na sofu i prepustio se vlastitim mislima. Bio sam prilično uzrujan i zabrinut, no istodobno sretan. Eilidh je prebrodila krizu. Živa je i neće imati trajnih posljedica. Tako su barem liječnici rekli. Uz sve to, želi me uz sebe.

Želi me uz sebe! Morao sam to proslaviti. I zato sam ustao i natočio si čašu soka. No to jednostavno nije izgledalo kako treba.

Nisam to mogao proslaviti čašom soka. Morat ću popiti nešto konkretno, najzad sam zaključio. Ne napiti se, nego samo popiti čašicu žestice.

Pošao sam u kuhinju iskopati iz ormarića svoje skriveno blago, bocu dvadeset pet godina starog Lagavullina. Gutljaj tog pića godio je osjetilima poput dugog, sporog, vatrenog poljupca. Vatra i vjetar, treset i more, sve u jednom.

Vatra je gorjela u kaminu, prigušeno svjetlo stolnih lampi meko se razlijevalo boravkom. Sve što se moglo čuti bilo je hučanje vjetra s druge strane prozora i povremeno pucketanje cjepanica u kaminu.

Srknuo sam gutljaj pića i s užitkom zatvorio oči.

Netko je pokucao na vrata.

O, ne, pomislio sam. Te večeri nije mi bilo do kraćenja vremena ni s kime.

Srećom, bila je to Silke, a ona mi nikad nije bila naporna.

– Jesi li dobro? U prolazu sam, svratila sam te samo pozdraviti.

– Nisi se mogla pojaviti u bolji trenutak. Upravo sam otvorio bocu odličnog viskija. Moraš ga probati. Uđi i raskomoti se. Moram ti ispričati...

Pijuckajući viski, ispričao sam joj kako me Eilidh zamolila da ostanem i kako je njezina majka reagirala na to. – Ipak, nadam se da će Eilidh radije ostati kod Peggy – naposljetku sam rekao. – Bude li tako, namjeravam joj pronaći njegovateljicu.

– Mogao bi pitati Fionu.

– Misliš?

– Zašto ne? Najzad, medicinska je sestra. Ponudili su joj posao u Londonu, ali nije htjela otići tako daleko od mene. Zatim je došla u Glen Avich kako bi njegovala Mary. Ne znam je li se u međuvremenu zaposlila, otkad smo prekinule, nismo se ni čule ni vidjele – rekla je i zagledala se u čašu.

– I ne bi ti smetalo kad bi ponovno došla ovamo?

– Ni najmanje. Rado bih ju vidjela. Nemaš pojma koliko mi nedostaje... o, da, doista bih ju voljela vidjeti. Stvar je u tome što...

Nastavili smo razgovarati do dva ujutro. Ja sam popio čašicu viskija, ona dvije, a nakon toga pili smo čaj s mlijekom. Nisam želio riskirati. Jer alkohol ubija polako, ali sigurno, s osmijehom na licu. Istina, pruža nam užitak, ali dokad?

Nisam mu namjeravao dopustiti da ovlada mnome.

Elizabeth

Neobično je promatrati osobu čija je sjena ostala zarobljena u bolnom trenutku. To je kao da promatraš blizance. Otkad sam umrla, vidjela sam mnogo čudnih stvari i za većinu njih ne mogu pronaći riječi kojima bih ih objasnila.

Katkad su te situacije prilično komične. Primjerice, s podvojenom Fionom. Jedna od njih sjedila je na krevetu i ronila suze nakon prekida sa Silke, a druga je sjedila do nje, s mobitelom u ruci.

– Da, čula sam. Bogu hvala. Ne, nisam još ništa pronašla, zasad samo pomažem mami u salonu. Da, naravno da bih mogla. Ne, nemam ništa protiv da stanujem kod Peggy. Dapače, to je odlično rješenje. Mnogo ti hvala. Javi mi kad Eilidh izađe iz bolnice. I, molim te, poruči Silke da sam joj zahvalna što me preporučila, to je doista lijepo od nje. Ah, Jamie, naravno da imam njezin broj, ali... Da? Zbilja misliš da bi to htjela čuti od mene? Siguran si? Ako je tako, nazvat ću ju. Hvala ti još jednom.

Jedna Fiona ronila je suze, druga se smiješila...

27

KARTE NA STOL

Jamie

Uslijedio je sastanak zavađenih strana. Našli smo se na neutralnom terenu, u Peggynoj kući.

Prošlo je deset dana otkad se Eilidh probudila iz kome. Dobro se osjećala i liječnici su rekli da će uskoro moći izaći iz bolnice.

No kamo će poći? Njezini roditelji nisu odustajali od namjere da ju odvedu u Southport. Ona je željela ostati kod Peggy, što je, dakako, bila i moja želja. I dalje sam smatrao da bi to bilo najbolje za nju.

Sjeli smo u Peggyn dnevni boravak. Peggy nas je poslužila čajem i kolačićima, ali nikome nije palo na pamet da kuša išta od tog. Najzad, nismo došli na čajanku.

– Nemamo o čem razgovarati. Pitali ste ju i rekla je da ostaje. Odrasla je osoba, sposobna odlučivati što će sa sobom – rekao sam.

– Jamie, molim te, pokušaj razumjeti – odvratio je Simon. – Zamalo je umrla. Trebala bi se s nama vratiti kući. Obitelj je obitelj i u takvim trenucima ...

– A Peggy nije članica vaše obitelji? Naravno da jest. Usto, Eilidh ovo mjesto smatra svojim domom.

– Kakve li gluposti – povikala je Rhona. – Dom joj je u Southportu. Došla je ovamo kako bi se oporavila od sloma živaca.

– Došla je ovamo u namjeri da izgradi nov život. I uspjela je.

– Gle, Jamie – pomirljivo je započeo Simon. – Radi se samo o tome što je ovoga trenutka najbolje za nju. A gdje joj može biti bolje nego s roditeljima? Mi ćemo se zacijelo bolje pobrinuti za nju nego slabašna žena u godinama i...

Peggy je ogorčeno otpuhnula.

– I netko koga uopće ne poznajemo.

– Obitelj vaše žene poznaje me od rođenja.

– Nisam mislio na tebe. Nego na onu curu koju namjeravaš zaposliti kao njegovateljicu... Fionu? No kad smo već kod toga, tko si joj ti? Nitko i ništa. Samo prijatelj. Ili možda njezin nov dečko? – ironično je upitao.

Zbogom uljudnosti, pomislio sam. – Ne, nisam njezin dečko. Ali u djetinjstvu smo bili dobri prijatelji, a tako je i sada. Ako joj ikako mogu pomoći...

– Dosta! NI RIJEČ VIŠE!

Peggy? Tko bi to očekivao od nje?

– Ovo je moja kuća! Ako se namjeravate svađati, činite to gdje god vas volja. Pod mojim krovom ponašat ćete se kako se pristoji. Jeste li razumjeli? – upitala je i pošla otvoriti vrata jer netko je u međuvremenu pozvonio.

Čim je izašla, Rhona je nastavila po starom.

– Ako misliš da se možeš nositi s tim, ljuto se varaš. Dovraga, bila je u bolnici zbog sloma živaca! A sada se bacila pod automobil. Zar ti nije jasno da nije sposobna donositi odluke koje se tiču njezine budućnosti? Ići će s nama u Southport, htjela to ona ili ne. Svaki doktor rekao bi ti da smo u pravu.

– Bacila se pod automobil? Zaboga, o čem trabunjate? – ljutito sam upitao.

Visok plavokos muškarac ušao je u sobu.

– Tome, što radiš tu? – zgranuto je uzviknula Rhona.

– Peggy mi je upravo rekla da je Eilidh nastradala. Zaboga, zašto mi to nitko nije javio?

– Zašto bismo ti javili? Godinama si ju varao! Ne tiče te se što se događa s njom, niti bi te se trebalo ticati – vrisnula je Rhona.

– Bi li mi netko napokon rekao što se dogodilo? – ustrajao je.

– Udario ju je automobil – rekao je Simon.

– O, Bože. Kako je?

– Sada je već dobro. Uskoro će izaći iz bolnice.

– U kojoj je bolnici? Posjetit ću ju.

– Samo preko mene mrtve – prosiktala je Rhona. – Još bi joj samo trebalo da se uzruja kad te vidi. Preslaba je za takvo što.

– *Dogovorili* smo se da dođem ovamo... kako bismo porazgovarali o razvodu – rekao je i sjeo u naslonjač. Peggy mu je hitro gurnula čašu viskija u ruku. Bio je blijed i ruke su mu podrhtavale, no zvučao je začuđujuće staloženo.

– Razgovarat ćete o tom kad se oporavi – rekao je Simon. – Sada doista nije trenutak za takve razgovore.

– Razumijem. Ipak, volio bih ju vidjeti.

– *Ne možeš* ju vidjeti – odbrusila je Rhona pa svrnula pogled na mene. – A *ti* si utuvi u glavu da će ići s nama u Southport.

– Rhona, nije na tebi da odlučuješ o tome koga će Eilidh vidjeti ili gdje će biti kad izađe iz bolnice – blago ju je podsjetila Peggy.

Svi su zašutjeli.

– Ali, ona nije sposobna za donošenje odluka – nastavila je Rhona. – Nema doktora koji će reći da jest. Potreban joj je konstantan nadzor i...

– Što? – zapanjeno je upitao Tom. – Eilidh je savršeno sposobna za donošenje odluka. Kad smo se čuli, zvučala je vrlo prisebno... poput osobe koja točno zna što želi, a što ne. A želi krenuti dalje sa svojim životom. Varaš se ako misliš da joj je potreban ikakav nadzor.

– Ma nemoj? Zašto se onda bacila pod automobil?

– Nije se bacila pod automobil – rekao sam, što sam mirnije mogao. – Bio je to nesretan slučaj. Automobil se nije stigao na vrijeme zaustaviti jer je cesta bila skliska od snijega i...

– Meni nije zvučala poput osobe koja razmišlja o samoubojstvu – rekao je Tom. Imao je vrlo ugodan glas, miran i autoritativan. – Dapače, stekao sam dojam da je vrlo optimistična po pitanju svoje budućnosti. I zato vjerujem kad kažete da se radilo o nesreći – dodao je i izazovno me pogledao ravno u oči.

Dakle, zbrojio je dva i dva, pomislio sam.

Nekoliko trenutaka šutke smo se promatrali poput dvaju ovnova na brvnu, pa uvukli rogove i pogledali u stranu. Nije bilo vrijeme za nadmetanje.

– Glupost. Ići će s nama. Razgovarat ćemo s doktorom, no sigurna sam da će reći da nije pri sebi.

– Ja sam *doktor*, Rhona – podsjetio ju je Tom. – I odgovorno tvrdim da je pri zdravoj pameti i da može odlučivati kamo će ići i što će raditi. Znajući tebe, a smatram da te dovoljno dobro poznajem, rekao bih da ti scenarij o suicidu savršeno odgovara kako bi provela svoju volju.

Nastupila je mrtva tišina.

– Ne bih nikad pomislila da ćeš držati stranu njezinu *dečku*.

Tom se kratko trgnuo. – Zapravo, na njezinoj sam strani. Dovoljno sam ju povrijedio i želim joj pomoći. I zato ću ju posjetiti u bolnici, a ona će sama odlučiti želi li me vidjeti ili ne. Usput ću ju upitati želi li s vama poći u Southoprt, a kaže li da ne želi, pomirit ćete se s tim.

Nitko nije rekao ni riječ.

– Hvala na piću, Peggy – rekao je i ustao. – Ne moraš me ispratiti – dodao je i izašao.

O, Bože, pomislio sam. Što ako Eilidh shvati da ga još uvijek voli? Što ako se predomisli u svezi razvoda?

Hitro sam ustao, zahvalio se Peggy na čaju koji nisam popio i izašao iz kuće, dalje od Lawsona i njihovih ratnih igara.

Eilidh

Jedva sam čekala da ga vidim. Napokon sam bila spremna suočiti se s prošlošću i riješiti se gomile tuge i jada koju sam godinama skupljala u sebi. Znala sam da ću na njegovu licu vidjeti bol i tugu kad mu kažem da je gotovo, no i s tim sam se bila spremna suočiti. Bio je to jedini način da krenem dalje sa svojim životom.

Ljudi su se čudili što se ne ljutim na njega. No bol zbog gubitka djeteta bila je toliko jaka da nisam marila ni za što drugo. I zato sam prema njemu bila posve ravnodušna. Zapravo, prema svemu.

One večeri kad sam se pojavila pred vratima Peggyne kuće, bila sam toliko slaba da sam jedva stajala na nogama. U Southportu, bilo mi je teško i disati, a kamoli ustati iz postelje, odjenuti se i prisiliti se da išta stavim u usta. No od dolaska u Glen Avich, to se postupno počelo mijenjati. Malo po malo, uspjela sam se oporaviti. S voljom za životom, nestalo je ravnodušnosti. Počela sam se veseliti, ali i ljutiti. I tek tada sam shvatila da sam ljuta na njega. Ne zato što je povrijedio moje osjećaje – već ga odavno nisam voljela, nego zato što sam se osjećala poniženom. No nisam bila ljuta samo na njega. Ljutila sam se i na sebe, što sam se tako dugo pretvarala da ne znam da ima ljubavnicu, i to samo zato da bih mogla nastaviti s umjetnom oplodnjom.

Ipak, kad sam ga ugledala, sva je moja ljutnja ishlapjela. Bio je to Tom, dobar i pažljiv muškarac za kojeg sam se udala. Vidjevši kako me zabrinuto promatra, nisam se više mogla ljutiti na njega. Sjeo je na postelju i primio me za ruke, kao da se ništa nije dogodilo, kao da me nikada nije povrijedio.

Na vlastito iznenađenje, nisam izvukla ruke iz njegovih.

– Kako si? Saznao sam da si u bolnici tek kad sam došao k Peggy... nitko mi nije javio da si nastradala. Zvao sam te na mobitel, ali bio je isključen.

– Drago mi je da si došao.

– Doista?

Kimnula sam.

– Draga, osjećam se kao da sam se probudio iz noćne more. Sve se promijenilo. Odlučio sam dovesti svoj život u red. Prekinuo sam s njom... i odlučio sam manje vremena provoditi na poslu. Znam da sam te jako zapostavio. Vjeruj mi, to će se promijeniti, spreman sam ti pružiti...

– Tome, sjećaš li se one kolijevke?

– Kolijevke? One koju mi je Ian poklonio?

– Da. Načinjena je ovdje. U Glen Avichu.

– Doista? Kakve li slučajnosti... zbilja neobično. Nisam to znao, Ian mi nije govorio o tome gdje su ju...

– Vidjela sam istu takvu u Jamiejevoj radionici. Bilo je to poput povratka u noćnu moru. Tog trenutka sve mi se vratilo i... istrčala sam na ulicu. Kad sam vidjela automobil, bilo je prekasno... skočila sam u stranu, ali poskliznula sam se na snijegu...

– O, jadnice – suosjećajno je rekao i nježno mi odmaknuo pramen kose s čela. Srce me zaboljelo zbog te male pažnje. Uvijek je bio pažljiv.

– Tvoja majka misli da si se htjela ubiti.

– Što? Mora da je poludjela. Nikada to ne bih učinila – zaprepašteno sam odvratila i odmah potom upitala se čemu se čudim. To sam mogla i očekivati. Bila joj je to odlična prilika za preuzimanje kontrole. U biti, dobila ju je na tanjuru. Jasno da ju je iskoristila. Zacijelo svima govori da sam labilna i da mi je nužan danonoćan nadzor. Bila sam toliko ljuta da nisam mogla govoriti.

– Znam, znam. Ne brini, nitko ju ne shvaća ozbiljno. Sada je jedino važno da se oporaviš, a čim staneš na noge, otputovat ćemo na neko lijepo mjesto... kamo god želiš.

Izvukla sam ruke iz njegovih. – Oh, Tome, ne... žao mi je, ali ništa se nije promijenilo. I dalje želim razvod. Ne možemo...

– Zašto ne bismo mogli? Znam da si željela sa mnom razgovarati o razvodu, ali nakon svega što se dogodilo...

– Tome, molim te... – tiho sam prozborila i odmahnula glavom. Na dug trenutak zagledao mi se u oči, kao da pokušava prodrijeti do dna moje duše.

– Je li to zbog Jamiea? Nisi ravnodušna prema njemu, zar ne?

Srce mi je na trenutak prestalo kucati. – Ne, nisam – priznala sam, svjesna da sam to po prvi put glasno izgovorila. – Ali, ne, to nije zbog njega. Između tebe i mene puklo je davno prije nego što se Jamie pojavio u mojem životu.

– Da... nakon *onih* devet dana.

– Oprosti, ne razumijem o čem govoriš.

– Jednom se dogodilo da sa mnom nisi razgovarala punih devet dana. A čak i nismo bili u svađi. Bilo je to prije nego što sam pronašao ljubavnicu. Svi ti neuspjeli pokušaji da zatrudniš izjedali su te iznutra. Živjeli smo pod istim krovom poput dvoje stranaca. Devet dana nisi sa mnom razgovarala, osim što si mi poželjela dobro jutro i laku noć, ili me upitala jesam li za šalicu čaja. Devet dana, Eilidh. Brojao sam. Deveti dan uvečer, prije spavanja, kratko smo porazgovarali o nekim popravcima u kući i to je bilo sve.

– O, moj Bože. Tome, nemaš pojma koliko mi je žao...

– Iskreno rečeno, i treba ti biti. Zato jer si ti jednako kriva za propast našeg braka, kao i ja. Molim te, nemoj misliti da ti predbacujem. Samo navodim činjenice. Doista te volim i kad bih se mogao vratiti u prošlost... Ali, ni ti ni ja ne možemo se vratiti u prošlost i ispraviti pogreške koje smo učinili. I ti si mene ranila, kao i ja tebe, nemoj misliti da nisi. Zajedničkim snagama uništili smo naš brak. A zbog čega?

Duboko sam uzdahnula. – Prije par mjeseci vidjela sam jedan ljubavni par... način na koji su gledali jedno drugo... ah, to me natjeralo na razmišljanje. Shvatila sam da ti mene nisi nikada tako gledao. Ni ja tebe. Ne znam što je bilo između nas, ali nije se radilo o pravoj, dubokoj ljubavi.

Zapanjeno se zagledao u mene. Znala sam da sam ga duboko povrijedila i da s tc točke više nema povratka.

– U krivu si, barem ako se radi o meni – rekao je pa ustao i nadlanicama otro suzne oči. I meni su se suze počele slijevati niz obraze. Pustila sam ih neka teku. Naš brak zaslužio je barem toliko. Trebalo ga je oplakati. Bio je to jedini način da mirne duše krenem dalje.

– Razgovarat ću s tvojim roditeljima i potruditi se uvjeriti ih da prestanu vršiti pritisak na tebe. Znam da želiš ostati kod Peggy. Pobrinut ću se da poštuju tvoju odluku – rekao je i uputio se prema vratima.

– Čekaj – u dahu sam izgovorila. Zar će me *tek tako* ostaviti? Ne možemo se *ovako* rastati.

– Zašto? – tiho je upitao. – Rekli smo sve što smo imali.

– Tome...

Vratio se i čvrsto mi stisnuo ruke. – Ne brini, neću ti praviti problema oko razvoda. Čim se vratim kući, pokrenut ću parnicu.

– Ne, ne radi se o tome... nego... ne možeš tek tako otići i...

– Molim te, Eilidh, prestani mučiti i sebe i mene – rekao je pa ustao i ponovno se uputio prema vratima. Osjećala sam se osakaćenom, kao da je sa sobom odnio dio mene.

– Hvala ti – prošaputala sam, trenutak prije nego što je za sobom zatvorio vrata. Nisam sigurna da me je čuo.

28

NEIZGOVORENE RIJEČI

Fiona

Eilidh je sjedila na sofi u Peggynoj kući, pijuckala čaj i pisala mail prijateljima. Izgledala je prilično vedro za nekoga tko je nedavno doživio nesreću koja je mogla imati fatalne posljedice.

To je zacijelo zbog Jamiea, pomislila sam. Između njih postojala je velika privlačnost i, ma koliko se trudili, nisu ju mogli prikriti. Iskreno sam se nadala da će uskoro prestati s toplo-hladnim igricama.

Ipak, izgledala je sretno i kad on nije bio u blizini.

– Eilidh, mogu li te nešto pitati?

– Naravno – odvratila je i pogledala me u oči. Ima prekrasne plave oči, bistre poput planinskog potoka. Nije ni čudo što se Jamie zaljubio u nju. Doista je lijepa, pomislila sam. No to je ona vrsta ljepote koja zapravo više izvire iznutra. Silke bi to vjerojatno nazvala duševnom ljepotom. Uvijek je umjela pronaći pravu riječ za sve.

– Izgledaš... – započela sam pa u nedoumici slegnula ramenima. – Hm, pomalo čudno, kao da ta nesreća nije na tebi ostavila nikakav trag.

Osmjehnula se. Kad god bi se osmjehnula, izgledala je poput male djevojčice.

– Zapravo, upravo suprotno – rekla je i poklopila laptop. – Ostavila je traga na meni. O, da. No ne onako kako bi se možda očekivalo.

Šutke sam pričekala da nastavi.

– Godinama sam bila nesretna iz ovog ili onog razloga... znaš već, zbog odnosa s mužem, roditeljima, sestrom ili zato što nemam djecu i tako dalje, i tako dalje... No dok sam ležala u bolnici, u jednom trenutku pomislila sam da sam umrla. Teško je to objasniti jer mogla sam razmišljati, a ipak sam bila sigurna da sam mrtva. A onda sam se probudila iz kome i... – rekla je i rukom pokazala prema prozoru kao da želi reći da je postala svjesna svijeta oko sebe. – Osjećala sam se kao da mi je poklonjena još jedna šansa. Ne mogu ti opisati koliko sam bila sretna zbog toga.

Podigla je noge na sofu, obujmila ih rukama i kratko se trgnula od bola. Otkad se vratila iz bolnice, prilično se oporavila, no povremeno je još uvijek trpjela bolove. Znala sam to jer stalno sam bila uz nju, i danju i noću.

– Naravno, mnogo toga mogu zahvaliti i Jamieu – s osmijehom je dodala.

Porumenjela sam. Uvijek mi je neugodno razgovarati o ljubavnim stvarima. Znam da bih se trebala prestati ponašati poput sramežljive tinejdžerice, ali ne mogu si pomoći.

Naravno da je to opazila. – A što je s tobom? – upitala je i nestašno se osmjehnula. – Viđaš li se s kim?

Naravno, znala je da sam bila u vezi sa Silke. Svi Silkeini prijatelji to su znali. Moja očajnička želja da našu vezu zadržimo u tajnosti nije se ostvarila. Zato smo i prekinule, jer Silke se više nije željela sa mnom potajice viđati.

Doduše, to nije bio jedini razlog našeg prekida. Naime, nikada ne bih mogla živjeti sa ženom. Ne, to pouzdano nije moj životni izbor. Mogu pomalo koketirati s tim, takve stvari i drugima se događaju, ali to ne znači da sam lezbijka. Namjeravam se udati i imati djecu. Ne želim da ljudi šapuću o mojem privatnom životu. Usto, ne mogu razočarati roditelje, osobito oca.

Otkad sam se vratila, dvaput sam naletjela na Silke. I oba puta srce mi je nakratko prestalo kucati. Po njezinu pogledu mogla sam vidjeti da me još uvijek voli. Sve što sam željela bilo je baciti joj se u naručje, ali nisam to učinila.

Jer, unatoč želji da nastavimo vezu, nisam promijenila mišljenje. I dalje ne želim da ljudi znaju za nas. Tako da je sve ostalo kako jest. Istina, bila sam u velikom iskušenju da popustim.

– Da, postoji netko – odvratila sam i duboko udahnula. Jer, loša sam lažljivica i bojala sam se da to neću moći izvesti kako treba.

– Da? – začuđeno je upitala. – S kim?

– S dečkom kojeg sam upoznala dok sam bila na koledžu. Živi u Aberdeenu pa se rijetko viđamo, ali stalno se čujemo i šaljemo si poruke.

– Lijepo. Drago mi je zbog tebe – rekla je i zagledala se u mene dugim upitnim pogledom.

– Zove se Jack – nastavila sam. – Jako je drag. Nisam mogla pronaći boljeg dečka od njega.

O, joj. Na svijetu ne postoji dečko koji bi bio dovoljno dobar za mene. Stalo mi je jedino do Silke. A time što sam rekla, definitivno sam presudila mogućnosti da nas dvije nastavimo vezu. Znala sam da će Eilidh reći Jamieu da imam dečka, a on će to reći Silke. A nakon toga, Silke će me prekrižiti za sva vremena.

Doduše, to je ono što želim, zar ne? Da me zaboravi i nastavi sa svojim životom. Tako da i ja mogu nastaviti sa svojim.

Eilidh

Jack? Ni na trenutak nisam povjerovala da taj dečko uistinu postoji. Izmislila ga je. Fiona je pravo nevinašce, ne bi mogla lagati ni kad bi joj se radilo o glavi. Valovite smeđe kose, krupnih zelenih očiju i s pjegama na ružičastim obrazima, izgledala je poput djevojčice.

Mogla sam shvatiti njezinu unutrašnju borbu. Voljela je Silke, no svom snagom borila se protiv toga.

Lako je reći da bi se Fiona trebala pomiriti sa sobom i sa svojim sklonostima. No to zapravo nije nimalo lako. Mogu zamisliti koliko bi njezini roditelji bili razočarani. Štoviše, zgranuti. Pitanje je kako bih se ja na njezinu mjestu nosila s tim. Zacijelo ne lako. Njezini su roditelji veliki kršćani, ne jedni od onih koji reda radi nedjeljom idu u crkvu, nego od onih koji se doista trude živjeti u skladu s vjerskim pravilima. Kako bi Fiona mogla stati pred njih i reći im da je u ljubavnoj vezi sa ženskom osobom?

Kako god bilo, mnogo sam se bolje osjećala i Fionin boravak u Glen Avichu bližio se kraju. Nisam imala pojma kako će se stvari između nje i Silke dalje razvijati, no u jedno sam bila sigurna: Fiona će ovoga puta možda smoći snage pobjeći od sebe, ali neće moći zauvijek bježati. Sudeći po strastvenim poljupcima koje je izmjenjivala sa Silke, prije ili poslije morat će se pomiriti sa svojim sklonostima. Udala se ili ne, ponovno će se zaljubiti u ženu i cijela priča počet će ispočetka; skrivanje, kajanje, borba sa samom sobom. Sumnjam da će ikada ikome priznati svoju malu slatku tajnu.

Nakratko, zavrtjelo mi se u glavi. Možda od gladi ili tableta protiv bolova...

Prišla sam prozoru i zagledala se u blistav mjesečev srp. Zrak je mirisao na proljeće, previše slatko i čeznutljivo da bih mogla odoljeti iznenadnoj želji da izađem i stopim se s tim neodoljivim ugođajem. Uzela sam jaknu i rekla Fioni da idem na kratku šetnju. Doista sam to mislila, no i protiv moje volje, noge su me odvele uz brijeg, kraj mjesta gdje sam zamalo poginula i dalje, sve do Jamiejeve kuće.

Jamie

Tisuću puta poželio sam ju privući k sebi i poljubiti, kao što sam učinio na novogodišnjoj proslavi. Ali nisam imao hrabrosti. Činila mi se previše krhkom, poput razbijene i nanovo slijepljene porculanske lutke. I zato sam se držao na odstojanju. No noću, kad bih legao u postelju i sklopio oči... ah, dovoljno je reći da mašta može svašta.

Ipak, nakon nesreće, između nas se štošta promijenilo. Više nije izbjegavala moj pogled, kao da se boji onoga što bih mogao vidjeti u njezinim očima. Izgledala je kao da iščekuje nešto za što pouzdano zna da će dogoditi čim skupim hrabrosti posegnuti za njom.

I tako bismo nastavili tko zna do kad, da se te proljetne večeri nije pojavila kod mene. Prilično sam se začudio kad sam ju ugledao. Nije se smiješila, samo je bez riječi gledala u mene širom otvorenih očiju.

– Uđi – rekao sam i pomaknuo se u stranu. Kad je prolazila kraj mene, opazio sam da dršće. – Maisie je kod Shone...

– Znam – odvratila je i oborila pogled.

Istog trenutka shvatio sam zašto je došla i zašto izgleda tako prestrašeno. Sjeli smo kraj kamina i uputili se u kratak razgovor ni o čem posebno. S vremena na vrijeme uputili bismo jedno drugome kratak ispitivački pogled, a zatim... počeli smo se ljubiti, polako i uporno, beskrajno dugo. Srce mi je luđački lupalo, kao i prvi put kad sam ju poljubio. Morao sam prekinuti poljubac, jer da to nisam učinio, vjerojatno bih ju svukao i uzeo ju na sofi. Uplela je prste u moju kosu i bez riječi zagledala mi se u oči.

Primio sam ju za ruku i poveo ju u svoju sobu. Dugo sam ju ljubio i milovao, držeći ju u naručju kao porculansku lutku. I tako do trenutka kada više nisam mogao izdržati, a da ju ne uzmem na način o kojem sam dugo maštao. Nije se protivila. Željela je da ju cijelo vrijeme gledam u oči. Pripali smo jedno drugome, i dušom i tijelom. Doživjeli smo vrhunac gledajući se ravno u oči. Bilo je divno, veličanstveno. Nakon toga, znao sam da nas više ništa ne može rastaviti.

Eilidh

– Nemaš pojma koliko te želim – rekao je.

O, da... i ja sam njega željela. Zato sam i došla k njemu. Pri pomisli na ono što će se dogoditi, drhtala sam od straha, ali nisam željela odustati. Voljela bih reći da se to dogodilo na njegovu inicijativu jer tako bih se osjećala manje krivom – najzad, još sam uvijek bila u braku i bilo je prerano za takvo što. No ne, ja sam bila ta koja se privila uz njega i milovala ga onako kako žena miluje muškarca za kojim žudi. Na toj točki bilo bi okrutno povući se. I nisam.

Moje srce i duša predugo su bili prazni. Od povratka u život čeznula sam za ljubavlju. I zato sam, kad smo se stopili u jedno, željela da me gleda u oči. Cijelim srcem nadala sam se da me nikada neće ostaviti. Mogla sam mu tada reći da ga volim, no umjesto toga, šapatom sam ga zamolila da me nikada ne ostavi. Jer, ako bi to učinio, ah... naravno da bih preživjela, nastavila bih hodati i disati, ali unutar sebe bila bih mrtva.

– Nikada te neću ostaviti – odvratio je, no ma koliko to željela, nisam mu mogla vjerovati.

Moje srce bilo je preplavljeno ljubavlju prema njemu i zato sam se bojala. Cijeli moj život bio je u njegovim rukama, a dotad sam već naučila da zakletve mogu biti prekršene i obećanja zaboravljena. Sve što imamo samo je nada da nam ljubav neće poput zrnaca pijeska iscuriti kroz prste.

29

NE IDI

Eilidh

Očekujući Tomov poziv, sjedila sam s Maisie za kuhinjskim stolom i pomagala joj u čitanju. Trebao me nazvati tog popodneva kako bismo se dogovorili kada ću doći u Southport potpisati dokumente o razvodu. Sve je teklo brzo i glatko. Nisam ništa tražila od njega, niti sam posjedovala išta što bih mogla podijeliti s njim. Imala sam samo malu ušteđevinu, koja nije bila dovoljna ni za plaćanje odvjetničkih usluga. Budući da nismo imali djece, izostalo je dogovaranje oko iznosa alimentacije. Nitko nikome nije pravio nikakve probleme, a ipak, cijela priča bila je mučna.

Prije nekoliko dana, poslao mi je papire po kojima bih, u slučaju da ih potpišem, postala korisnicom sredstva iz fonda osnovanog na moje ime. U popratnom pismu napisao je da smo oboje jako željeli dijete i da sam se jako žrtvovala kako bih ostvarila taj zajednički cilj. Svjestan je da sam morala napustiti posao jer su me učestali tretmani medicinski potpomognute oplodnje psihički, fizički i emotivno previše iscrpljivali da bih mogla raditi. To je bila istina. I zato se osjećao dužnim osigurati mi budućnost. Smatrao je da jednog dana kada se zaposlim, neću moći od plaće odvajati dovoljno novca za pristojan život u starosti.

Bila sam iskreno ganuta njegovom pažnjom. U mojem srcu ipak je ostalo malo ljubavi prema njemu. No bio je to osjećaj vezan uz našu prošlost i znala sam da će nestati s protokom vremena.

Nisam imala namjeru prihvatiti njegovu ponudu, mada je bio u pravu kad je tvrdio da sam se godinama žrtvovala u ime nečega što smo oboje željeli. Unatoč tomu, nisam željela ništa od njega. Pronađem li posao u struci – što sam svakako namjeravala učiniti, neće mi ništa nedostajati, ni do kraja radnog vijeka ni u starosti.

Moje i Tomove životne potrebe uvelike su se razlikovale. Njemu je za ono što je držao pristojnim životom uvijek trebalo mnogo, za razliku od mene koja sam posve zadovoljna s malim. To je osobina koju sam naslijedila od bake i ponosna sam na nju.

Ipak, odlučila sam si uzeti malo vremena za razmišljanje i prije svega vidjeti kako će se stvari dalje razvijati. U međuvremenu, trebalo se pozabaviti brakorazvodnom papirologijom, što je značilo da ću morati otići u Southport.

U jednu ruku, veselila sam se tome. Dugo nisam vidjela nećake i nećakinje. Više od svega željela sam iz svog bivšeg doma uzeti svoje stvari... odjeću, knjige i hrpu sitnica koje su pripadale mojem bivšem životu, no koje sam ipak željela zadržati u sadašnjem i budućem.

Pogledavajući mobitel, nastavila sam Maisie pomagati čitati priču o Kipperovim pustolovinama. Kad je napokon zazvonio, obje smo se trgnule.

– Oprosti, mila, moram se javiti. Nastavi čitati, odmah ću se vratiti – rekla sam i javila se, pa produžila prema stubama i sjela na njih.

– Da, da... U redu, dolazim. Naravno, automobilom. Ne, bit ću kod Harryja. Čudno mi je nakon toliko vremena vratiti se u Southport, ali veselim se susretu s nećacima. S druge strane, nerado ostavljam Maisie i... Peggy, no izdržat će to malo vremena bez mene. U redu, vidimo se. Hvala što si se javio.

Zvučao je toplo, bratski. Bilo je čudno pomisliti da će uskoro zauvijek izaći iz mojeg života. Bilo je to isto kao kad bi mi netko rekao da ću zauvijek prekinuti vezu s Harryjem ili s Katrinom. Nekoliko trenutaka smeteno sam zurila u mobitel pa ustala i prišla stolu. Tek tada opazila sam da me Maisie netremice promatra. Bila je blijeda i djelovala je čudnovato ozbiljno.

– Maisie? Jesi li dobro?

Odmahnula je glavom.

– Nije ti dobro?

Kimnula je.

Vrata su se otvorila i Jamie je požurio u kuhinju. Veselo nas je pozdravio, ali prije nego što sam mu stigla išta reći, opazio je izraz Maisiena lica pa kleknuo na koljeno kraj njezina stolca.

– Jesi li dobro, mila? – nježno je upitao.

– Ne. Boli me trbuh.

– Hajde, pođi se malo odmoriti – rekao je i poveo ju prema sofi. – Siguran sam da će ti ubrzo biti bolje. Poslije večere, Eilidh će se malo poigrati s tobom i...

– Ne mogu ostati na večeri, Jamie. Moram poći spakirati stvari za put. Prekosutra odlazim u...

– NEEEEEEE! NE IDI! – vrisnula je Maisie i pojurila prema meni. Jamie i ja zapanjeno smo se pogledali.

– Smiri se, dušo – rekla sam i hitro ju zagrlila. – Sve je u redu.

– Nećeš ići? – plačnim je glasom upitala.

– Mila, moram se poći spakirati, ali sutra ćemo se vidjeti. Nakon toga odlazim na put i vraćam se za dva dana. Vidjet ćeš, vrijeme će ti začas proletjeti.

Izvukla se iz mog naručja i pogledala me ravno u oči. – Nećeš se vratiti.

– Kako se ne bih vratila? Jasno da hoću – rekla sam i pomilovala ju po obrazu.

Bez riječi okrenula se i potrčala na kat.

Jamie i ja nekoliko smo trenutaka zbunjeno gledali za njom.

– Žao mi je, nisam ju željela uznemiriti – prošaputala sam.

– Ne brini, smirit će se. Vjerojatno misli da će zauvijek ostati bez tebe... kao što je ostala bez majke i bake. U njezinoj dobi nije se lako nositi s gubicima poput tih.

– Možda bih trebala ostati spavati kod tebe... – rekla sam i naglo porumenjela. – Želim reći...

Nasmijao se. – Znam što želiš reći – odvratio je i zagrlio me. – Volio bih da ostaneš kod mene i noćas i sve noći poslije te, ali sve u svoje vrijeme. Idi i obavi što moraš. Kad budeš slobodna, lako ćemo se dogovoriti oko svega.

Slobodna. Pomisao na to pomalo me plašila. Mora da je to opazio jer čvrsto me privio uz sebe, kao da mi i na taj način želi poručiti da mi je mjesto uz njega.

– Želiš li da pođem s tobom?

– Ne, to je nešto s čime se moram sama suočiti.

Dlanovima mi je obujmio lice i strastveno me poljubio. Mnogo strastvenije i posesivnije nego inače.

Malo zatim, izašla sam u hladnu proljetnu noć. Nisam mogla prestati razmišljati o izrazu Maisiena lica kad je čula da odlazim.

Elizabeth

Nitko to nije mogao predvidjeti, čak ni ja. Nisam mogla znati da će Janet otići i da će to ostaviti tako duboku ranu u Maisienom srcu. Bilo je uistinu grozno vidjeti ju kako očiju punih suza leži u krevetu.

Jamie i Eilidh nisu ni slutili koliko je strah od gubitka voljene osobe duboko usađen u njoj. Rijetko smo svjesni dubine dječjih osjećaja i njihova straha da će biti odbačeni i ostavljeni.

Jamie je učinio sve što je mogao, odnio joj u sobu šalicu toplog mlijeka i pokušao ju nagovoriti da siđe. Čak ju je pokušao potkupiti gledanjem crtića, iako je već bilo kasno. Stotinu puta ponovio joj je da nema razloga biti zabrinuta i da će se Eilidh ubrzo vratiti, ali uzalud.

Nije mu vjerovala.

Maisie je bez imalo sumnje sretno dijete, jedno od onih s kojima nije teško izaći na kraj. Ipak, vrlo je osjetljiva, na majku. Kad se zbog bilo čega uznemiri, što se ne događa često, ali ipak se događa, osjećaji ju ponesu. A u njezinu slučaju, to je doista bura osjećaja.

Na moje nemalo zaprepaštenje, malo nakon što je Jamie sišao u prizemlje, izašla je iz sobe i sakrila se na vrhu stuba. Odatle ga je promatrala kako jede, pere posuđe, posprema kuhinju i čini sve ono što uobičajeno čini prije odlaska na spavanje. Čekala je pravi trenutak da pobjegne iz kuće.

– Ne idi – šapnula sam joj na uho. – Vani je mrak i hladno je. Vrati se u krevet i ne brini, Eilidh te neće ostaviti.

Pretvarala se da me ne čuje. A kad sam ju nastavila uvjeravati da nema razloga za strah, žustro je odmahnula glavom. – Ne vjerujem ti – odlučno je prošaputala. Zvučala je hladno i odsječno, poput Janet kad bi donijela odluku koju nema namjeru promijeniti.

Prilika za bijeg ukazala joj se kad je Jamie sjeo na sofu i nazvao Shonu. Tiho se spustila niz stube i u pidžami izašla u noć.

Pobjegla je od kuće. Naravno, želi privući pozornost na sebe, pomislila sam. Djeca se time oduvijek služe kao sredstvom ucjenjivanja roditelja. No ubrzo sam shvatila da sam u krivu. Naime, ušla je u šumu nedaleko vrela, a sudeći po tome kako se osvrtala oko sebe i pogledom pretraživala zemlju, nešto je tražila.

– Što tražiš? – šapatom sam upitala.

– Lančić sa srnom.

Znala sam o čem govori. O lančiću koji je Jamie onih davnih dana napravio za Eilidh. Istog trenutka sjetila sam se da joj je Jamie, nakon što je upoznala Eilidh, rekao da su njih dvoje kao djeca bili dobri prijatelji i da joj je prije odlaska iz Glen Avicha napravio lančić s privjeskom u obliku srne. – Ali bilo me sram i nisam joj ga dao – s osmijehom je dodao. – Zakopao sam ga u šumi, kraj vrela. Odlučio sam joj ga dati kada se vrati.

Često zaboravljamo da djeca žive u nekom svom paralelnom svijetu gdje vladaju drukčija logička pravila. Evo što je Maisie zaključila iz te priče: da je Eilidh dobila taj lančić, ne bi otišla. Ali nije ga dobila i zato je otišla. I naravno, ako bi ona sada pronašla taj lančić i dala joj ga, Eilidh bi ovoga puta ostala. Privjesak u obliku srne zacijelo je čaroban. Ima moć Eilidh zauvijek vezati uz nju i njezinog tatu.

Nije mogla shvatiti da se čarolija već dogodila i da je Eilidh previše očarana životom u tom malom škotskom selu, te njom i njezinim ocem, da bi ikada otišla. Sudeći po onom što je znala, ni ljubav ni rodbinske veze ne mogu nekoga spriječiti da ode i ostavi te.

Kleknula je na zemlju i počela ručicama odmicati lišće i suhe grančice. Usnice su joj poplavjele od hladnoće, cijelim je tijelom drhtala. Vratila sam se u njezinu sobu i pobacala knjige i igračke s police. Znala sam da će Jamie to čuti i požuriti gore da vidi što se zbiva.

Tako je i bilo. Skočio je na noge i pojurio na kat. Vidjevši da Maisie nije u krevetu, provirio je u kupaonicu i u svoju sobu pa pojurio natrag u prizemlje i kao sumanut izjurio iz kuće. Ne našavši ju nigdje u blizini, odlučio je poći k Eilidh. Usput je pozvao najbliže susjede da mu pomognu u potrazi.

– Što se dogodilo? – zaprepašteno je upitala Eilidh kad ga je ugledala.

– Maisie je pobjegla od kuće – rekao je, glasom koji je podrhtavao od straha.

– Ali, kako? – zgranula se.

– Ne znam. Bila je u krevetu kad sam sišao u kuhinju. O, Bože...

Kratko su se zagrlili pa krenuli u potragu ulicama Glen Avicha.

Morala sam im pomoći da ju pronađu.

Ugledavši lisicu kako stoji na rubu šume, spremajući se izaći na cestu koja je vodila prema vrelu, palo mi je na pamet nešto što bi možda moglo upaliti. Bila je to lisica koja se noću često smucala po selu. Nije se bojala ljudi. I Eilidh ju je jednom vidjela kad je izašla na noćnu šetnju.

Kad su se Eilidh i Jamie počeli uspinjati cestom, šapnula sam lisici neka izađe pred njih i zagleda se u Eilidh. Učinila je to, iako nije imala pojma zašto.

Ugledavši ju, Eilidh je stala kao ukopana. – Jednom sam već vidjela tu lisicu – prošaputala je.

Tog trenutka šapnula sam joj neka ju slijedi i poslala lisicu natrag u šumu.

– Hajdemo – rekao je Jamie.

– Čekaj – rekla je Eilidh i primila ga za nadlakticu, jer lisica je zastala i na rubu šume ponovno se zagledala u nju.

– Hajdemo – nestrpljivo je rekao Jamie i primio ju za ruku. Eilidh je neodlučno zakoračila, no kad sam joj ponovno šapnula neka slijedi lisicu, stala je kao ukopana.

– Moramo poći za njom – rekla je, obuzeta snažnim predosjećajem da će ih lisica odvesti do Maisie. Bogu hvala, pomislila sam. Uspjela sam doprijeti do nje.

Na dug se trenutak Jamie zagledao u nju, pa kratko kimnuo.

Skupina ljudi koji su krenuli u potragu za Maisie prošla je kraj njih i nastavila se uspinjati prema vrelu, no njih dvoje uputili su se u šumu.

Alisa s druge strane zrcala, pomislila sam. Samo nekoliko koraka dijelilo ih je od mog svijeta.

I ušli su u njega.

Eilidh

Upravo sam se pakirala kad je Jamie pokucao na vrata Peggyne kuće, u pratnji svog susjeda Malcolma i Rossa, njegova petnaestogodišnjeg sina. Niže u ulici čuli su se uzbuđeni povici. Poslije ću saznati da se vijest o Maisienom nestanku brzo proširila i da je pola sela pošlo u potragu za njom, no u prvi trenutak pomislila sam da se netko potukao u pubu.

Kako bilo, požurila sam u prizemlje. – Što se dogodilo? – začuđeno je upitala Peggy izašavši iz boravka.

– Ne znam, ali ne zvuči dobro – rekla sam i produžila prema vratima.

Kad mi je Jamie rekao da je Maisie pobjegla od kuće, ostala sam dug trenutak blijedo zuriti u njega.

– Ali, kako? – napokon sam upitala. Ni uz najbolju volju nisam mogla shvatiti kako je mogla izaći iz kuće, a da on to ne opazi.

– Ne znam – rekao je. – Bila je u krevetu kad sam sišao u kuhinju. O, Bože...

Čvrsto sam ga zagrlila, samo na trenutak. Znala sam da se okrivljuje zbog toga, no kako bi mu ikada moglo pasti na pamet...

– Hajdemo – rekao je i primivši me za ruku požurio niz ulicu prema središtu sela. Iako je već prošla ponoć, posvuda je bilo ljudi koji su krenuli u potragu za Maisie. Noć je bila hladna i vlažna.

Pomislivši kako Maisie u pidžami luta tko zna gdje, počela sam moliti Boga da nam pomogne da ju ubrzo pronađemo. I da nije otišla na jezero.

Molim te, Bože, čuvaj ju podalje od jezera. Molim te, molim te.

Otkad sam izgubila dijete, bilo je to prvi put da sam se Bogu obratila za pomoć.

Mračno duboko jezero. O ne, pomislila sam. Ne... samo to ne.

U tom trenutku već smo se uspinjali cestom prema vrelu. No Jamie mora da je pročitao moje misli jer naglo je stao i zagledao se u mene. – Možda bih trebao pozvati policiju. Što ako je otišla na jezero?

Tog trenutka pred nama se pojavila lisica. No nije se obazirala na Jamiea. Kao ukopana stala je nasred ceste i zagledala se u mene.

Obuzeo me čudan osjećaj. Već sam vidjela tu lisicu, one noći kad sam izašla na šetnju i završila na vrelu. Bilo je nešto neobično u njezinu pogledu, nešto što nisam mogla definirati, ali učinilo mi se kao da me poziva da pođem za njom...

– Hajdemo – rekao je Jamie, kad se lisica uputila natrag prema šumi, no vidjevši kako je stala i na rubu šume ponovno se zagledala u mene, naglo sam ga primila za nadlakticu. – Čekaj – prošaputala sam.

– Hajdemo – nestrpljivo je rekao Jamie i primio me za ruku. Zakoračila sam pa stala. Ne mogu to objasniti, ali kao da mi je neki unutrašnji glas govorio da će nas ta lisica dovesti do Maisie.

– Moramo poći za njom – rekla sam, iako sam znala da to zvuči suludo. Unatoč tome, bila sam spremna poći za lisicom, makar i sama.

Na dug se trenutak zagledao u mene pa kimnuo.

Skupina ljudi koji su krenuli u potragu za Maisie prošla je kraj nas. No nismo pošli za njima. Uputili smo se prema šumi.

Kada smo zakoračili na meko tlo između visokih borova, nismo znali da smo ušli u drugi svijet. To ćemo tek saznati, no u tim prvim trenucima, jednostavno smo slijedili lisicu trudeći se ne izgubiti ju iz vida. Srećom, mjesec je bio pun, a lisica bi svako malo zastala i osvrnula se, kao da provjerava idemo li za njom. Bilo je to uistinu čudno. Ipak, nastavili smo ju šutke slijediti. Ni njemu ni meni nije bilo ni na kraj pameti pokušati dozvati Maisie – nismo željeli da se lisica preplaši i pobjegne. Sve što se moglo čuti bilo je naše ubrzano disanje i šuškanje lišća pod našim nogama.

Nakon desetak minuta stigli smo do male čistine, s desne strane oivičene stijenjem. Lisica je skočila na stijenu pa stala i uperila pogled prema obližnjem stablu. I da, u dubokom mraku pod njim ležala je mala djevojčica u ružičastoj pidžami.

Ali nije bila sama.

Neka žena držala ju je u naručju. U prvi trenutak pomislila sam da je to Shona. Ista bujna plava kosa, isti stas. Ali ne, to nije bila ona.

Nego Elizabeth.

Zadnji sam ju put nakratko vidjela u kazalištu u Abeerdenu, malo prije nego što sam se s roditeljima i sestrom vratila u Southport.

Polako je podigla pogled s usnule Maisie i nježno se osmjehnula Jamieu. Trenutak potom spustila je Maisie na zemlju i krenula prema nama. Čudno, ali nisam bila nimalo uplašena. Preplavio me neopisiv mir i olakšanje, kao da je Elizabeth sa sobom donijela lahor lijepih uspomena... uspomena na moju baku, djeda i druge meni drage ljude kojih više nema među nama.

– Elizabeth – prošaputala sam. Potoci suza radosnica počeli su mi se slijevati niz obraze. Pomislila sam da će mi srce puknuti od ganuća.

Polako je ispružila ruku i pomilovala Jamiea po obrazu, kao što je često činila dok je bio dječak.

Izgledao je zapanjeno i duboko dirnuto. Kad je ispružio ruke prema njoj i kad mu je skliznula u naručje, na trenutak sam zatvorila oči. Osjećala sam se spokojno kao nikad u životu, a kad sam začula Jamiejev tih čeznutljiv uzdah, shvatila sam da je Elizabeth nestala.

Požurio je prema Maisie i, nježno ju podigavši sa zemlje, čvrsto ju privio uz sebe. Prenuvši se iz obamrlosti hitro sam im prišla i vrhovima prstiju pomilovala ju po licu. Oči njezina oca bile su zatvorene, kao da odbija probuditi se iz čarolije.

Ipak, došlo je vrijeme da se vratimo u stvarnost. .

– Moramo ju što prije odvesti na toplo – rekla sam i prekinula čaroliju. Sama sebi zvučala sam čudno, kao da govorim iz neke velike daljine.

Polako je otvorio oči i zagledao se u mene pa spustio pogled na Maisie. Cijelo vrijeme nije se ni pomakla. Samo djeca mogu tako mirno i duboko spavati.

U trenutku kad smo se uputili natrag, našli smo se negdje drugdje... više nismo bili duboko u šumi nego nadomak vrela. Zrakom su odjekivali povici ljudi koji su tražili Maisie, i odjednom sam shvatila da smo cijelo vrijeme bili tu, u šumarku iza vrela okruženog s pregršt malih solarnih svjetiljki ukopanih u zemlju.

Bez riječi krenuli smo prema vrelu.

Elizabeth

Nisam si mogla pomoći. Morala sam ga još jednom zagrliti. Još samo jednom, prije konačnog rastanka.

I jesam. Privila sam ga k sebi, samo na trenutak, a zatim ponovno iščezla.

Bilo je isto kao kad sam ga kao novorođenče prvi put uzela u naručje. Ne postoji sreća veća od te. Kad sam se ponovno stopila s jezerom, bila sam posve spokojna. Jer znala sam da život neće provesti sam, bez voljene osobe kraj sebe.

30

OCEAN DUŠA

Elizabeth

Kad mi je srce prestalo kucati, pretvorila sam se u otisak sebe, u nešto poput kopije u koju su bila utisnuta sva moja sjećanja i što je na određen način zadržalo moj tjelesni oblik. Bila sam sjena sebe, no zadržala sam osjet dodira i ako sam to željela, mogla sam postati vidljiva. Taj fluidan oblik koji sam poprimila mogao se stopiti sa svime i zatim ponovno poprimiti oblik tijela bez materije, samostalnog bića koje je ujedno bilo dio svega, vode, kamena ili zraka.

Mogla sam se pretvoriti u čestice koje se kovitlaju u sunčanoj zraci, valiće koji zapljuskuju jezersku obalu, povjetarac u granama drveća. Mogla sam sjediti na grani kraj sove i zajedno s njom zuriti u mrak. Mogla sam plivati s vidrama među trstikom, njihove sjajne crne oči gledale su ravno u moje dok smo vodili razgovor bez riječi. Mogla sam se pretvoriti u kamen i kada bih to učinila, mogla sam osjetiti otkucaje srca planeta u središtu svake stijene; mogla sam osjetiti kako vibriraju i isijavaju toplinu i nevidljivu energiju, sažetu snagu tisuća i tisuća godina formiranja Zemlje u sadašnji oblik. I sve to mogla sam osjetiti kao da sam dio toga, proplanak ili kamenčić na obali, ili siva stijena usred šume, prekrivena mahovinom. Mogla sam biti vatra, i to je možda bio najsnažniji od svih osjećaja, kad sam tiho gorjela bez boli, kad sam veselo treperila žutim i narančastim plamenovima.

A nakon što sam bila zrak, voda, kamen ili vatra, mogla sam se ponovno pretvoriti u sjenu same sebe, zajedno sa svim svojim sjećanjima i osjećajima.

No to se promijenilo.

Od one noći u šumi, kada sam posljednji put zagrlila svog sina, počela sam gubiti sposobnost ponovno se sakupiti u svoju sjenu. Nisam se više morala truditi pretvoriti se u zrak ili vodu, to se događalo samo od sebe, a nakon toga, bilo mi je sve teže vratiti se u svoj oblik. Kao da su se sve čestice koje su me činile i držale na hrpi odjednom oslobodile... kao kad bi se planeti Sunčeva sustava odjednom rasuli svemirom jer je gravitacija koja ih je držala na njihovoj putanji odjednom prestala djelovati.

A zatim, došao je dan kada više ništa nisam mogla vidjeti ni osjetiti. Sve što sam čula bio je samo ritmički zvuk poput udaranja bubnjeva koji je iz trenutka u trenutak postajao glasniji i bliži.

Teško mi je razmišljati, ali prisjećam se jedne davne večeri, kada smo Flora i ja bile djevojčice. Cijela moja i njezina obitelj okupila se u kući mojih roditelja. Bila je zima, kiša je bubnjala po prozoru, vatra je pucketala u kaminu, a Flora nam je pjevala. Bila je malo starija od mene i oduvijek mi je bila uzor, silno sam željela biti poput nje. Na sebi je imala plavu haljinu i bijele vunene čarape. Duge smeđe kose i rumenih obraza, bila je doista dražesna. Sjedila sam na sagu, kraj majčinih nogu i tog trenutka sve je bilo upravo savršeno. Moj je otac bio tamo, moji djed i baka, moj brat... svi koje sam voljela.

Florin zvonki glas razlijeva se oko nas...

I to je moja posljednja misao, kao Elizabeth. Moja posljednja misao prije nego nestanu posljednji ostaci moje svijesti. Čujem lupanje srca, brzo i lepršavo poput leptirovih krila... ah, to je moje srce. Ali tu je još nešto, još nečiji otkucaji srca, sporiji i jači od mojih. U mraku sam, okružena toplinom... moje se pamćenje gubi, a doista ne bih željela zaboraviti tko sam i zaboraviti Jamesa, i moju djecu, i Maisie, i Glen Avich, i moju majku, imala je plave oči i...

31

NE, NE JOŠ

Fiona

Draga Silke,
Žao mi je, ali...

Draga Silke,
Nadam se da ćeš razumjeti...

Draga Silke,
Želim ti javiti...

Ljubavi moja, moram otići.

Precrtala sam posljednje riječ, iškrabala ih do neraspoznatljivosti i bacila papir u koš za smeće, k ostalima.

Ne mogu joj napisati pismo. Niti razgovarati s njom. Jedino što mogu jest otići što je moguće dalje od nje.

Uskoro ću otputovati na Novi Zeland. Moja sestrična ondje radi kao medicinska sestra i obećala je da će mi pomoći pronaći posao. Rekla je da mogu živjeti kod nje nekoliko tjedana, dok se ne snađem. Namjeravam godinu dana ostati u Aucklandu, a zatim otići negdje drugdje, možda u Australiju. Kako stvari stoje, ne bih se čudila da jednog dana završim na Dalekom istoku. Nemam namjeru duže se zadržavati na jednom mjestu; ne želim da itko sazna moju tajnu.

Nije mi važno gdje ću živjeti, sve što želim jest maknuti se iz ovog malog sela. Guši me. Svatko gleda svakoga, svatko svakoga prosuđuje. Neprestano moram paziti da mi pogled ne odluta kamo ne bi trebao ili da ne porumenim kad ne bih trebala.

Unatoč tome, mnogi već znaju, a ostali nagađaju. Možda čak i moji roditelji. Mučno mi je i od same pomisli na to.

Nemam više što tražiti ovdje, tu nema ničega za mene. Možda negdje postoji muškarac kojeg bih mogla voljeti. Možda bih se uz njega mogla promijeniti i biti kakva sam bila. *Normalna.*

Sjećam se Karen Roathe, djevojke koja je živjela nedaleko mene i s kojom sam išla u školu. Nisam mogla skinuti pogled s nje. Najradije bih bila s njom od jutra do mraka. U školi sam se uvijek trudila sjediti kraj nje. Zapravo, što bliže njoj. Živjela sam za trenutke kad bi nam se ruke ili potkoljenice slučajno dotakle. Pravo je čudo da nitko nije ništa posumnjao. Bila je prelijepa, duge crne kose, vitka i visoka. Noćima sam maštala kako ju grlim, milujem i ljubim njezine meke sočne usnice.

Eto, žene su me oduvijek privlačile. O, Bože, ne želim razmišljati o tome. Moram se potruditi to izbaciti iz glave.

Zapravo, nije me briga što će biti sa mnom kad odem odavde. Jedino što želim jest otići negdje gdje drugima neću stalno biti na oku. Negdje gdje se više ne moram toliko silno truditi prikriti svoju pravu prirodu. Jer ne mogu ju sakriti, ljudi prije ili poslije naslute stvari poput tih.

Ne želim se čak ni oprostiti sa Silke. Čemu? Ionako smo prekinule. Nadam se da neće plakati za mnom. I da će me ubrzo zaboraviti i pronaći novu ljubav. Nekoga tko se, za razliku od mene, može pomiriti da je takav kakav jest.

Lažem. Ne želim da me zaboravi. I ne mogu ju zamisliti ni s kime drugim.

Kako bilo, ne mogu si dopustiti biti to što jesam. Prekjučer sam se rasplakala dok sam gledala znanstveno-fantastični film o planetu koji se nalazi blizu crne rupe i koji bi po svim zakonima gravitacije trebao upasti u nju, ali ipak odolijeva, iako neće moći zauvijek odolijevati. Prepoznala sam sebe u njem. Rođena sam i živim u nemogućim okolnostima, na pogrešnom mjestu u pogrešno vrijeme.

Ne mogu se pomiriti sa sobom niti mogu biti drukčija no što jesam. Svjesna sam da ću prije ili poslije upasti u crnu rupu, no kad se to dogodi, ne želim da moji roditelji i itko iz Glen Avicha ili Innerleithena to sazna.

Moram otići. Što prije, to bolje.

Škotska je prekrasna kad se promatra iz zrakoplova. Plava i zelena s predivno razvedenom obalom. Lijep mali kutak u velikom svijetu. Nadam se da ću se jednog dana vratiti.

32

LEZI MIRNO, ŠUTI I SLUŠAJ

Jamie

Sjedila je na sofi, grleći jastuk. Bila je blijeda kao kreč. Opet. Maisie je poput malog miša tiho sjedila kraj nje; znala je da joj nije dobro.

Kad sam ušao, naglo se uspravila i slabašno mi se osmjehnula. – Već si došao? – upitala je i pogledala na sat. – O, Bože, pet je sati. Vrijeme doista leti – rekla je i ustala pa ponovno sjela.

– Uh...

– Jesi li dobro? – upitao sam i požurio prema njoj.

– Da, da... malo mi se vrti u glavi i to je sve.

– Eilidh, krajnje je vrijeme da odeš doktoru. Već te tjednima gledam takvu i...

– Sve je to zbog promjene vremena. I stresa. I sam znaš da mi putovanje u Southport nije lako palo.

– Znam. Otkad si se vratila, nisi nalik sebi.

Najradije bih ju upitao želi li uopće biti ovdje sa mnom, ali nisam. Maisie je bila s nama i to pouzdano nije bio razgovor za njezine uši.

– Idem nam nešto skuhati za večeru – rekao sam.

– Ne, ja ću nam nešto skuhati – rekla je i ustala. – Ti si cijeli dan radio i...

Odmahnuo sam glavom. – Ne, sjedi i miruj. Jedino što tražim od tebe jest da mi obećaš da ćeš otići doktoru.

– Obećavam.

Kasnije te večeri nazvao sam Shonu. Morao sam se s nekim posavjetovati.

– Izgleda prilično iscrpljeno. I slabo jede. Odbija otići k doktoru i stalno tvrdi da je to sve zbog promjene vremena. Što misliš?

– Ne znam, možda je stvarno osjetljiva na promjenu vremena. Nakon svega što je prošla ne bih se čudila da joj je imunitet oslabio. Čini li ti se potištenom? Možda plačljivom?

– Znaš kakva je, uvijek emotivno reagira na sve. Ali nemam dojam da je u depresiji. Samo je nekako... odsutna. Kao da su joj misli negdje drugdje. Tako je bilo i s...

Nisam završio. Nisam ni trebao jer Shona je shvatila da mislim na Janet.

– Ne brzaj sa zaključcima – upozorila me.

U pozadini se začuo prigušen plač. Htio ne htio morao sam se osmjehnuti. – Je li to Maggie?

– Tko bi drugi bio? Iz dana u dan sve je slađa. Dođite k nama za vikend. Mogla bih malo popričati s Eilidh, tek toliko da pokušam dokučiti što joj je.

– Rado. Pitat ću ju.

– I ja. Večeras ću joj poslati SMS.

Po završetku razgovora s njom bilo mi je malo lakše. Ako Shona zbog nečega nije osobito zabrinuta, onda najčešće i nema razloga za zabrinutost. Za mene, ona je bila nešto poput stjuardese u zrakoplovu. Naime, ako za vrijeme turbulencija stjuardesa ne djeluje zabrinuto, sve je u redu.

Najčešće.

Eilidh

Vidjela sam da je Jamie zabrinut, a iskreno rečeno, i ja sam bila zabrinuta. Osjećala sam se krajnje iscrpljeno, danima nisam imala snage ni za što. Isprva sam mislila da je to posljedica stresnog putovanja u Southport. Nije mi bilo lako vratiti se u kuću u kojoj sam dugo živjela s Tomom, pakirati stvari i znati da se više nikada neću vratiti. No otada je prošlo nekoliko tjedana.

Najzad sam ipak odlučila otići doktoru.

– Imate li možda problema s pamćenjem ili koncentracijom? – upitala je doktorica Nicholson. – Zadnjih godinu dana mnogo ste pretrpjeli i...

– Istina. Ipak, nemam takvih problema. Izuzev opće slabosti, osjećam se posve dobro. Čudno, ali nakon nesreće osjećam se i bolje nego prije. Mislim da nije stvar u glavi.

– Dugotrajni stres može oslabiti organizam. Napravit ćemo neke krvne testove – rekla je i toplo mi se osmjehnula. Imala sam snažan osjećaj da mi ne želi reći na što sumnja. Jedino čemu sam se iskreno nadala bilo je da neću morati ponovno ići k psihijatru i uzimati antidepresive. Prošla sam kroz to nakon gubitka djeteta i nije mi nimalo pomoglo. I stoga sam sve nade položila u krvni nalaz. Možda sam anemična ili mi samo treba kura vitamina. Nije mi bilo važno što mi je, samo da nema veze s psihičkim problemima. Toga mi je bilo dosta za sva vremena. Sve što sam željela bilo je prošlost ostaviti iza sebe i krenuti dalje sa svojim životom.

Naravno, našli su nešto. Doduše, nije se radilo o nedostatku vitamina. Nego o nečem drugom, o nečem što je jedna posve drukčija Eilidh morala još nekoliko puta provjeriti, u drukčijoj kupaonici i s drukčijim suzama radosnicama u očima. Jer ovoga puta znala je da će ishod biti posve drukčiji.

33

DIO TEBE I MENE

Jamie

U tren oka bio sam budan. Čim mi je rekla da je počelo, skočio sam iz kreveta. Danima sam to iščekivao. Noću bih ju često promatrao kako spava. Njezino lice, duge trepavice, okrugao trbuh pod pokrivačem. Volio sam položiti ruku na njega. Više od svega uživao sam osjetiti kako se naše dijete pomiče u njezinoj utrobi. Često sam se pitao kakav je osjećaj osjetiti to *iznutra*. Zacijelo prekrasan. I čudan. Pred kraj trudnoće bila je ogromna. Promatrajući ju takvu, uvijek bih osjetio strahopoštovanje prema čudu prirode koje se odvijalo pred mojim očima. Tako sam se osjećao i dok je Janet bila trudna. Doduše, Janet mi je svojom zlovoljom često kvarila radost. No Eilidh je cijelo vrijeme bila sretna i vesela, čak i u danima kad joj je bilo toliko slabo da je jedva stajala na nogama, presijavala se od sreće i nade. Naravno, bojali smo se, no uspješno smo to prikrivali. Svaki njezin odlazak na pregled stajao nas je tonu živaca.

Vidjevši kako sam skočio iz kreveta, kratko se nasmijala. – Ne žuri, ne ide to tako brzo.

Pošao sam u prizemlje skuhati čaj i pripraviti nam nekoliko šnita tosta s maslacem. Naime, Shona nam je savjetovala da nešto pojedemo prije odlaska u bolnicu jer rodilje ne smiju jesti, a meni neće biti do jela.

– Doduše, dok sam rađala Maggie, tvoj je šogor u hodniku mrtvo hladno grickao čips – dodala je, pogledom ošinuvši Fraisera.

Glasno se nasmijao. – I kobasice u pecivu. Ali, meni je to bilo četvrto iskustvo te vrste, pa...

Jeli smo sjedeći na krevetu, uz svjetlost noćnih lampica. Ako se to moglo nazvati jelom, jer bio sam previše živčan da bih mogao pojesti više od nekoliko zalogaja. Do zore, trudovi su se pojačali i čvrsto stisnutih zuba Eilidh se trudila prikriti bol. Nije željela prepasti Maisie.

Kako ju ne bih volio, pomislio sam, dok sam promatrao kako s Maisie sjeda za stol i trudi se ponašati kao i inače. Maisie je već znala da će, kad bude vrijeme da dijete dođe na svijet, Eilidh morati poći u bolnicu i da će tamo ostati nekoliko dana. I da će ona za to vrijeme biti kod tete Shone. Iako je mirno prihvatila vijest da je došao taj trenutak, znao sam da se boji.

Pola sata kasnije, sjeli smo u automobil i krenuli za Aberdeen. Maisie je sjedila otraga, s ružičastim ruksakom u krilu, u koji joj je Eilidh spakirala sve što će joj biti potrebno tijekom nekoliko dana odsustva od kuće. Shona i Fraiser doći će u bolnicu po nju.

– Jesi li dobro? – upitao sam ju, jer bila je neuobičajeno tiha.

– Da, a ti? – drhtavim je glasom upitala.

– Odlično – odvratio sam, iako zacijelo nisam tako zvučao. Eilidh je također bila vrlo, vrlo tiha. Pogledavši ju, opazio sam da joj je čelo orošeno kapljicama znoja, no kad ju je Maisie upitala je li dobro, rekla je da jest. Glas joj je zvučao kao da dolazi izdaleka, a tako je i djelovala, kao da se povukla na neko daleko mjesto, negdje gdje ju nitko ne može dosegnuti.

Priprema se za bitku, pomislio sam. Za bitku u kojoj joj ne mogu pomoći.

U trenutku kad su se za nama zatvorila pomična bolnička vrata, prvi sam put u potpunosti shvatio da krećemo u nov život, u život u kojem više ništa neće biti isto.

Eilidh

Jezivo je boljelo, toliko da sam na trenutke ostajala bez zraka. Na kraju više nisam mogla ni vrištati. Ali to sam već temeljito odradila i pritom se bodrila pogledima na monitor koji je pokazivao otkucaje srca mog djeteta. Jaki i ustrajni, zvučali su mi poput pjesme.

Nakon vječnosti provedene u paklenim mukama, sobu je ispunio dječji plač. Rijeka života na obale ovoga svijeta izbacila je još jedno maleno ljudsko biće. Prisjetivši se djeteta koje sam izgubila, odjednom sam shvatila da mu nije bilo suđeno doći na svijet. Ovom djetetu jest, ono je pripadalo ovamo.

– Dječak je – radosno je uskliknuo Jamie.

– Dječak – prošaputala sam. Dio tebe i mene, pomislila sam. I nama je bilo suđeno da završimo zajedno.

Odmah su mi ga stavili u naručje, umotanog u plahtu. Bio je sluzav, s tragovima krvi na glavici, naboranog lišca i prekrasan. Savršen. Srce mi je zapjevalo od sreće kakvu nikad dotad nisam osjetila. Nisam ga mogla prestati gledati i udisati njegov miris.

– Kako će se zvati? – upitala je primalja.

Upitno sam pogledala Jamiea. Željela sam da mu on nadjene ime.

– Sorley – rekao je.

Lijepo je zvučalo. Prekrasno, poput najljepše pjesme.

Malo zatim, doktor je promrmljao nešto o zlatnom satu i potrebi povezivanja s djetetom, pa izašao, zajedno s primaljom. Nisam imala pojma o čem priča. Moje dijete i ja bili smo povezani i prije nego što je došlo na svijet i uvijek ćemo biti. Kako god bilo, Jamie, ja i naš sin ostali smo sami. Naš sin. Jedva sam mogla vjerovati da napokon mogu izreći te riječi.

Podigla sam pogled s djeteta i zagledala se u Jamiea. Bio je blijed i pod očima je imao tamne podočnjake, no na usnicama mu je titrao veseo osmijeh. Učinila sam ga sretnim.

Ah, kako sam bila ponosna na sebe.

Vidjevši moj pogled, odmaknuo mi je vlažan pramen kose s čela i nježno me poljubio. Čim su nam se usnice razdvojile, spustila sam pogled na dijete.

A tada se dogodilo nešto neobično.

Govori se da bebe u početku ne vide ništa osim sjena i obrisa svijeta u koji su došle. No moj je sin doista *gledao* u mene, pogledom bića koje je izronilo iz velikih dubina pa začuđeno promatra svijet. Trenutak potom, svrnuo je pogled na Jamiea. Čudno, ali činilo se da nas poznaje.

Suze radosnice počele su mi se slijevati niz lice. – Ima Elizabethine oči, zar ne? – šapatom sam upitala Jamiea.

Epilog

PROŠLOST I SADAŠNJOST

Eilidh

Često razmišljam o mojoj majci, baki, prabaki i ostalim ženama iz moje krvne linije. Njihova sjećanja na sretne i tužne životne trenutke plove kroz mene – zbog tih žena takva sam kakva jesam. Njihova krv teče mojim venama, one žive u meni i kroz mene, od kolijevke do groba. Čujem njihov šapat i osjećam njihovu potporu u trenucima kada izgubim snagu. Njihova je snaga i moja snaga, njihov je ponos i moj.

A Elizabeth... ah, nju svakodnevno viđam u Shoni, Maisie i Sorleyju. Sigurna sam da je ona bila ta koja je spojila mene i Jamiea. Pronašla je način da to učini s one strane postojanja, jer znala je da je tako najbolje za nas. Prije dvije godine, u trenucima najdubljeg mraka i očaja zacijelo sam nebu uputila poziv za pomoć, iako toga nisam bila svjesna.

I Elizabeth se odazvala, kao što ću se i ja odazvati budu li se moja mila djeca nakon moje smrti, iz bilo kojeg razloga, obratila nebu za pomoć. Čuvat ću ih, kao što je i ona nas čuvala.

— SVRŠETAK —